Elogios para

Marina

"*Marina* es uno de esos libros que devoras rápidamente, y te quita el hambre que tuviste de una buena lectura. Una excelente historia. El estilo narrativo de Zafón es simplemente hermoso y el lenguaje que utiliza es totalmente fluido". —*The Guardian*, UK

"Un cuento mágico". —*Glamour*

"Los lectores que disfrutaron de *La Sombra del Viento* encontraran sombras de ese mágico bestseller en este cuento gótico". —*Choice Magazine*

"Intenso e inolvidable". —*My Weekly*

"Descubrimientos misteriosos e improbables y mansiones en ruinas se alternan para crear un imagen grotesca que hará las delicias de los fans del horror" —*Publishers Weekly*

Carlos Ruiz Zafón

Marina

Carlos Ruiz Zafón fue uno de los autores más reconocidos de la literatura internacional de nuestros días y el escritor español más leído en todo el mundo después de Cervantes. Sus obras han sido traducidas a más de cincuenta idiomas. En 1993 se da a conocer con *El Príncipe de la Niebla*, que forma, con *El Palacio de la Medianoche* y *Las Luces de Septiembre*, la Trilogía de la Niebla. En 1998 llega *Marina*. En 2001 publica *La Sombra del Viento*, la primera novela de la saga de El Cementerio de los Libros Olvidados, que incluye *El Juego del Ángel*, *El Prisionero del Cielo* y *El Laberinto de los Espíritus*, un universo literario que se ha convertido en uno de los grandes fenómenos de las letras contemporáneas en los cinco continentes. Falleció en junio del 2020.

Marina

Marina

Carlos Ruiz Zafón

Vintage Español
Una división de Penguin Random House LLC
Nueva York

Amigo lector:

Siempre he creído que todo escritor, lo admita o no, cuenta entre sus libros algunos como sus favoritos. Esa predilección raramente tiene que ver con el valor literario intrínseco de la obra ni con la acogida que en su día le hayan dispensado los lectores ni con la fortuna o penuria que le haya deparado su publicación. Por alguna extraña razón, uno se siente más próximo a algunas de sus criaturas sin que sepa explicar muy bien el porqué. De entre todos los libros que he publicado desde que empecé en este extraño oficio de novelista, allá por 1992, *Marina* es uno de mis favoritos.

Escribí la novela en Los Ángeles entre 1996 y 1997. Tenía por entonces casi treinta y tres años y empezaba a sospechar que aquello que algún bendito llamó la primera juventud se me estaba escapando de las manos a velocidad de crucero. Con anterioridad había publicado tres novelas para jóvenes y al poco de embarcarme en la composición de *Marina* tuve la certeza de que ésta sería la última que escribiría en el género. A medida que avanzaba la escritura, todo en aquella historia empezó a tener sabor a despedida, y para cuando la hube terminado, tuve la impresión de que algo dentro de mí, algo que a día de hoy todavía no sé muy bien qué era pero que echo en falta a diario, se quedó allí para siempre.

Marina es posiblemente la más indefinible y difícil de categorizar de cuantas novelas he escrito, y tal vez la más personal de todas ellas. Irónicamente, su publicación es la que más sinsabores me ha producido. La novela ha sobrevivido diez años de ediciones pésimas y a menudo fraudulentas que en algunas ocasiones, sin que pudiese yo hacer gran cosa para evitarlo, han confundido a muchos lectores al tratar de presentar la novela como lo que no era. Y aun así, lectores de todas las edades y condiciones siguen descubriendo algo entre sus páginas y accediendo a ese ático del alma del que nos habla su narrador, Óscar.

Marina vuelve por fin a casa, y el relato que Óscar terminó por ella lo pueden descubrir los lectores ahora, por primera vez, en las condiciones que su autor siempre deseó. Tal vez ahora, con su ayuda, seré capaz de entender por qué esta novela sigue estando tan presente en mi memoria como el día que la terminé de escribir, y sabré recordar, como diría Marina, lo que nunca sucedió.

C. R. Z.

Barcelona, junio de 2008.

Marina

Marina me dijo una vez que sólo recordamos lo que nunca sucedió. Pasaría una eternidad antes de que comprendiese aquellas palabras. Pero más vale que empiece por el principio, que en este caso es el final.

En mayo de 1980 desaparecí del mundo durante una semana. Por espacio de siete días y siete noches, nadie supo de mi paradero. Amigos, compañeros, maestros y hasta la policía se lanzaron a la búsqueda de aquel fugitivo al que algunos ya creían muerto o perdido por calles de mala reputación en un rapto de amnesia.

Una semana más tarde, un policía de paisano creyó reconocer a aquel muchacho; la descripción encajaba. El sospechoso vagaba por la estación de Francia como un alma perdida en una catedral forjada de hierro y niebla. El agente se me aproximó con aire de novela negra. Me preguntó si mi nombre era Óscar Drai y si era yo el muchacho que había desaparecido sin dejar rastro del internado donde estudiaba. Asentí sin despegar los labios. Recuerdo el reflejo de la bóveda de la estación sobre el cristal de sus gafas.

Nos sentamos en un banco del andén. El policía encendió un cigarrillo con parsimonia. Lo dejó quemar sin llevárselo a los labios. Me dijo que había un montón de gente esperando hacerme muchas preguntas para las que me convenía tener buenas respuestas. Asentí de nuevo. Me miró a los ojos, estudiándome. «A veces, contar la verdad no es una buena idea, Óscar», dijo. Me tendió unas monedas y me pidió que llamase a mi tutor en el internado. Así lo hice. El policía aguardó a que hubiese hecho la llamada. Luego me dio dinero para un taxi y me deseó suerte. Le pregunté cómo sabía que no iba a volver a desaparecer. Me observó largamente. «Sólo desaparece la gente que tiene algún sitio adonde ir», contestó sin más. Me acompañó hasta la calle y allí se despidió, sin preguntarme dónde había estado. Le vi alejarse por el Paseo Colón. El humo de su cigarrillo intacto le seguía como un perro fiel.

Aquel día el fantasma de Gaudí esculpía en el cielo de Barcelona nubes imposibles sobre un azul que fundía la mirada. Tomé un taxi hasta el internado, donde supuse que me esperaría el pelotón de fusilamiento.

Durante cuatro semanas, maestros y psicólogos escolares me martillearon para que revelase mi secreto. Mentí y ofrecí a cada cual lo que quería oír o lo que podía aceptar. Con el tiempo, todos se esforzaron en fingir que habían olvidado aquel episodio. Yo seguí su ejemplo. Nunca le expliqué a nadie la verdad de lo que había sucedido.

No sabía entonces que el océano del tiempo tarde o temprano nos devuelve los recuerdos que enterramos en él. Quince años más tarde, la memoria de aquel día ha vuelto a mí. He visto a aquel muchacho vagando entre las brumas de la estación de Francia y el nombre de Marina se ha encendido de nuevo como una herida fresca.

Todos tenemos un secreto encerrado bajo llave en el ático del alma. Éste es el mío.

1

finales de la década de los setenta, Barcelona era
un espejismo de avenidas y callejones donde
uno podía viajar treinta o cuarenta años hacia el
pasado con sólo cruzar el umbral de una portería o un
café. El tiempo y la memoria, historia y ficción, se fundían en aquella ciudad hechicera como acuarelas en la
lluvia. Fue allí, al eco de calles que ya no existen, donde
catedrales y edificios fugados de fábulas tramaron el decorado de esta historia.

Por entonces yo era un muchacho de quince años que
languidecía entre las paredes de un internado con nombre de santo en las faldas de la carretera de Vallvidrera.
En aquellos días la barriada de Sarriá conservaba aún el
aspecto de pequeño pueblo varado a orillas de una me-
trópolis modernista. Mi colegio se alzaba en lo alto de una
calle que trepaba desde el Paseo de la Bonanova. Su monumental fachada sugería más un castillo que una escuela. Su angulosa silueta de color arcilloso era un rompecabezas de torreones, arcos y alas en tinieblas.

El colegio estaba rodeado por una ciudadela de jardines, fuentes, estanques cenagosos, patios y pinares encantados. En torno a él, edificios sombríos albergaban

piscinas veladas de vapor fantasmal, gimnasios embrujados de silencio y capillas tenebrosas donde imágenes de santos sonreían al reflejo de los cirios. El edificio levantaba cuatro pisos, sin contar los dos sótanos y un altillo de clausura donde vivían los pocos sacerdotes que todavía ejercían como profesores. Las habitaciones de los internos estaban situadas a lo largo de corredores cavernosos en el cuarto piso. Estas interminables galerías yacían en perpetua penumbra, siempre envueltas en un eco espectral.

Yo pasaba mis días soñando despierto en las aulas de aquel inmenso castillo, esperando el milagro que se producía todos los días a las cinco y veinte de la tarde. A esa hora mágica, el sol vestía de oro líquido los altos ventanales. Sonaba el timbre que anunciaba el fin de las clases y los internos gozábamos de casi tres horas libres antes de la cena en el gran comedor. La idea era que ese tiempo debía estar dedicado al estudio y a la reflexión espiritual. No recuerdo haberme entregado a ninguna de estas nobles tareas un solo día de los que pasé allí.

Aquél era mi momento favorito. Burlando el control de portería, partía a explorar la ciudad. Me acostumbré a volver al internado, justo a tiempo para la cena, caminando entre viejas calles y avenidas mientras anochecía a mi alrededor. En aquellos largos paseos experimentaba una sensación de libertad embriagadora. Mi imaginación volaba por encima de los edificios y se elevaba al cielo. Durante unas horas, las calles de Barcelona, el internado y mi lúgubre habitación en el cuarto piso se desvanecían. Durante unas horas, con sólo un par de monedas en el bolsillo, era el individuo más afortunado del universo.

A menudo mi ruta me llevaba por lo que entonces se llamaba el desierto de Sarriá, que no era más que un amago de bosque perdido en tierra de nadie. La mayoría de las antiguas mansiones señoriales que en su día habían poblado el norte del Paseo de la Bonanova se mantenía todavía en pie, aunque sólo fuese en ruinas. Las calles que rodeaban el internado trazaban una ciudad fantasma. Muros cubiertos de hiedra vedaban el paso a jardines salvajes en los que se alzaban monumentales residencias. Palacios invadidos por la maleza y el abandono en los que la memoria parecía flotar, como niebla que se resiste a marchar. Muchos de estos caserones aguardaban el derribo y otros tantos habían sido saqueados durante años. Algunos, sin embargo, aún estaban habitados. Sus ocupantes eran los miembros olvidados de estirpes arruinadas. Gentes cuyo nombre se escribía a cuatro columnas en *La Vanguardia* cuando los tranvías aún despertaban el recelo de los inventos modernos. Rehenes de su pasado moribundo, que se negaban a abandonar las naves a la deriva. Temían que, si osaban poner los pies más allá de sus mansiones ajadas, sus cuerpos se desvaneciesen en cenizas al viento. Prisioneros, languidecían a la luz de los candelabros. A veces, cuando cruzaba frente a aquellas verjas oxidadas con paso apresurado, me parecía sentir miradas recelosas desde los postigos despintados.

Una tarde, a finales de septiembre de 1979, decidí aventurarme por azar en una de aquellas avenidas sembradas de palacetes modernistas en la que no había reparado hasta entonces. La calle describía una curva que terminaba en una verja igual que muchas otras. Más allá se extendían los restos de un viejo jardín marcado por décadas de abandono. Entre la vegetación se apreciaba la silueta de una vivienda de dos pisos. Su sombría fachada se erguía tras una fuente con esculturas que el tiempo había vestido de musgo.

Empezaba a oscurecer y aquel rincón se me antojó un tanto siniestro. Rodeado por un silencio mortal, únicamente la brisa susurraba una advertencia sin palabras. Comprendí que me había metido en una de las zonas «muertas» del barrio. Decidí que lo mejor era regresar sobre mis pasos y volver al internado. Estaba debatiéndome entre la fascinación morbosa hacia aquel lugar olvidado y el sentido común cuando advertí dos brillantes ojos amarillos encendidos en la penumbra, clavados en mí como dagas. Tragué saliva.

El pelaje gris y aterciopelado de un gato se recortaba inmóvil frente a la verja del caserón. Un pequeño gorrión agonizaba entre sus fauces. Un cascabel plateado pendía del cuello del felino. Su mirada me estudió durante unos segundos. Poco después se dio media vuelta y se deslizó entre los barrotes de metal. Lo vi perderse en la inmensidad de aquel edén maldito portando al gorrión en su último viaje.

La visión de aquella pequeña fiera altiva y desafiante me cautivó. A juzgar por su lustroso pelaje y su cascabel, intuí que tenía dueño. Tal vez aquel edificio albergaba algo más que los fantasmas de una Barcelona desaparecida. Me acerqué y posé las manos sobre los barrotes de la entrada. El metal estaba frío. Las últimas luces del crepúsculo encendían el rastro que las gotas de sangre del gorrión habían dejado a través de aquella selva. Perlas escarlatas trazando la ruta en el laberinto. Tragué saliva otra vez. Mejor dicho, lo intenté. Tenía la boca seca. El pulso, como si supiese algo que yo ignoraba, me latía en las sienes con fuerza. Fue entonces cuando sentí ceder bajo mi peso la puerta y comprendí que estaba abierta.

Cuando di el primer paso hacia el interior, la Luna iluminaba el rostro pálido de los ángeles de piedra de la fuente. Me observaban. Los pies se me habían clavado en el suelo. Esperaba que aquellos seres saltasen de sus pedestales y se transformasen en demonios armados de garras lobunas y lenguas de serpiente. No sucedió nada de eso. Respiré profundamente, considerando la posibilidad de anular mi imaginación o, mejor aún, abandonar mi tímida exploración de aquella propicdad. Una vez más, alguien decidió por mí. Un sonido celestial invadió las sombras del jardín igual que un perfume. Escuché los perfiles de aquel susurro cincelar un aria acompañada al piano. Era la voz más hermosa que jamás había oído.

La melodía me resultó familiar, pero no acerté a reconocerla. La música provenía de la vivienda. Seguí su rastro hipnótico. Láminas de luz vaporosa se filtraban desde la puerta entreabierta de una galería de cristal. Reconocí los ojos del gato, fijos en mí desde el alféizar de un ventanal del primer piso. Me aproximé hasta la galería iluminada de la que manaba aquel sonido indescriptible. La voz de una mujer. El halo tenue de cien velas parpadeaba en el interior. El brillo descubría la trompa dorada de un viejo gramófono en el que giraba un disco. Sin pensar en lo que estaba haciendo, me sorprendí a mí mismo adentrándome en la galería, cautivado por aquella sirena atrapada en el gramófono. En la mesa sobre la que descansaba el artilugio distinguí un objeto brillante y esférico. Era un reloj de bolsillo. Lo tomé y lo examiné a la luz de las velas. Las agujas estaban paradas y la esfera astillada. Me pareció de oro y tan viejo como la casa en la que me encontraba. Un poco más allá había un gran butacón, de espaldas a mí, frente a una chimenea sobre la cual pude apreciar un retrato al óleo de una mujer vestida de blanco. Sus grandes ojos grises, tristes y sin fondo, presidían la sala.

Súbitamente el hechizo se hizo trizas. Una silueta se alzó de la butaca y se giró hacia mí. Una larga cabellera blanca y unos ojos encendidos como brasas brillaron en la oscuridad. Sólo acerté a ver dos inmensas manos blancas extendiéndose hacia mí. Presa del pánico, eché a correr hacia la puerta, tropecé en mi camino con el gramófono y lo derribé. Escuché la aguja lacerar el disco. La voz celestial se rompió con un gemido infernal. Me lancé hacia el jardín, sintiendo aquellas manos rozándome la camisa, y lo crucé con alas en los pies y el miedo ardiendo en cada poro de mi cuerpo. No me detuve ni un instante. Corrí y corrí sin mirar atrás hasta que una punzada de dolor me taladró el costado y comprendí que apenas podía respirar. Para entonces estaba cubierto de sudor frío y las luces del internado brillaban treinta metros más allá.

Me deslicé por una puerta junto a las cocinas que nunca estaba vigilada y me arrastré hasta mi habitación. Los demás internos ya debían de estar en el comedor desde hacía rato. Me sequé el sudor de la frente y poco a poco mi corazón recuperó su ritmo habitual. Empezaba a tranquilizarme cuando alguien golpeó en la puerta de la habitación con los nudillos.

—Óscar, hora de bajar a cenar —entonó la voz de uno de los tutores, un jesuita racionalista llamado Seguí que detestaba tener que hacer de policía.

—Ahora mismo, padre —contesté—. Un segundo.

Me apresuré a colocarme la chaqueta de rigor y apagué la luz de la habitación. A través de la ventana el espectro de la Luna se alzaba sobre Barcelona. Sólo entonces me di cuenta de que todavía sostenía el reloj de oro en la mano.

2

En los días que siguieron, el condenado reloj y yo nos hicimos compañeros inseparables. Lo llevaba a todas partes conmigo, incluso dormía con él bajo la almohada, temeroso de que alguien lo encontrase y me preguntase de dónde lo había sacado. No hubiera sabido qué responder. «Eso es porque no lo has encontrado; lo has robado», me susurraba una voz acusadora. «El término técnico es *robo y allanamiento de morada*», añadía aquella voz que, por alguna extraña razón, guardaba un sospechoso parecido con la del actor que doblaba a Perry Mason.

Aguardaba pacientemente todas las noches hasta que mis compañeros se dormían para examinar mi tesoro particular. Con la llegada del silencio, estudiaba el reloj a la luz de una linterna. Ni toda la culpabilidad del mundo hubiese conseguido mermar la fascinación que me producía el botín de mi primera aventura en el «crimen desorganizado». El reloj era pesado y parecía forjado en oro macizo. La quebrada esfera de cristal sugería un golpe o una caída. Supuse que aquel impacto era el que había acabado con la vida de su mecanismo y había congelado las agujas en las seis y veintitrés, condenadas eternamente. En la parte posterior se leía una inscripción:

Para Germán, en quien habla la luz.

K. A.

19-1-1964

Se me ocurrió que aquel reloj debía de valer un dineral y los remordimientos no tardaron en visitarme. Aquellas palabras grabadas me hacían sentir igual que un ladrón de recuerdos.

Un jueves teñido de lluvia decidí compartir mi secreto. Mi mejor amigo en el internado era un chaval de ojos penetrantes y temperamento nervioso que insistía en responder a las siglas JF, pese a que tenían poco o nada que ver con su nombre real. JF tenía alma de poeta libertario y un ingenio tan afilado que a menudo acababa por cortarse la lengua con él. Era de constitución débil y bastaba con mencionar la palabra *microbio* en un radio de un kilómetro a la redonda para que él creyese que había pillado una infección. Una vez busqué en un diccionario el término *hipocondríaco* y le saqué una copia.

—No sé si lo sabías, pero tu biografía viene en el Diccionario de la Real Academia —le anuncié.

Echó un vistazo a la fotocopia y me lanzó una mirada de alcayata.

—Prueba a buscar en la «i» de idiota y verás que no soy el único famoso —replicó JF.

Aquel día, a la hora del patio del mediodía, JF y yo nos deslizamos en el tenebroso salón de actos. Nuestros pasos en el pasillo central despertaban el eco de cien sombras caminando de puntillas. Dos haces de luz acerada caían sobre el escenario polvoriento. Nos sentamos en aquel claro de luz, frente a las filas de asientos vacíos que se fundían en la penumbra. El susurro de la lluvia arañaba las cristaleras del primer piso.

—Bueno —espetó JF—, ¿a qué viene tanto misterio? Sin mediar palabra saqué el reloj y se lo tendí. JF enarcó las cejas y evaluó el objeto. Lo valoró con detenimiento durante unos instantes antes de devolvérmelo con una mirada intrigada.

—¿Qué te parece? —inquirí.

—Me parece un reloj —replicó JF—. ¿Quién es el tal Germán?

—No tengo ni la más mínima idea.

Procedí a relatarle con detalle mi aventura de días atrás en aquel caserón desvencijado. JF escuchó atentamente el recuento de los hechos con la paciencia y atención cuasi científica que le caracterizaban. Al término de mi narración, pareció sopesar el asunto antes de expresar sus primeras impresiones.

—O sea, que lo has robado —concluyó.

—Ésa no es la cuestión —objeté.

—Habría que ver cuál es la opinión del tal Germán —adujo JF.

—El tal Germán probablemente lleve muerto años —sugerí sin mucho convencimiento.

JF se frotó la barbilla.

—Me pregunto qué dirá el Código Penal acerca del hurto premeditado de objetos personales y relojes con dedicatoria... —apuntó mi amigo.

—No hubo premeditación ni niño muerto —protesté—. Todo ocurrió de golpe, sin darme tiempo a pensar.

Cuando me di cuenta de que tenía el reloj, ya era tarde. En mi lugar tú hubieras hecho lo mismo.

—En tu lugar yo habría sufrido un paro cardíaco —precisó JF, que era más hombre de palabras que de acción—. Suponiendo que hubiese estado tan loco como para meterme en ese caserón siguiendo a un gato luciferino. A saber qué clase de gérmenes pueden pillarse de un bicho así.

Permanecimos en silencio por unos segundos, escuchando el eco distante de la lluvia.

—Bueno —concluyó JF—, lo hecho, hecho está. No pensarás volver allí, ¿verdad?

Sonreí.

—Solo no.

Los ojos de mi amigo se abrieron como platos.

—¡Ah, no! Ni pensarlo.

Aquella misma tarde, al terminar las clases, JF y yo nos escabullimos por la puerta de las cocinas y enfilamos aquella misteriosa calle que conducía al palacete. El adoquinado estaba surcado de charcos y hojarasca. Un cielo amenazador cubría la ciudad. JF, que no las tenía todas consigo, estaba más pálido que de costumbre. La visión de aquel rincón atrapado en el pasado le estaba reduciendo el estómago al tamaño de una canica. El silencio era ensordecedor.

—Yo creo que lo mejor es que demos media vuelta y nos larguemos de aquí —murmuró, retrocediendo unos pasos.

—No seas gallina.

—La gente no aprecia las gallinas en lo que valen. Sin ellas no habría ni huevos ni...

Súbitamente, el tintineo de un cascabel se esparció

en el viento. JF enmudeció. Los ojos amarillos del gato nos observaban. De repente, el animal siseó como una serpiente y nos sacó las garras. Los pelos del lomo se le erizaron y sus fauces nos mostraron los mismos colmillos que días atrás habían arrancado la vida a un gorrión. Un relámpago lejano encendió una caldera de luz en la bóveda del cielo. JF y yo intercambiamos una mirada. Quince minutos más tarde estábamos sentados en un banco junto al estanque del claustro del internado. El reloj seguía en el bolsillo de mi chaqueta. Más pesado que nunca.

Permaneció allí el resto de la semana hasta la madrugada del sábado. Poco antes del alba, me desperté con la vaga sensación de haber soñado con la voz atrapada en el gramófono. Más allá de mi ventana, Barcelona se encendía en un lienzo de sombras escarlata, un bosque de antenas y azoteas. Salté de la cama y busqué el maldito reloj que me había embrujado la existencia durante los últimos días. Nos miramos el uno al otro. Por fin me armé de la determinación que sólo encontramos cuando hemos de afrontar tareas absurdas y me decidí a poner término a aquella situación. Iba a devolverlo.

Me vestí en silencio y atravesé de puntillas el oscuro corredor del cuarto piso. Nadie advertiría mi ausencia hasta las diez o las once de la mañana. Para entonces esperaba estar ya de vuelta.

Afuera las calles yacían bajo aquel turbio manto púrpura que envuelve los amaneceres en Barcelona. Descendí hasta la calle Margenat. Sarriá despertaba a mi alrededor. Nubes bajas peinaban la barriada capturando las primeras luces en un halo dorado. Las fachadas de las casas se dibujaban entre los resquicios de neblina y las hojas secas que volaban sin rumbo.

No tardé en encontrar la calle. Me detuve un instante para absorber aquel silencio, aquella extraña paz que reinaba en aquel rincón perdido de la ciudad. Empezaba a sentir que el mundo se había detenido con el reloj que llevaba en el bolsillo, cuando escuché un sonido a mi espalda.

Me volví y presencié una visión robada de un sueño.

3

Una bicicleta emergía lentamente de la bruma. Una muchacha, ataviada con un vestido blanco, enfilaba aquella cuesta pedaleando hacia mí. El trasluz del alba permitía adivinar la silueta de su cuerpo a través del algodón. Una larga cabellera de color heno ondeaba velando su rostro. Permanecí allí inmóvil, contemplándola acercarse a mí, como un imbécil a medio ataque de parálisis. La bicicleta se detuvo a un par de metros. Mis ojos, o mi imaginación, intuyeron el contorno de unas piernas esbeltas al tomar tierra. Mi mirada ascendió por aquel vestido escapado de un cuadro de Sorolla hasta detenerse en los ojos, de un gris tan profundo que uno podría caerse dentro. Estaban clavados en mí con una mirada sarcástica. Sonreí y ofrecí mi mejor cara de idiota.

—Tú debes de ser el del reloj —dijo la muchacha en un tono acorde a la fuerza de su mirada.

Calculé que debía de tener mi edad, quizá un año más. Adivinar la edad de una mujer era, para mí, un arte o una ciencia, nunca un pasatiempo. Su piel era tan pálida como el vestido.

—¿Vives aquí? —balbuceé, señalando la verja.

Apenas pestañeó. Aquellos dos ojos me taladraban

con una furia tal que habría de tardar un par de horas en darme cuenta de que, por lo que a mí respectaba, aquélla era la criatura más deslumbrante que había visto en mi vida o esperaba ver. Punto y aparte.

—¿Y quién eres tú para preguntar?

—Supongo que soy el del reloj —improvisé—. Me llamo Óscar. Óscar Drai. He venido a devolverlo.

Sin darle tiempo a replicar, lo saqué del bolsillo y se lo ofrecí. La muchacha sostuvo mi mirada durante unos segundos antes de cogerlo. Al hacerlo, advertí que su mano era tan blanca como la de un muñeco de nieve y lucía un aro dorado en el anular.

—Ya estaba roto cuando lo cogí —expliqué.

—Lleva roto quince años —murmuró sin mirarme.

Cuando finalmente alzó la mirada, fue para examinarme de arriba abajo, como quien evalúa un mueble viejo o un trasto. Algo en sus ojos me dijo que no daba mucho crédito a mi categoría de ladrón; probablemente me estaba catalogando en la sección de cretino o bobo vulgar. La cara de iluminado que yo lucía no ayudaba mucho. La muchacha enarcó una ceja al tiempo que sonrió enigmáticamente y me tendió el reloj de vuelta.

—Tú te lo llevaste, tú se lo devolverás a su dueño.

—Pero...

—El reloj no es mío —me aclaró la muchacha—. Es de Germán.

La mención de aquel nombre conjuró la visión de la enorme silueta de cabellera blanca que me había sorprendido en la galería del caserón días atrás.

—¿Germán?

—Mi padre.

—¿Y tú eres? —pregunté.

—Su hija.

—Quería decir, ¿cómo te llamas?

—Sé perfectamente lo que querías decir —replicó la muchacha.

Sin más, se aupó de nuevo en su bicicleta y cruzó la verja de entrada. Antes de perderse en el jardín, se giró brevemente. Aquellos ojos se estaban riendo de mí a carcajadas. Suspiré y la seguí. Un viejo conocido me dio la bienvenida. El gato me miraba con su desdén habitual. Deseé ser un dobermann.

Crucé el jardín escoltado por el felino. Sorteé aquella jungla hasta llegar a la fuente de los querubines. La bicicleta estaba apoyada allí y su dueña descargaba una bolsa de la cesta que tenía frente al manillar. Olía a pan fresco. La chica sacó una botella de leche de la bolsa y se arrodilló para llenar un tazón que había en el suelo. El animal salió disparado a por su desayuno. Se diría que aquél era un ritual diario.

—Creí que tu gato únicamente comía pajarillos indefensos —dije.

—Sólo los caza. No se los come. Es una cuestión territorial —explicó como lo hubiese hecho ante un niño—. A él lo que le gusta es la leche. ¿Verdad, *Kafka*, que te gusta la leche?

El kafkiano felino le lamió los dedos en señal de asentimiento. La muchacha sonrió cálidamente mientras acariciaba su lomo. Al hacerlo, los músculos de su costado se dibujaron en los pliegues del vestido. Justo entonces alzó la vista y me sorprendió observándola y relamiéndome los labios.

—¿Y tú? ¿Has desayunado? —preguntó.

Negué con la cabeza.

—Entonces tendrás hambre. Todos los tontos tienen hambre —dijo—. Ven, pasa y come algo. Te vendrá bien tener el estómago lleno si le vas a explicar a Germán por qué robaste su reloj.

La cocina era una gran sala situada en la parte de atrás de la casa. Mi inesperado desayuno consistió en cruasanes que la joven había traído de la pastelería Foix, en la Plaza Sarriá. Me sirvió un tazón inmenso de café con leche y se sentó frente a mí mientras yo devoraba aquel festín con avidez. Me contemplaba como si hubiese recogido a un mendigo hambriento, con una mezcla de curiosidad, pena y recelo. Ella no probó bocado.

—Ya te había visto alguna vez por ahí —comentó sin quitarme los ojos de encima—. A ti y a ese chaval pequeñín que tiene cara de susto. Muchas tardes cruzáis por la calle de detrás cuando os sueltan del internado. A veces vas tú solo, canturreando despistado. Apuesto a que os lo pasáis bomba dentro de esa mazmorra...

Estaba a punto de responder algo ingenioso cuando una sombra inmensa se esparció sobre la mesa como una nube de tinta. Mi anfitriona alzó la vista y sonrió. Yo me quedé inmóvil, con la boca llena de cruasán y el pulso como unas castañuelas.

—Tenemos visita —anunció, divertida—. Papá, éste es Óscar Drai, ladrón de relojes aficionado. Óscar, éste es Germán, mi padre.

Tragué de golpe y me volví lentamente. Una silueta que se me antojó altísima se erguía frente a mí. Vestía un traje de alpaca, con chaleco y corbatín. Una cabellera blanca pulcramente peinada hacia atrás le caía sobre los hombros. Un bigote cano tocaba su rostro cincelado por ángulos cortantes en torno a dos ojos oscuros y tristes. Pero lo que realmente le definía eran sus manos. Manos blancas de ángel, de dedos finos e interminables. Germán.

—No soy un ladrón, señor... —articulé nerviosamente—. Todo tiene una explicación. Si me atreví a aventurarme en su casa, fue porque creí que estaba deshabitada. Una vez dentro no sé qué me pasó, escuché aquella música, bueno no, bueno sí, el caso es que entré y vi el reloj. No pensaba cogerlo, se lo juro, pero me asusté y, cuando me di cuenta de que tenía el reloj, ya estaba lejos. O sea, no sé si me explico...

La muchacha sonreía maliciosamente. Los ojos de Germán se posaron en los míos, oscuros e impenetrables. Hurgué en el bolsillo y le tendí el reloj, esperando que en cualquier momento aquel hombre prorrumpiese en gritos y me amenazase con llamar a la policía, a la guardia civil y al tribunal tutelar de menores.

—Le creo —dijo amablemente, aceptando el reloj y tomando asiento a la mesa junto a nosotros.

Su voz era suave, casi inaudible. Su hija procedió a servirle un plato con dos cruasanes y una taza de café con leche igual que la mía. Mientras lo hacía, le besó en la frente y Germán la abrazó. Los contemplé al trasluz de aquella claridad que se inmiscuía desde los ventanales. El rostro de Germán, que había imaginado de ogro, se volvió delicado, casi enfermizo. Era alto y extraordinariamente delgado. Me sonrió amablemente mientras llevaba la taza a sus labios y, por un instante, noté que entre padre e hija circulaba una corriente de afecto que iba más allá de palabras y gestos. Un vínculo de silencio y miradas los unía en las sombras de aquella casa, al final de una calle olvidada, donde cuidaban el uno del otro, lejos del mundo.

Germán terminó su desayuno y me agradeció cordialmente que me hubiese molestado en devolverle su reloj. Tanta amabilidad me hizo sentir doblemente culpable.

—Bueno, Óscar —dijo con voz cansina—, ha sido un placer conocerle. Espero verle de nuevo por aquí cuando guste visitarnos otra vez.

No comprendía por qué se empeñaba en tratarme de usted. Había algo en él que hablaba de otra época, otros tiempos en los que aquella cabellera gris había brillado y aquel caserón había sido un palacio a medio camino entre Sarriá y el cielo. Me estrechó la mano y se despidió para penetrar en aquel laberinto insondable. Le vi alejarse cojeando levemente por el corredor. Su hija lo observaba ocultando un velo de tristeza en la mirada.

—Germán no está muy bien de salud —murmuró—. Se cansa con facilidad.

Pero en seguida borró aquel aire melancólico.

—¿Te apetece alguna cosa más?

—Se me hace tarde —dije, combatiendo la tentación de aceptar cualquier excusa para alargar mi estancia en su compañía—. Creo que lo mejor será que me vaya.

Ella aceptó mi decisión y me acompañó al jardín. La luz de la mañana había esparcido las brumas. El inicio del otoño teñía de cobre los árboles. Caminamos hacia la verja; *Kafka* ronroneaba al sol. Al llegar a la puerta, la muchacha se quedó en el interior de la propiedad y me cedió el paso. Nos miramos en silencio. Me ofreció su mano y la estreché. Pude sentir su pulso bajo la piel aterciopelada.

—Gracias por todo —dije—. Y perdón por...

—No tiene importancia.

Me encogí de hombros.

—Bueno...

Eché a andar calle abajo, sintiendo que la magia de aquella casa se desprendía de mí a cada paso que daba. De repente, su voz sonó a mi espalda.

—¡Óscar!

Me volví. Ella seguía allí, tras la verja. *Kafka* yacía a sus pies.

—¿Por qué entraste en nuestra casa la otra noche?

Miré a mi alrededor como si esperase encontrar la respuesta escrita en el pavimento.

—No lo sé —admití finalmente—. El misterio, supongo...

La muchacha sonrió enigmáticamente.

—¿Te gustan los misterios?

Asentí. Creo que si me hubiese preguntado si me gustaba el arsénico, mi respuesta hubiera sido la misma.

—¿Tienes algo que hacer mañana?

Negué igualmente mudo. Si tenía algo, pensaría en una excusa. Como ladrón no valía un céntimo, pero como mentiroso debo confesar que siempre fui un artista.

—Entonces te espero aquí, a las nueve —dijo ella, perdiéndose en las sombras del jardín.

—¡Espera!

Mi grito la detuvo.

—No me has dicho cómo te llamas...

—Marina... Hasta mañana.

La saludé con la mano, pero ya se había desvanecido. Aguardé en vano a que Marina volviese a asomarse. El Sol rozaba la cúpula del cielo y calculé que debían de rondar las doce del mediodía. Cuando comprendí que Marina no iba a volver, regresé al internado. Los viejos portales del barrio parecían sonreírme, cómplices. Podía escuchar el eco de mis pasos, pero hubiera jurado que andaba un palmo por encima del suelo.

4

Creo que nunca había sido tan puntual en toda mi vida. La ciudad todavía andaba en pijama cuando crucé la Plaza Sarriá. A mi paso, una bandada de palomas alzó el vuelo al toque de campanas de misa de nueve. Un sol de calendario encendía las huellas de una llovizna nocturna. *Kafka* se había adelantado a recibirme al principio de la calle que conducía al caserón. Un grupo de gorriones se mantenía a distancia prudencial en lo alto de un muro. El gato los observaba con una estudiada indiferencia profesional.

—Buenos días, *Kafka*. ¿Hemos cometido algún asesinato esta mañana?

El gato me respondió con un simple ronroneo y, como si se tratase de un flemático mayordomo, procedió a guiarme a través del jardín hasta la fuente. Distinguí la silueta de Marina sentada al borde, enfundada en un vestido de color marfil que dejaba sus hombros al descubierto. Sostenía en las manos un libro encuadernado en piel en el que escribía con una estilográfica. Su rostro delataba una gran concentración y no advirtió mi presencia. Su mente parecía estar en otro mundo, lo cual me permitió observarla embobado durante unos instantes.

Decidí que Leonardo da Vinci debía de haber diseñado aquellas clavículas; no cabía otra explicación. *Kafka*, celoso, rompió la magia con un maullido. La estilográfica se detuvo en seco y los ojos de Marina se alzaron hacia los míos. En seguida cerró el libro.

—¿Listo?

Marina me guió a través de las calles de Sarriá con rumbo desconocido y sin más indicio de sus intenciones que una misteriosa sonrisa.

—¿Adónde vamos? —pregunté tras varios minutos.

—Paciencia. Ya lo verás.

Yo la seguí dócilmente, aunque albergaba la sospecha de ser objeto de alguna broma que por el momento no acertaba a comprender. Descendimos hasta el Paseo de la Bonanova y, desde allí, giramos en dirección a San Gervasio. Cruzamos frente al agujero negro del bar Víctor. Un grupo de *pijos,* parapetados tras gafas de sol, sostenía unas cervezas y calentaba el sillín de sus Vespas con indolencia. Al vernos pasar, varios tuvieron a bien bajarse las Ray Ban a media asta para hacerle una radiografía a Marina. «Tragad plomo», pensé.

Una vez llegamos a la calle Dr. Roux, Marina giró a la derecha. Descendimos un par de manzanas hasta un pequeño sendero sin asfaltar que se desviaba a la altura del número 112. La enigmática sonrisa seguía sellando los labios de Marina.

—¿Es aquí? —pregunté, intrigado.

Aquel sendero no parecía conducir a ninguna parte. Marina se limitó a adentrarse en él. Me condujo hasta un camino que ascendía hacia un pórtico flanqueado por cipreses. Más allá, un jardín encantado poblado por lápidas, cruces y mausoleos enmohecidos palidecía bajo sombras azuladas. El viejo cementerio de Sarriá.

El cementerio de Sarriá es uno de los rincones más escondidos de Barcelona. Si uno lo busca en los planos, no aparece. Si uno pregunta cómo llegar a él a vecinos o taxistas, lo más seguro es que no lo sepan, aunque todos hayan oído hablar de él. Y si uno, por ventura, se atreve a buscarlo por su cuenta, lo más probable es que se pierda. Los pocos que están en posesión del secreto de su ubicación sospechan que, en realidad, este viejo cementerio no es más que una isla del pasado que aparece y desaparece a su capricho.

Ése fue el escenario al que Marina me llevó aquel domingo de septiembre para desvelarme un misterio que me tenía casi tan intrigado como su dueña. Siguiendo sus instrucciones, nos acomodamos en un discreto rincón elevado en el ala norte del recinto. Desde allí teníamos una buena visión del solitario cementerio. Nos sentamos en silencio a contemplar tumbas y flores marchitas. Marina no decía ni pío y, transcurridos unos minutos, yo empecé a impacientarme. El único misterio que veía en todo aquello era qué diablos hacíamos allí.

—Esto está un tanto muerto —sugerí, consciente de la ironía.

—La paciencia es la madre de la ciencia —ofreció Marina.

—Y la madrina de la demencia —repliqué—. Aquí no hay nada de nada.

Marina me dirigió una mirada que no supe descifrar.

—Te equivocas. Aquí están los recuerdos de cientos de personas, sus vidas, sus sentimientos, sus ilusiones, su ausencia, los sueños que nunca llegaron a realizar, las decepciones, los engaños y los amores no correspondidos que envenenaron sus vidas... Todo eso está aquí, atrapado para siempre.

La observé intrigado y un tanto cohibido, aunque no sabía muy bien de lo que estaba hablando. Fuera lo que fuese, era importante para ella.

—No se puede entender nada de la vida hasta que uno no entiende la muerte —añadió Marina.

De nuevo me quedé sin comprender muy bien sus palabras.

—La verdad es que yo no pienso mucho en eso —dije—. En la muerte, quiero decir. En serio no, al menos...

Marina sacudió la cabeza, como un médico que reconoce los síntomas de una enfermedad fatal.

—O sea, que eres uno de los pardillos desprevenidos... —apuntó, con cierto aire de intriga.

—¿Los desprevenidos?

Ahora sí que estaba perdido. Al cien por cien.

Marina dejó ir la mirada y su rostro adquirió un tono de gravedad que la hacía parecer mayor. Estaba hipnotizado por ella.

—Supongo que no has oído la leyenda —empezó Marina.

—¿Leyenda?

—Me lo imaginaba —sentenció—. El caso es que, según dicen, la muerte tiene emisarios que vagan por las calles en busca de los ignorantes y los cabezas huecas que no piensan en ella.

Llegado a este punto, clavó sus pupilas en las mías.

—Cuando uno de esos desafortunados se topa con un emisario de la muerte —continuó Marina—, éste le guía a una trampa sin que lo sepa. Una puerta del infierno. Estos emisarios se cubren el rostro para ocultar que no tienen ojos, sino dos huecos negros en los que habitan gusanos. Cuando ya no hay escapatoria, el emisario revela su rostro y la víctima comprende el horror que le aguarda...

Sus palabras flotaron con eco mientras mi estómago se encogía.

Sólo entonces Marina dejó escapar aquella sonrisa maliciosa. Sonrisa de gato.

—Me estás tomando el pelo —dije por fin.

—Evidentemente.

Transcurrieron cinco o diez minutos en silencio, quizá más. Una eternidad. Una brisa leve rozaba los cipreses. Dos palomas blancas revoloteaban entre las tumbas. Una hormiga trepaba por la pernera de mi pantalón. Poco más sucedía. Pronto sentí que una pierna se me empezaba a dormir y temí que mi cerebro siguiese el mismo camino. Estaba a punto de protestar cuando Marina alzó la mano, haciéndome callar antes de que hubiese despegado los labios. Me señaló hacia el pórtico del cementerio.

Alguien acababa de entrar. La figura parecía la de una dama envuelta en una capa de terciopelo negro. Una capucha cubría su rostro. Las manos, cruzadas sobre el pecho, enfundadas en guantes del mismo color que su atuendo. La capa llegaba hasta el suelo y no permitía ver sus pies. Desde allí, se diría que aquella figura sin rostro se deslizaba sin rozar el suelo. Por alguna razón, sentí un escalofrío.

—¿Quién...? —susurré.

—Sssh —me cortó Marina.

Ocultos tras las columnas de la balconada, espiamos a aquella dama de negro. Avanzaba entre las tumbas como una aparición. Portaba una rosa roja entre los dedos enguantados. La flor parecía una herida fresca esculpida a cuchillo. La mujer se aproximó a una lápida que quedaba justo bajo nuestro punto de observación y se detuvo, dándonos la espalda. Por primera vez advertí que aquella tumba, a diferencia de todas las demás, no tenía nombre. Sólo podía distinguirse una inscripción grabada en el mármol: un símbolo que parecía representar un insecto, una mariposa negra con las alas desplegadas.

La dama de negro permaneció por espacio de casi cinco minutos en silencio al pie de la tumba. Finalmente se inclinó, depositó la rosa roja sobre la lápida y se marchó lentamente, del mismo modo en que había venido. Como una aparición.

Marina me dirigió una mirada nerviosa y se acercó a susurrarme algo al oído. Sentí sus labios rozarme la oreja y un ciempiés con patitas de fuego empezó a bailar la samba en mi nuca.

—La descubrí por casualidad hace tres meses, cuando acompañé a Germán a traerle flores a su tía Reme... Viene aquí el último domingo de cada mes a las diez de la mañana y deja una rosa roja idéntica sobre esa tumba —explicó Marina—. Siempre lleva la misma capa, los guantes y la capucha. Siempre viene sola. Nunca se le ve la cara. Nunca habla con nadie.

—¿Quién está enterrado en esa tumba?

El extraño símbolo tallado sobre el mármol despertaba mi curiosidad.

—No lo sé. En el registro del cementerio no figura ningún nombre...

—¿Y quién es esa mujer?

Marina iba a responder cuando vislumbró la silueta de la dama desapareciendo por el pórtico del cementerio. Me asió de la mano y se alzó apresurada.

—Rápido. Vamos a perderla.

—¿Es que vamos a seguirla? —pregunté.

—¿Tú querías acción, no? —me dijo, a medio camino entre la pena y la irritación, como si fuera bobo.

Para cuando alcanzamos la calle Dr. Roux, la mujer de negro se alejaba hacia la Bonanova. Volvía a llover, aunque el sol se resistía a ocultarse. Seguimos a la dama a través de aquella cortina de lágrimas de oro. Cruzamos el Paseo de la Bonanova y ascendimos hacia la falda de las montañas, poblada por palacetes y mansiones que habían conocido mejores épocas. La dama se adentró en la retícula de calles desiertas. Un manto de hojas secas las cubría, brillantes como las escamas abandonadas por una gran serpiente. Luego se detuvo al llegar a un cruce, una estatua viva.

—Nos ha visto... —susurré, refugiándome con Marina tras un grueso tronco surcado de inscripciones.

Por un instante temí que fuese a volverse y a descubrirnos. Pero no. Al poco rato, torció a la izquierda y desapareció. Marina y yo nos miramos. Reanudamos nuestra persecución. El rastro nos llevó a una callejuela sin salida, cortada por el tramo descubierto de los ferrocarriles de Sarriá, que ascendían hacia Vallvidrera y Sant Cugat. Nos detuvimos allí. No había rastro de la dama de negro, aunque la habíamos visto torcer justo en aquel punto. Por encima de los árboles y los tejados de las casas se distinguían los torreones del internado en la distancia.

—Se habrá metido en su casa —apunté—. Debe de vivir por aquí...

—No. Estas casas están deshabitadas. Nadie vive aquí.

Marina me señaló las fachadas ocultas tras verjas y muros. Un par de viejos almacenes abandonados y un caserón devorado por las llamas décadas atrás era cuanto quedaba en pie. La dama se había esfumado ante nuestras narices.

Nos adentramos en el callejón. Un charco reflejaba una lámina de cielo a nuestros pies. Las gotas de lluvia desvanecían nuestra imagen. Al final del callejón, un portón de madera se balanceaba movido por el viento. Marina me miró en silencio. Nos aproximamos hasta allí con sigilo y me asomé a echar un vistazo. El portón, cortado sobre un muro de ladrillo rojo, daba a un patio. Lo que en otro tiempo fue un jardín ahora estaba completamente poseído por las malas hierbas. Tras la espesura, se adivinaba la fachada de un extraño edificio cubierto de hiedra. Tardé un par de segundos en comprender que se trataba de un invernadero de cristal armado sobre un esqueleto de acero. Las plantas siseaban, igual que un enjambre al acecho.

—Tú primero —me invitó Marina.

Me armé de valor y penetré en la maleza. Marina, sin previo aviso, me tomó la mano y siguió tras de mí. Sentí mis pasos hundirse en el manto de escombros. La imagen de una maraña de oscuras serpientes con ojos escarlatas me pasó por la cabeza. Sorteamos aquella jungla de ramas hostiles que arañaban la piel hasta llegar a un claro frente al invernadero. Una vez allí, Marina soltó mi mano para contemplar la siniestra edificación. La hiedra tendía una telaraña sobre toda la estructura. El invernadero parecía un palacio sepultado en las profundidades de un pantano.

—Me temo que nos ha dado esquinazo —apunté—. Aquí nadie ha puesto los pies en años.

Marina me dio la razón a regañadientes. Echó un último vistazo al invernadero con aire de decepción. «Las derrotas en silencio saben mejor», pensé.

—Anda, vámonos —le sugerí, ofreciéndole mi mano con la esperanza de que la tomase de nuevo para atravesar los matojos.

Marina la ignoró y, frunciendo el ceño, se alejó para rodear el invernadero. Suspiré y la seguí con desgana. Aquella muchacha era más tozuda que una mula.

—Marina —empecé—, aquí no...

La encontré en la parte trasera del invernadero, frente a lo que parecía la entrada. Me miró y alzó la manó hacia el vidrio. Limpió la suciedad que cubría una inscripción sobre el cristal. Reconocí la misma mariposa negra que marcaba la tumba anónima del cementerio. Marina apoyó la mano sobre ella. La puerta cedió lentamente. Pude sentir el aliento fétido y dulzón que exhalaba del interior. Era el hedor de los pantanos y los pozos envenenados. Desoyendo el poco sentido común que aún me quedaba en la cabeza, me adentré en las tinieblas.

5

Un aroma fantasmal a perfume y a madera vieja flotaba en las sombras. El piso, de tierra fresca, rezumaba humedad. Espirales de vapor danzaban hacia la cúpula de cristal. La condensación resultante sangraba gotas invisibles en la oscuridad. Un extraño sonido palpitaba más allá de mi campo de visión. Un murmullo metálico, como el de una persiana agitándose. Marina seguía avanzando lentamente. La temperatura era cálida, húmeda. Noté que la ropa se me pegaba a la piel y una película de sudor me afloraba en la frente. Me giré hacia Marina y comprobé, a media luz, que a ella le estaba sucediendo otro tanto. Aquel murmullo sobrenatural continuaba agitándose en la sombra. Parecía provenir de todas partes.

—¿Qué es eso? —susurró Marina, con una punzada de temor en la voz.

Me encogí de hombros. Seguimos internándonos en el invernadero. Nos detuvimos en un punto donde convergían unas agujas de luz que se filtraban desde la techumbre. Marina iba a decir algo cuando escuchamos de nuevo aquel siniestro traqueteo. Cercano. A menos de dos metros. Directamente sobre nuestras cabezas. Intercambiamos una mirada muda y, lentamente, alzamos la vista hacia la zona anclada en la sombra en el techo del invernadero. Sentí la mano de Marina cerrarse sobre la mía con fuerza. Temblaba. Temblábamos.

Estábamos rodeados. Varias siluetas angulosas pendían del vacío. Distinguí una docena, quizá más. Piernas, brazos, manos y ojos brillando en las tinieblas. Una jauría de cuerpos inertes se balanceaba sobre nosotros como títeres infernales. Al rozar unos con otros producían aquel susurro metálico. Dimos un paso atrás y, antes de que pudiésemos darnos cuenta de lo que estaba sucediendo, el tobillo de Marina quedó atrapado en una palanca unida a un sistema de poleas. La palanca cedió. En una décima de segundo aquel ejército de figuras congeladas se precipitó al vacío. Me lancé para cubrir a Marina y ambos caímos de bruces. Escuché el eco de una sacudida violenta y el rugido de la vieja estructura de cristal vibrando. Temí que las láminas de vidrio se quebrasen y una lluvia de cuchillos transparentes nos ensartase en el suelo. En aquel momento sentí un contacto frío sobre la nuca. Dedos.

Abrí los ojos. Un rostro me sonreía. Ojos brillantes y amarillos brillaban, sin vida. Ojos de cristal en un rostro cincelado sobre madera lacada. Y en aquel instante escuché a Marina ahogar un grito a mi lado.

—Son muñecos —dije, casi sin aliento.

Nos incorporamos para comprobar la verdadera naturaleza de aquellos seres. Títeres. Figuras de madera, metal y cerámica. Estaban suspendidas por mil cables de una tramoya. La palanca que había accionado Marina sin querer había liberado el mecanismo de poleas que las sostenía. Las figuras se habían detenido a tres palmos del suelo. Se movían en un macabro ballet de ahorcados.

—¿Qué demonios...? —exclamó Marina.

Observé aquel grupo de muñecos. Reconocí una figura ataviada de mago, un policía, una bailarina, una gran dama vestida de granate, un forzudo de feria... Todos estaban construidos a escala real y vestían lujosas galas de baile de disfraces que el tiempo había convertido en harapos. Pero había algo en ellos que los unía, que les confería una extraña cualidad que delataba su origen común.

—Están inacabadas —descubrí.

Marina comprendió en el acto a qué me refería. Cada uno de aquellos seres carecía de algo. El policía no tenía brazos. La bailarina no tenía ojos, tan sólo dos cuencas vacías. El mago no tenía boca, ni manos... Contemplamos las figuras balanceándose en la luz espectral. Marina se aproximó a la bailarina y la observó cuidadosamente. Me indicó una pequeña marca sobre la frente, justo bajo el nacimiento de su pelo de muñeca. La mariposa negra, de nuevo. Marina alargó la mano hasta aquella marca. Sus dedos rozaron el cabello y Marina retiró la mano bruscamente. Observé su gesto de repugnancia.

—El pelo... es de verdad —dijo.

—Imposible.

Procedimos a examinar cada una de las siniestras marionetas y encontramos la misma marca en todas ellas. Accioné otra vez la palanca y el sistema de poleas alzó de nuevo los cuerpos. Viéndolos ascender así, inertes, pensé que eran almas mecánicas que acudían a unirse con su creador.

—Ahí parece que hay algo —dijo Marina a mi espalda.

Me volví y la vi señalando hacia un rincón del invernadero, donde se distinguía un viejo escritorio. Una fina capa de polvo cubría su superficie. Una araña correteaba dejando un rastro de diminutas huellas. Me arrodillé y soplé la película de polvo. Una nube gris se elevó en el aire. Sobre el escritorio yacía un tomo encuadernado en piel, abierto por la mitad. Con una caligrafía pulcra, podía leerse al pie de una vieja fotografía de color sepia pegada al papel: «Arles, 1903.» La imagen mostraba a dos niñas siamesas unidas por el torso. Luciendo vestidos de gala, las dos hermanas ofrecían para la cámara la sonrisa más triste del mundo.

Marina volvió las páginas. El cuaderno era un álbum de antiguas fotografías, normal y corriente. Pero las imágenes que contenía no tenían nada de normal y nada de corriente. La imagen de las niñas siamesas había sido un presagio. Los dedos de Marina giraron hoja tras hoja para contemplar, con una mezcla de fascinación y repulsión, aquellas fotografías. Eché un vistazo y sentí un extraño hormigueo en la espina dorsal.

—Fenómenos de la naturaleza... —murmuró Marina—. Seres con malformaciones, que antes se desterraban a los circos...

El poder turbador de aquellas imágenes me golpeó con un latigazo. El reverso oscuro de la naturaleza mostraba su rostro monstruoso. Almas inocentes atrapadas en el interior de cuerpos horriblemente deformados. Durante minutos pasamos las páginas de aquel álbum en silencio. Una a una, las fotografías nos mostraban, siento decirlo, criaturas de pesadilla. Las abominaciones físicas, sin embargo, no conseguían velar las miradas de desolación, de horror y soledad que ardían en aquellos rostros.

—Dios mío... —susurró Marina.

Las fotografías estaban fechadas, citando el año y la procedencia de la fotografía: Buenos Aires, 1893. Bombay, 1911. Turín, 1930. Praga, 1933... Me resultaba difícil adivinar quién, y por qué, habría recopilado semejante colección. Un catálogo del infierno. Finalmente Marina apartó la mirada del libro y se alejó hacia las sombras. Traté de hacer lo mismo, pero me sentía incapaz de desprenderme del dolor y el horror que respiraban aquellas imágenes. Podría vivir mil años y seguiría recordando la mirada de cada una de aquellas criaturas. Cerré el libro y me volví hacia Marina. La escuché suspirar en la penumbra y me sentí insignificante, sin saber qué hacer o qué decir. Algo en aquellas fotografías la había turbado profundamente.

—¿Estás bien...? —pregunté.

Marina asintió en silencio, con los ojos casi cerrados. Súbitamente, algo resonó en el recinto. Exploré el manto de sombras que nos rodeaba. Escuché de nuevo aquel sonido inclasificable. Hostil. Maléfico. Noté entonces un hedor a podredumbre, nauseabundo y penetrante. Llegaba desde la oscuridad como el aliento de una bestia salvaje. Tuve la certeza de que no estábamos solos. Había alguien más allí. Observándonos. Marina contemplaba petrificada la muralla de negrura. La tomé de la mano y la guié hacia la salida.

6

La llovizna había vestido las calles de plata cuando salimos de allí. Era la una de la tarde. Hicimos el camino de regreso sin cruzar palabra. En casa de Marina, Germán nos esperaba para comer.

—A Germán no le menciones nada de todo esto, por favor —me pidió Marina.

—No te preocupes.

Comprendí que tampoco hubiera sabido explicar lo que había sucedido. A medida que nos alejábamos del lugar, el recuerdo de aquellas imágenes y de aquel siniestro invernadero se fue desvaneciendo. Al llegar a la Plaza Sarriá, advertí que Marina estaba pálida y respiraba con dificultad.

—¿Te encuentras bien? —pregunté.

Marina me dijo que sí con poca convicción. Nos sentamos en un banco de la plaza. Ella respiró profundamente varias veces, con los ojos cerrados. Una bandada de palomas correteaba a nuestros pies. Por un instante temí que Marina fuera a desmayarse. Entonces abrió los ojos y me sonrió.

—No te asustes. Es sólo un pequeño mareo. Debe de haber sido ese olor.

—Seguramente. Probablemente era un animal muerto. Una rata o...

Marina apoyó mi hipótesis. Al poco rato el color le volvió a las mejillas.

—Lo que me hace falta es comer algo. Anda, vamos. Germán estará harto de esperarnos.

Nos incorporamos y nos encaminamos hacia su casa. *Kafka* aguardaba en la verja. A mí me miró con desdén y corrió a frotar su lomo sobre los tobillos de Marina. Andaba yo sopesando las ventajas de ser un gato, cuando reconocí el sonido de aquella voz celestial en el gramófono de Germán. La música se filtraba por el jardín como una marea alta.

—¿Qué es esa música?

—Leo Delibes —respondió Marina.

—Ni idea.

—Delibes. Un compositor francés —aclaró Marina, adivinando mi desconocimiento—. ¿Qué os enseñan en el colegio?

Me encogí de hombros.

—Es un fragmento de una de sus óperas. *Lakmé*.

—¿Y esa voz?

—Mi madre.

La miré atónito.

—¿Tu madre es cantante de ópera?

Marina me devolvió una mirada impenetrable.

—Era —respondió—. Murió.

Germán nos esperaba en el salón principal, una gran habitación ovalada. Una lámpara de lágrimas de cristal pendía del techo. El padre de Marina iba casi de etiqueta. Vestía traje y chaleco, y su cabellera plateada aparecía pulcramente peinada hacia atrás. Me pareció estar viendo a un caballero de fin de siglo. Nos sentamos a la mesa, ataviada con manteles de hilo y cubiertos de plata.

—Es un placer tenerle entre nosotros, Óscar —dijo Germán—. No todos los domingos tenemos la fortuna de contar con tan grata compañía.

La vajilla era de porcelana, genuino artículo de anticuario. El menú parecía consistir en una sopa de aroma delicioso y pan. Nada más. Mientras Germán me servía a mí primero, comprendí que todo aquel despliegue se debía a mi presencia. A pesar de la cubertería de plata, la vajilla de museo y las galas de domingo, en aquella casa no había dinero para un segundo plato. Por no haber, no había ni luz. La casa estaba perpetuamente iluminada con velas. Germán debió de leerme el pensamiento.

—Habrá advertido que no tenemos electricidad, Óscar. Lo cierto es que no creemos demasiado en los adelantos de la ciencia moderna. Al fin y al cabo, ¿qué clase de ciencia es ésa, capaz de poner un hombre en la Luna pero incapaz de poner un pedazo de pan en la mesa de cada ser humano?

—A lo mejor el problema no está en la ciencia, sino en quienes deciden cómo emplearla —sugerí.

Germán consideró mi idea y asintió con solemnidad, no sé si por cortesía o por convencimiento.

—Intuyo que es usted un tanto filósofo, Óscar. ¿Ha leído a Schopenhauer?

Advertí los ojos de Marina sobre mí, sugiriéndome que le siguiese la corriente a su padre.

—Sólo por encima —improvisé.

Saboreamos la sopa sin hablar. Germán me sonreía

amablemente de vez en cuando y observaba con cariño a su hija. Algo me decía que Marina no tenía muchos amigos y que Germán veía con buenos ojos mi presencia allí, a pesar de no ser capaz de distinguir entre Schopenhauer y una marca de artículos ortopédicos.

—Y dígame usted, Óscar, ¿qué se cuenta en el mundo estos días?

Formuló esta pregunta de tal modo que sospeché que, si le anunciaba el final de la Segunda Guerra Mundial, iba a causar un revuelo.

—No mucho, la verdad —dije, bajo la atenta vigilancia de Marina—. Vienen elecciones...

Esto despertó el interés de Germán, que detuvo la danza de su cuchara y sopesó el tema.

—¿Y usted qué es, Óscar? ¿De derechas o de izquierdas?

—Óscar es ácrata, papá —cortó Marina.

El pedazo de pan se me atragantó. No sabía lo que significaba aquella palabra, pero sonaba a anarquista en bicicleta. Germán me observó detenidamente, intrigado.

—El idealismo de la juventud... —murmuró—. Lo comprendo, lo comprendo. A su edad, yo también leí a Bakunin. Es como el sarampión; hasta que no se pasa...

Lancé una mirada asesina a Marina, que se relamía los labios como un gato. Me guiñó el ojo y desvió la vista. Germán me observó con curiosidad benevolente. Le devolví su amabilidad con una inclinación de cabeza y me llevé la cuchara a los labios. Al menos así no tendría que hablar y no metería la pata. Comimos en silencio. No tardé en advertir que, al otro lado de la mesa, Germán se estaba quedando dormido. Cuando finalmente la cuchara resbaló entre sus dedos, Marina se levantó y, sin mediar palabra, le aflojó el corbatín de seda plateada. Germán suspiró. Una de sus manos temblaba ligeramente. Marina tomó a su padre del brazo y le ayudó a incorporarse. Germán asintió, abatido, y me sonrió débilmente, casi avergonzado. Me pareció que había envejecido quince años en un soplo.

—Me disculpará usted, Óscar... —dijo con un hilo de voz—. Las cosas de la edad...

Me incorporé a mi vez, ofreciendo ayuda a Marina con una mirada. Ella la rechazó y me pidió que permaneciese en la sala. Su padre se apoyó en ella y así los vi abandonar el salón.

—Ha sido un placer, Óscar... —murmuró la voz cansina de Germán, perdiéndose en el corredor de sombras—. Vuelva a visitarnos, vuelva a visitarnos...

Escuché los pasos desvanecerse en el interior de la vivienda y esperé el regreso de Marina a la luz de las velas por espacio de casi media hora. La atmósfera de la casa fue calando en mí. Cuando tuve la certeza de que Marina no iba a volver, empecé a preocuparme. Dudé en ir a buscarla, pero no me pareció correcto husmear en las habitaciones sin invitación. Pensé en dejar una nota, pero no tenía nada con qué hacerlo. Estaba anocheciendo, así que lo mejor era marcharme. Ya me acercaría al día siguiente, después de clase, para ver si todo andaba bien. Me sorprendió comprobar que apenas hacía media hora que no veía a Marina y mi mente ya estaba buscando excusas para regresar. Me dirigí hasta la puerta trasera de la cocina y recorrí el jardín hasta la verja. El cielo se apagaba sobre la ciudad con nubes en tránsito.

Mientras paseaba hacia el internado, lentamente, los acontecimientos de la jornada desfilaron por mi mente.

Al ascender las escaleras de mi habitación en el cuarto piso estaba convencido de que aquél había sido el día más extraño de mi vida. Pero si se pudiese comprar un billete para repetirlo, lo habría hecho sin pensarlo dos veces.

7

Por la noche soñé que estaba atrapado en el interior de un inmenso caleidoscopio. Un ser diabólico, de quien sólo podía ver su gran ojo a través de la lente, lo hacía girar. El mundo se deshacía en laberintos de ilusiones ópticas que flotaban a mi alrededor. Insectos. Mariposas negras. Desperté de golpe con la sensación de tener café hirviendo corriéndome por las venas. El estado febril no me abandonó en todo el día. Las clases del lunes desfilaron como trenes que no paraban en mi estación. JF se percató en seguida.

—Normalmente estás en las nubes —sentenció—, pero hoy te estás saliendo de la atmósfera. ¿Estás enfermo?

Con gesto ausente le tranquilicé. Consulté el reloj sobre la pizarra del aula. Las tres y media. En poco menos de dos horas se acababan las clases. Una eternidad. Afuera, la lluvia arañaba los cristales.

Al toque del timbre me escabullí a toda velocidad, dando plantón a JF en nuestro habitual paseo por el mundo real. Atravesé los eternos corredores hasta llegar a la salida. Los jardines y las fuentes de la entrada palidecían bajo un manto de tormenta. No llevaba paraguas, ni siquiera una capucha. El cielo era una lápida de plomo. Los faroles ardían como cerillas. Eché a correr. Sorteé charcos, rodeé los desagües desbordados y alcancé la salida. Por la calle descendían regueros de lluvia, como una vena desangrándose. Calado hasta los huesos corrí por calles angostas y silenciosas. Las alcantarillas rugían a mi paso. La ciudad parecía hundirse en un océano negro. Me llevó diez minutos llegar a la verja del caserón de Marina y Germán. Para entonces ya tenía la ropa y los zapatos empapados sin remedio. El crepúsculo era un telón de mármol grisáceo en el horizonte. Creí escuchar un chasquido a mis espaldas, en la boca del callejón. Me volví sobresaltado. Por un instante sentí que alguien me había seguido. Pero no había nadie allí, tan sólo la lluvia ametrallando charcos en el camino.

Me colé a través de la verja. La claridad de los relámpagos guió mis pasos hasta la vivienda. Los querubines de la fuente me dieron la bienvenida. Tiritando de frío, llegué a la puerta trasera de la cocina. Estaba abierta. Entré. La casa estaba completamente a oscuras. Recordé las palabras de Germán acerca de la ausencia de electricidad.

No se me ocurrió pensar hasta entonces que nadie me había invitado. Por segunda vez, me colaba en aquella casa sin ningún pretexto. Pensé en irme, pero la tormenta aullaba afuera. Suspiré. Me dolían las manos de frío y apenas sentía la punta de los dedos. Tosí como un perro y sentí el corazón latiéndome en las sienes. Tenía la ropa pegada al cuerpo, helada. «Mi reino por una toalla», pensé.

—¿Marina? —llamé.

El eco de mi voz se perdió en el caserón. Tuve conciencia del manto de sombras que se extendía a mi alrededor. Sólo el aliento de los relámpagos filtrándose por los ventanales permitía fugaces impresiones de claridad, como el flash de una cámara.

—¿Marina? —insistí—. Soy Óscar...

Tímidamente me adentré en la casa. Mis zapatos empapados producían un sonido viscoso al andar. Me detuve al llegar al salón donde habíamos comido el día anterior. La mesa estaba vacía, y las sillas, desiertas.

—¿Marina? ¿Germán?

No obtuve contestación. Distinguí en la penumbra una palmatoria y una caja de fósforos sobre una consola. Mis dedos arrugados e insensibles necesitaron cinco intentos para prender la llama.

Alcé la luz parpadeante. Una claridad fantasmal inundó la sala. Me deslicé hasta el corredor por donde había visto desaparecer a Marina y a su padre el día anterior.

El pasillo conducía a otro gran salón, igualmente coronado por una lámpara de cristal. Sus cuentas brillaban en la penumbra como tiovivos de diamantes. La casa estaba poblada por sombras oblicuas que la tormenta proyectaba desde el exterior a través de los cristales. Viejos muebles y butacones yacían bajo sábanas blancas. Una escalinata de mármol ascendía al primer piso. Me aproximé a ella, sintiéndome un intruso. Dos ojos amarillos brillaban en lo alto de la escalera. Escuché un maullido. *Kafka*. Suspiré aliviado. Un segundo después el gato se retiró a las sombras. Me detuve y miré alrededor. Mis pasos habían dejado un rastro de huellas sobre el polvo.

—¿Hay alguien? —llamé de nuevo, sin obtener respuesta.

Imaginé aquel gran salón décadas atrás, vestido de gala. Una orquesta y docenas de parejas danzantes. Ahora parecía el salón de un buque hundido. Las paredes estaban cubiertas de lienzos al óleo. Todos ellos eran retratos de una mujer. La reconocí. Era la misma que aparecía en el cuadro que había visto la primera noche que me colé en aquella casa. La perfección y la magia del trazo y la luminosidad de aquellas pinturas eran casi sobrenaturales. Me pregunté quién sería el artista. Incluso a mí me resultó evidente que todos eran obra de una misma mano. La dama parecía vigilarme desde todas partes. No era difícil advertir el tremendo parecido de aquella mujer con Marina. Los mismos labios sobre una tez pálida, casi transparente. El mismo talle, esbelto y frágil como el de una figura de porcelana. Los mismos ojos de ceniza, tristes y sin fondo. Sentí algo rozarme un tobillo. *Kafka* ronroneaba a mis pies. Me agaché y acaricié su pelaje plateado.

—¿Dónde está tu ama, eh?

Como respuesta maulló melancólico. No había nadie allí. Escuché el sonido de la lluvia golpeando el techo. Miles de arañas de agua correteando en el desván. Supuse que Marina y Germán habían salido por algún motivo imposible de adivinar. En cualquier caso, no era de mi incumbencia. Acaricié a *Kafka* y decidí que debía marcharme antes de que volviesen.

—Uno de los dos está de más aquí —le susurré a *Kafka*—. Yo.

Súbitamente, los pelos del lomo del gato se erizaron como púas. Sentí sus músculos tensarse como cables de acero bajo mi mano. *Kafka* emitió un maullido de pánico. Me estaba preguntando qué podía haber aterrorizado al animal de aquel modo cuando lo noté. Aquel olor. El hedor a podredumbre animal del invernadero. Sentí náuseas.

Alcé la vista. Una cortina de lluvia velaba el ventanal del salón. Al otro lado distinguí la silueta incierta de los ángeles en la fuente. Supe instintivamente que algo andaba mal. Había una figura más entre las estatuas. Me incorporé y avancé lentamente hacia el ventanal. Una de las siluetas se volvió sobre sí misma. Me detuve, petrificado. No podía distinguir sus rasgos, apenas una forma oscura envuelta en un manto. Tuve la certeza de que aquel extraño me estaba observando. Y sabía que yo lo estaba observando a él. Permanecí inmóvil durante un instante infinito. Segundos más tarde, la figura se retiró a las sombras. Cuando la luz de un relámpago estalló sobre el jardín, el extraño ya no estaba allí. Tardé en darme cuenta de que el hedor había desaparecido con él.

No se me ocurrió más que sentarme a esperar el regreso de Germán y Marina. La idea de salir al exterior no era muy tentadora. La tormenta era lo de menos. Me dejé caer en un inmenso butacón. Poco a poco, el eco de la lluvia y la claridad tenue que flotaba en el gran salón me fueron adormeciendo. En algún momento escuché el sonido de la cerradura principal al abrirse y pasos en la casa. Desperté de mi trance y el corazón me dio un vuelco. Voces que se aproximaban por el pasillo. Una vela. *Kafka* corrió hacia la luz justo cuando Germán y su hija entraban en la sala. Marina me clavó una mirada helada.

—¿Qué estás haciendo aquí, Óscar?

Balbuceé algo sin sentido. Germán me sonrió amablemente y me examinó con curiosidad.

—Por Dios, Óscar. ¡Está usted empapado! Marina, trae unas toallas limpias para Óscar... Venga usted, Óscar, vamos a encender un fuego, que hace una noche de perros...

Me senté frente a la chimenea, sosteniendo una taza de caldo caliente que Marina me había preparado. Relaté torpemente el motivo de mi presencia sin mencionar lo de la silueta en la ventana y aquel siniestro hedor. Germán aceptó mis explicaciones de buen grado y no se mostró en absoluto ofendido por mi intrusión, al contrario. Marina era otra historia. Su mirada me quemaba. Temí que mi estupidez al colarme en su casa como si fuera un hábito hubiese acabado para siempre con nuestra amistad. No abrió la boca durante la media hora en que estuvimos sentados frente al fuego. Cuando Germán se excusó y me deseó buenas noches, sospeché que mi ex amiga me iba a echar a patadas y a decirme que no volviese jamás.

«Ahí viene», pensé. El beso de la muerte. Marina sonrió finamente, sarcástica.

—Pareces un pato mareado —dijo.

—Gracias —repliqué, esperando algo peor.

—¿Vas a contarme qué demonios hacías aquí?

Sus ojos brillaban al fuego. Sorbí el resto del caldo y bajé la mirada.

—La verdad es que no lo sé... —dije—. Supongo que..., qué sé yo...

Sin duda mi aspecto lamentable ayudó, porque Marina se acercó y me palmeó la mano.

—Mírame —ordenó.

Así lo hice. Me observaba con una mezcla de compasión y simpatía.

—No estoy enfadada contigo, ¿me oyes? —dijo—. Es que me ha sorprendido verte aquí, así, sin avisar. Todos los lunes acompaño a Germán al médico, al hospital de San Pablo, por eso estábamos fuera. No es un buen día para visitas.

Estaba avergonzado.

—No volverá a suceder —prometí.

Me disponía a explicarle a Marina la extraña aparición que había creído presenciar cuando ella se rió sutilmente y se inclinó para besarme en la mejilla. El roce de sus labios bastó para que se me secase la ropa al instante. Las palabras se me perdieron rumbo a la lengua. Marina advirtió mi balbuceo mudo.

—¿Qué? —preguntó.

La contemplé en silencio y negué con la cabeza.

—Nada.

Enarcó la ceja, como si no me creyese, pero no insistió.

—¿Un poco más de caldo? —preguntó, incorporándose.

—Gracias.

Marina tomó mi tazón y fue hasta la cocina para rellenarlo. Me quedé junto al hogar, fascinado por los retratos de la dama en las paredes. Cuando Marina regresó, siguió mi mirada.

—La mujer que aparece en todos esos retratos... —empecé.

—Es mi madre —dijo Marina.

Sentí que invadía un terreno resbaladizo.

—Nunca había visto unos cuadros así. Son como... fotografías del alma.

Marina asintió en silencio.

—Debe de tratarse de un artista famoso —insistí—. Pero nunca había visto nada igual.

Marina tardó en responder.

—Ni lo verás. Hace casi dieciséis años que el autor no pinta un cuadro. Esta serie de retratos fue su última obra.

—Debía de conocer muy bien a tu madre para poder retratarla de ese modo —apunté.

Marina me miró largamente. Sentí aquella misma mirada atrapada en los cuadros.

—Mejor que nadie —respondió—. Se casó con ella.

8

E sa noche, junto al fuego, Marina me explicó la historia de Germán y del palacete de Sarriá. Germán Blau había nacido en el seno de una familia adinerada perteneciente a la floreciente burguesía catalana de la época. A la dinastía Blau no le faltaban el palco en el Liceo, la colonia industrial a orillas del río Segre ni algún que otro escándalo de sociedad. Se rumoreaba que el pequeño Germán no era hijo del gran patriarca Blau, sino fruto de los amores ilícitos entre su madre, Diana, y un pintoresco individuo llamado Quim Salvat. Salvat era, por este orden, libertino, retratista y sátiro profesional. Escandalizaba a las gentes de buen nombre al tiempo que inmortalizaba sus palmitos al óleo a precios astronómicos. Sea cual fuese la verdad, lo cierto es que Germán no guardaba parecido ni físico ni de carácter con miembro alguno de la familia. Su único interés era la pintura, el dibujo, lo cual a todo el mundo le resultó sospechoso. Especialmente a su padre titular.

Llegado su dieciséis cumpleaños, su padre le anunció que no había lugar para vagos ni holgazanes en la familia. De persistir en sus intenciones de «ser artista», le iba a meter a trabajar en la fábrica como mozo o picapedrero, en la legión o en cualquier otra institución que contribuyese a fortalecer su carácter y a hacer de él un hombre de provecho. Germán optó por huir de casa, adonde regresó de la mano de la benemérita veinticuatro horas después.

Su progenitor, desesperado y decepcionado con aquel primogénito, optó por pasar sus esperanzas a su segundo hijo, Gaspar, que se desvivía por aprender el negocio textil y mostraba más disposición a continuar la tradición familiar. Temiendo por su futuro económico, el viejo Blau puso a nombre de Germán el palacete de Sarriá, que llevaba años semi abandonado. «Aunque nos avergüences a todos, no he trabajado yo como un esclavo para que un hijo mío se quede en la calle», le dijo. La mansión había sido en su día una de las más celebradas por las gentes de copete y carruaje, pero nadie se ocupaba ya de ella. Estaba maldita. De hecho, se decía que los encuentros secretos entre Diana y el libertino Salvat habían tenido por escenario dicho lugar. De ese modo, por ironías del destino, la casa pasó a manos de Germán. Poco después, con el apoyo clandestino de su madre, Germán se convirtió en aprendiz del mismísimo Quim Salvat. El primer día, Salvat lo miró fijamente a los ojos y pronunció estas palabras:

—Uno, yo no soy tu padre y no conozco a tu madre más que de vista. Dos, la vida del artista es una vida de riesgo, incertidumbre y, casi siempre, de pobreza. No se escoge; ella lo escoge a uno. Si tienes dudas respecto a cualquiera de estos dos puntos, más vale que salgas por esa puerta ahora mismo.

Germán se quedó.

Los años de aprendizaje con Quim Salvat fueron para Germán un salto a otro mundo. Por primera vez descubrió que alguien creía en él, en su talento y en sus posibilidades de llegar a ser algo más que una pálida copia de su padre. Se sintió otra persona. En seis meses aprendió y mejoró más que en los años anteriores de su vida.

Salvat era un hombre extravagante y generoso, amante de las exquisiteces del mundo. Sólo pintaba de noche y, aunque no era bien parecido (el único parecido que tenía era con un oso), se le podía considerar un auténtico rompecorazones, dotado de un extraño poder de seducción que manejaba casi mejor que el pincel.

Modelos que quitaban la respiración y señoras de la alta sociedad desfilaban por el estudio deseando posar para él y, según sospechaba Germán, algo más. Salvat sabía de vinos, de poetas, de ciudades legendarias y de técnicas de acrobacia amorosa importadas de Bombay. Había vivido intensamente sus cuarenta y siete años. Siempre decía que los seres humanos dejaban pasar la existencia como si fueran a vivir para siempre y que ésa era su perdición. Se reía de la vida y de la muerte, de lo divino y lo humano. Cocinaba mejor que los grandes chefs de la guía Michelin y comía por todos ellos. Durante el tiempo que pasó a su lado, Salvat se convirtió en su maestro y su mejor amigo. Germán siempre supo que lo que había llegado a ser en su vida, como hombre y como pintor, se lo debía a Quim Salvat.

Salvat era uno de los pocos privilegiados que conocía el secreto de la luz. Decía que la luz era una bailarina caprichosa y sabedora de sus encantos. En sus manos, la luz se transformaba en líneas maravillosas que iluminaban el lienzo y abrían puertas en el alma. Al menos, eso explicaba el texto promocional de sus catálogos de exposición.

—Pintar es escribir con luz —afirmaba Salvat—. Primero debes aprender su alfabeto; luego, su gramática. Sólo entonces podrás tener el estilo y la magia.

Fue Quim Salvat quien amplió su visión del mundo llevándole consigo en sus viajes. Así recorrieron París, Viena, Berlín, Roma... Germán no tardó en comprender que Salvat era tan buen vendedor de su arte como pintor, quizá mejor. Aquélla era la clave de su éxito.

—De cada mil personas que adquieren un cuadro o una obra de arte, sólo una de ellas tiene una remota idea de lo que compra —le explicaba Salvat, sonriente—. Los demás no compran la obra, compran al artista, lo que han oído y, casi siempre, lo que se imaginan acerca de él. Este negocio no es diferente a vender remedios de curandero o filtros de amor, Germán. La diferencia estriba en el precio.

El gran corazón de Quim Salvat se paró el diecisiete de julio de 1938. Algunos afirmaron que por culpa de los excesos. Germán siempre creyó que fueron los horrores de la guerra los que mataron la fe y las ganas de vivir de su mentor.

—Podría pintar mil años —murmuró Salvat en su lecho de muerte— y no cambiaría un ápice la barbarie, la ignorancia y la bestialidad de los hombres. La belleza es un soplo contra el viento de la realidad, Germán. Mi arte no tiene sentido. No sirve para nada...

La interminable lista de sus amantes, sus acreedores, amigos y colegas, las docenas de gentes a las que había ayudado sin pedir nada a cambio le lloraron en su entierro. Sabían que aquel día una luz se apagaba en el mundo y que, en adelante, todos estarían más solos, más vacíos.

Salvat le dejó una modestísima suma de dinero y su estudio. Le encargó que repartiese el resto (que no era mucho, porque Salvat gastaba más de lo que ganaba y antes de ganarlo) entre sus amadas y amigos. El notario que se hacía cargo del testamento entregó a Germán una carta que Salvat le había confiado al presentir que su final estaba próximo. Debía abrirla a su muerte. Con lágrimas en los ojos y el alma hecha trizas, el joven vagó sin rumbo toda una noche por la ciudad. El alba le sorprendió en el rompeolas del puerto y fue allí, a las primeras luces del día, donde leyó las últimas palabras que Quim Salvat le había reservado.

Querido Germán:

No te dije esto en vida, porque creí que debía esperar el momento oportuno. Pero temo no poder estar aquí cuando llegue. Esto es lo que tengo que decirte. Nunca he conocido a ningún pintor con mayor talento que tú, Germán. Tú no lo sabes todavía ni lo puedes entender, pero está en ti y mi único mérito ha sido reconocerlo. He aprendido más de ti de lo que tú has aprendido de mí, sin tú saberlo. Me gustaría que hubieras tenido el maestro que mereces, alguien que hubiese guiado tu talento mejor que este pobre aprendiz. La luz habla en ti, Germán. Los demás sólo escuchamos. No lo olvides jamás. De ahora en adelante, tu maestro pasará a ser tu alumno y tu mejor amigo, siempre.

SALVAT

Una semana más tarde, huyendo de recuerdos intolerables, Germán partió para París. Le habían ofrecido un puesto como profesor en una escuela de pintura. No volvería a poner los pies en Barcelona en diez años.

En París, Germán se labró una reputación como retratista de cierto prestigio y descubrió una pasión que no le abandonaría jamás: la ópera. Sus cuadros empezaban a venderse bien y un marchante que le conocía de sus tiempos con Salvat decidió representarle. Además de su sueldo como profesor, sus obras se vendían lo suficiente para permitirle una vida sencilla pero digna. Haciendo algunos ajustes, y con ayuda del rector de su escuela, que era primo de medio París, consiguió reservarse una butaca en el teatro de la Ópera para toda la temporada. Nada ostentoso: anfiteatro en sexta fila y un tanto tirado a la izquierda. Un veinte por ciento del escenario no era visible, pero la música llegaba gloriosa, ignorando el precio de butacas y palcos.

Allí la vio por primera vez. Parecía una criatura salida de uno de los cuadros de Salvat, pero ni su belleza podía hacerle justicia a su voz. Se llamaba Kirsten Auermann, tenía diecinueve años y, según el programa, era una de las jóvenes promesas de la lírica mundial. Aquella misma noche se la presentaron en la recepción que la compañía organizaba tras la función. Germán se coló alegando que era el crítico musical de *Le Monde*. Al estrechar su mano, Germán se quedó mudo.

—Para ser un crítico, habla usted muy poco y con bastante acento —bromeó Kirsten.

Germán decidió en aquel momento que se iba a casar

con aquella mujer aunque fuese la última cosa que hiciera en su vida. Quiso conjurar todas las artes de seducción que había visto emplear a Salvat durante años. Pero Salvat sólo había uno y habían roto el molde. Así empezó un largo juego del ratón y el gato que se prolongaría durante seis años y que acabó en una pequeña capilla de Normandía, una tarde de verano de 1946. El día de su boda el espectro de la guerra todavía se olfateaba en el aire como el hedor de la carroña escondida.

Kirsten y Germán regresaron a Barcelona al cabo de poco tiempo y se instalaron en Sarriá. La residencia se había convertido en un fantasmal museo en su ausencia. La luminosidad de Kirsten y tres semanas de limpieza hicieron el resto.

La casa vivió una época de esplendor como jamás la había conocido. Germán pintaba sin cesar, poseído por una energía que ni él mismo se explicaba. Sus obras empezaron a cotizarse en las altas esferas y pronto poseer «un Blau» pasó a ser requisito *sine qua non* de la buena sociedad. De pronto, su padre se enorgullecía en público del éxito de Germán. «Siempre creí en su talento y en que iba a triunfar», «lo lleva en la sangre, como todos los Blau» y «no hay padre más orgulloso que yo» pasaron a ser sus frases favoritas y, a fuerza de tanto repetirlas, llegó a creérselas. Marchantes y salas de exposiciones que años atrás no se molestaban en darle los buenos días se desvivían por congraciarse con él. Y en medio de todo este vendaval de vanidades e hipocresías, Germán nunca olvidó lo que Salvat le había enseñado.

La carrera lírica de Kirsten también iba viento en popa. En la época en que empezaron a comercializarse los discos de setenta y ocho revoluciones, ella fue una de las primeras voces en inmortalizar el repertorio. Fueron años de felicidad y de luz en la villa de Sarriá, años en los que todo parecía posible y donde no se podían adivinar sombras en la línea del horizonte.

Nadie dio importancia a los mareos y a los desvanecimientos de Kirsten hasta que fue demasiado tarde. El éxito, los viajes, la tensión de los estrenos lo explicaban todo. El día en que Kirsten fue reconocida por el doctor Cabrils, dos noticias cambiaron su mundo para siempre. La primera: Kirsten estaba embarazada. La segunda: una enfermedad irreversible de la sangre le estaba robando la vida lentamente. Le quedaba un año. Dos, a lo sumo.

El mismo día, al salir del consultorio del médico, Kirsten encargó un reloj de oro con una inscripción dedicada a Germán en la General Relojera Suiza de la Vía Augusta.

Para Germán, en quien habla la luz.
K. A.
19-1-1964

Aquel reloj contaría las horas que les quedaban juntos.

Kirsten abandonó los escenarios y su carrera. La gala de despedida se celebró en el Liceo de Barcelona, con *Lakmé,* de Delibes, su compositor predilecto. Nadie volvería a escuchar una voz como aquélla. Durante los meses de embarazo, Germán pintó una serie de retratos de su esposa que superaban cualquier obra anterior. Nunca quiso venderlos.

Un veintiséis de septiembre de 1964, una niña de cabello claro y ojos color ceniza, idénticos a los de su madre, nació en la casa de Sarriá. Se llamaría Marina y llevaría siempre en su rostro la imagen y la luminosidad de su madre. Kirsten Auermann murió seis meses más tarde, en la misma habitación en que había dado a luz a su hija y donde había pasado las horas más felices de su vida con Germán. Su esposo le sostenía la mano, pálida y temblorosa, entre las suyas. Estaba fría ya cuando el alba se la llevó como un suspiro.

Un mes después de su muerte, Germán volvió a entrar en su estudio, que se encontraba en el desván de la vivienda familiar. La pequeña Marina jugaba a sus pies. Germán tomó el pincel y trató de deslizar un trazo sobre el lienzo. Los ojos se le llenaron de lágrimas y el pincel se le cayó de las manos. Germán Blau nunca volvió a pintar. La luz en su interior se había callado para siempre.

9

Durante el resto del otoño mis visitas a casa de Germán y Marina se transformaron en un ritual diario. Pasaba los días soñando despierto en clase, esperando el momento de escapar rumbo a aquel callejón secreto. Allí me esperaban mis nuevos amigos, a excepción de los lunes, en que Marina acompañaba a Germán al hospital para su tratamiento. Tomábamos café y charlábamos en las salas en penumbra. Germán se avino a enseñarme los rudimentos del ajedrez. Pese a las lecciones, Marina me llevaba a jaque mate en unos cinco o seis minutos, pero yo no perdía la esperanza.

Poco a poco, casi sin darme cuenta, el mundo de Germán y Marina pasó a ser el mío. Su casa, los recuerdos que parecían flotar en el aire... pasaron a ser los míos. Descubrí así que Marina no acudía al colegio para no dejar solo a su padre y poder cuidar de él. Me explicó que Germán le había enseñado a leer, a escribir y a pensar.

—De nada sirve toda la geografía, trigonometría y aritmética del mundo si no aprendes a pensar por ti mismo —se justificaba Marina—. Y en ningún colegio te enseñan eso. No está en el programa.

Germán había abierto su mente al mundo del arte, de la historia, de la ciencia. La biblioteca alejandrina de la casa se había convertido en su universo. Cada uno de sus libros era una puerta a nuevos mundos y a nuevas ideas. Una tarde a finales de octubre nos sentamos en el alféizar de una ventana del segundo piso a contemplar las luces lejanas del Tibidabo. Marina me confesó que su sueño era llegar a ser escritora. Tenía un baúl repleto de historias y cuentos que llevaba escribiendo desde los nueve años. Cuando le pedí que me mostrase alguno, me miró como si estuviese bebido y me dijo que ni hablar. «Esto es como el ajedrez», pensé. Tiempo al tiempo.

A menudo me detenía a observar a Germán y Marina cuando ellos no reparaban en mí. Jugueteando, leyendo o enfrentados en silencio ante el tablero de ajedrez. El lazo invisible que los unía, aquel mundo aparte que se habían construido lejos de todo y de todos, constituía un hechizo maravilloso. Un espejismo que a veces temía quebrar con mi presencia. Había días en que, caminando de vuelta al internado, me sentía la persona más feliz del mundo sólo por poder compartirlo.

Sin reparar en un porqué, hice de aquella amistad un secreto. No le había explicado nada acerca de ellos a nadie, ni siquiera a mi compañero JF. En apenas unas semanas, Germán y Marina se habían convertido en mi vida secreta y, en honor a la verdad, en la única vida que deseaba vivir. Recuerdo una ocasión en que Germán se retiró a descansar temprano, disculpándose como siempre con sus exquisitos modales de caballero decimonónico. Yo me quedé a solas con Marina en la sala de los retratos. Me sonrió enigmáticamente y me dijo que estaba escribiendo sobre mí. La idea me dejó aterrado.

—¿Sobre mí? ¿Qué quieres decir con escribir sobre mí?

—Quiero decir acerca de ti, no encima de ti, usándote como escritorio.

—Hasta ahí ya llego.

Marina disfrutaba con mi súbito nerviosismo.

—¿Entonces? —preguntó—. ¿O es que tienes tan bajo concepto de ti mismo que no crees que valga la pena escribir sobre ti?

No tenía respuesta para aquella pregunta. Opté por cambiar de estrategia y tomar la ofensiva. Eso me lo había enseñado Germán en sus lecciones de ajedrez. Estrategia básica: cuando te pillen con los calzones bajados, echa a gritar y ataca.

—Bueno, si es así, no tendrás más remedio que dejarme leerlo —apunté.

Marina enarcó una ceja, indecisa.

—Estoy en mi derecho de saber lo que se escribe sobre mí —añadí.

—A lo mejor no te gusta.

—A lo mejor. O a lo mejor sí.

—Lo pensaré.

—Estaré esperando.

El frío llegó a Barcelona al estilo habitual: como un meteorito. En apenas un día los termómetros empezaron a mirarse el ombligo. Ejércitos de abrigos salieron de la reserva sustituyendo a las ligeras gabardinas otoñales. Cielos de acero y vendavales que mordían las orejas se apoderaron de las calles. Germán y Marina me sorprendieron al regalarme una gorra de lana que debía de haber costado una fortuna.

—Es para proteger las ideas, amigo Óscar —explicó Germán—. No se le vaya a enfriar el cerebro.

A mediados de noviembre Marina me anunció que Germán y ella debían ir a Madrid por espacio de una semana. Un médico de La Paz, toda una eminencia, había aceptado someter a Germán a un tratamiento que todavía estaba en fase experimental y que sólo se había utilizado un par de veces en toda Europa.

—Dicen que ese médico hace milagros, no sé... —dijo Marina.

La idea de pasar una semana sin ellos me cayó encima como una losa. Mis esfuerzos por ocultarlo fueron en vano. Marina leía en mi interior como si fuera transparente. Me palmeó la mano.

—Es sólo una semana, ¿eh? Luego volveremos a vernos.

Asentí, sin encontrar palabras de consuelo.

—Hablé ayer con Germán acerca de la posibilidad de que cuidases de *Kafka* y de la casa durante estos días... —aventuró Marina.

—Por supuesto. Lo que haga falta.

Su rostro se iluminó.

—Ojalá ese doctor sea tan bueno como dicen —dije.

Marina me miró durante un largo instante. Tras su sonrisa, aquellos ojos de ceniza desprendían una luz de tristeza que me desarmó.

—Ojalá.

El tren para Madrid partía de la estación de Francia a las nueve de la mañana. Yo me había escabullido al amanecer. Con los ahorros que guardaba reservé un taxi para ir a recoger a Germán y Marina y llevarlos a la estación. Aquella mañana de domingo estaba sumida en brumas azules que se desvanecían bajo el ámbar de un alba tímida. Hicimos buena parte del trayecto callados. El taxímetro del viejo Seat 1500 repiqueteaba como un metrónomo.

—No debería usted haberse molestado, amigo Óscar —decía Germán.

—No es molestia —repliqué—. Que hace un frío que pela y no es cuestión de que se nos enfríe el ánimo, ¿eh?

Al llegar a la estación, Germán se acomodó en un café mientras Marina y yo íbamos a comprar los billetes reservados en la taquilla. A la hora de partir Germán me abrazó con tal intensidad que estuve a punto de echarme a llorar. Con ayuda de un mozo subió al vagón y me dejó a solas para que me despidiese de Marina. El eco de mil voces y silbatos se perdía en la enorme bóveda de la estación. Nos miramos en silencio, casi de refilón.

—Bueno... —dije.

—No te olvides de calentar la leche porque...

—*Kafka* odia la leche fría, especialmente después de un crimen, ya lo sé. El gato señorito.

El jefe de estación se disponía a dar la salida con su banderín rojo. Marina suspiró.

—Germán está orgulloso de ti —dijo.

—No tiene por qué.

—Te vamos a echar de menos.

—Eso es lo que tú te crees. Anda, vete ya.

Súbitamente, Marina se inclinó y dejó que sus labios rozasen los míos. Antes de que pudiese pestañear subió al tren. Me quedé allí, viendo cómo el tren se alejaba hacia la boca de niebla. Cuando el rumor de la máquina se perdió, eché a andar hacia la salida. Mientras lo hacía pensé que nunca había llegado a contarle a Marina la extraña visión que había presenciado aquella noche de tormenta en su casa. Con el tiempo, yo mismo había preferido olvidarlo y había acabado por convencerme de que lo había imaginado todo. Estaba ya en el gran vestíbulo de la estación cuando un mozo se me acercó algo atropelladamente.

—Esto... Ten, esto me lo han dado para ti.

Me tendió un sobre de color ocre.

—Creo que se equivoca —dije.

—No, no. Esa señora me ha dicho que te lo diese —insistió el mozo.

—¿Qué señora?

El mozo se volvió a señalar el pórtico que daba al Paseo Colón. Hilos de bruma barrían los peldaños de entrada. No había nadie allí. El mozo se encogió de hombros y se alejó.

Perplejo, me acerqué hasta el pórtico y salí a la calle justo a tiempo de identificarla. La dama de negro que habíamos visto en el cementerio de Sarriá subía a un anacrónico carruaje de caballos. Se volvió para mirarme durante un instante. Su rostro quedaba oculto bajo un velo oscuro, una telaraña de acero. Un segundo después la portezuela del carruaje se cerró y el cochero, envuelto en un abrigo gris que le cubría completamente, azotó los caballos. El carruaje se alejó a toda velocidad entre el tráfico del Paseo Colón, en dirección a las Ramblas, hasta perderse.

Estaba desconcertado, sin darme cuenta de que sostenía el sobre que el mozo me había entregado. Cuando reparé en él, lo abrí. Contenía una tarjeta envejecida. En ella podía leerse una dirección:

Mijail Kolvenik
Calle Princesa, 33, 4.º-2.ª

Di la vuelta a la tarjeta. Al dorso, el impresor había reproducido el símbolo que marcaba la tumba sin nombre del cementerio y el invernadero abandonado. Una mariposa negra con las alas desplegadas.

10

De camino a la calle Princesa descubrí que estaba hambriento y me detuve a comprar un pastel en una panadería frente a la basílica de Santa María del Mar. Un aroma a pan dulce flotaba al eco de las campanadas. La calle Princesa ascendía a través del casco antiguo en un angosto valle de sombras. Desfilé frente a viejos palacios y edificios que parecían más antiguos que la propia ciudad. El número 33 apenas podía leerse desdibujado en la fachada de uno de ellos. Me adentré en un vestíbulo que recordaba el claustro de una vieja capilla. Un bloque de buzones oxidados palidecía sobre una pared de esmaltes quebrados. Estaba buscando en vano el nombre de Mijail Kolvenik en ellos cuando escuché una respiración pesada a mi espalda.

Me volví alerta y descubrí el rostro apergaminado de una anciana sentada en la garita de portería. Me pareció una figura de cera, ataviada de viuda. Un haz de claridad rozó su rostro. Sus ojos eran blancos como el mármol. Sin pupilas. Estaba ciega.

—¿A quién busca usted? —preguntó con voz quebrada la portera.

—A Mijail Kolvenik, señora.

Los ojos blancos, vacíos, pestañearon un par de veces. La anciana negó con la cabeza.

—Me han dado esta dirección —apunté—. Mijail Kolvenik. Cuarto segunda...

La anciana negó de nuevo y regresó a su estado de inmovilidad. En aqucl momento observé algo moviéndose sobre la mesa de la garita. Una araña negra trepaba sobre las manos arrugadas de la portera. Sus ojos blancos miraban al vacío. Sigilosamente me deslicé hacia las escaleras.

Nadie había cambiado una bombilla en aquella escalera por lo menos en treinta años. Los peldaños resultaban resbaladizos y gastados. Los rellanos, pozos de oscuridad y silencio. Una claridad temblorosa exhalaba de una claraboya en el ático. Allí revoloteaba una paloma atrapada. La puerta del cuarto segunda era una losa de madera labrada con un picaporte de aspecto ferroviario. Llamé un par de veces y escuché el eco del timbre perdiéndose en el interior del piso. Transcurrieron unos minutos. Llamé de nuevo. Dos minutos más. Empecé a pensar que había penetrado en una tumba. Uno de los cientos de edificios fantasmas que embrujaban el casco antiguo de Barcelona.

De pronto la rejilla de la mirilla se descorrió. Hilos de luz cortaron la oscuridad. La voz que escuché era de arena. Una voz que no había hablado en semanas, tal vez meses.

—¿Quién va?

—¿Señor Kolvenik? ¿Mijail Kolvenik? —pregunté—. ¿Podría hablar con usted un momento, por favor?

La mirilla se cerró de golpe. Silencio. Iba a llamar de nuevo cuando la puerta del piso se abrió.

Una silueta se recortó en el umbral. El sonido de un grifo en una pila llegaba desde el interior del piso.

—¿Qué quieres, hijo?

—¿Señor Kolvenik?

—No soy Kolvenik —atajó la voz—. Mi nombre es Sentís. Benjamín Sentís.

—Perdone, señor Sentís, pero me han dado esta dirección y...

Le tendí la tarjeta que me había entregado el mozo de estación. Una mano rígida la agarró y aquel hombre, cuyo rostro no podía ver, la examinó en silencio durante un buen rato antes de devolvérmela.

—Mijail Kolvenik no vive aquí desde hace ya muchos años.

—¿Le conoce? —pregunté—. ¿Tal vez pueda usted ayudarme?

Otro largo silencio.

—Pasa —dijo finalmente Sentís.

Benjamín Sentís era un hombre corpulento que vivía en el interior de una bata de franela granate. Sostenía en los labios una pipa apagada y su rostro estaba tocado por uno de aquellos bigotes que empalmaban con las patillas, estilo Julio Verne. El piso quedaba por encima de la jungla de tejados del barrio viejo y flotaba en una claridad etérea. Las torres de la catedral se distinguían en la distancia y la montaña de Montjuïc emergía a lo lejos. Las paredes estaban desnudas. Un piano coleccionaba capas de polvo, y cajas con diarios desaparecidos poblaban el suelo. No había nada en aquella casa que hablase del presente. Benjamín Sentís vivía en pretérito pluscuamperfecto.

Nos sentamos en la sala que daba al balcón y Sentís examinó de nuevo la tarjeta.

—¿Por qué buscas a Kolvenik? —preguntó.

Decidí explicarle todo desde el principio, desde nuestra visita al cementerio hasta la extraña aparición de la dama de negro aquella mañana en la estación de Francia. Sentís me escuchaba con la mirada perdida, sin mostrar emoción alguna. Al término de mi relato, un incómodo silencio medió entre nosotros. Sentís me miró detenidamente. Tenía mirada de lobo, fría y penetrante.

—Mijail Kolvenik ocupó este piso durante cuatro años, al poco tiempo de llegar a Barcelona —dijo—. Aún hay por ahí detrás algunos de sus libros. Es cuanto queda de él.

—¿Tendría usted su dirección actual? ¿Sabe dónde puedo encontrarle?

Sentís se rió.

—Prueba en el infierno.

Le miré sin comprender.

—Mijail Kolvenik murió en 1948.

Según me explicó Benjamín Sentís aquella mañana, Mijail Kolvenik había llegado a Barcelona a finales de 1919. Tenía por entonces poco más de veinte años y era natural de la ciudad de Praga. Kolvenik huía de una Europa devastada por la Gran Guerra. No hablaba una palabra de catalán ni de castellano, aunque se expresaba en francés y alemán con fluidez. No tenía dinero, amigos ni conocidos en aquella ciudad difícil y hostil. Su primera noche en Barcelona se la pasó en el calabozo, al ser sorprendido durmiendo en un portal para protegerse del frío. En la cárcel, dos compañeros de celda acusados de robo, asalto e incendio premeditado decidieron darle una paliza, alegando que el país se estaba yendo al garete por culpa de piojosos extranjeros. Las tres costillas rotas, las contusiones y las lesiones internas sanarían con el tiempo, pero el oído izquierdo lo perdió para siempre. «Lesión del nervio», dictaminaron los médicos. Un mal principio. Pero Kolvenik siempre decía que lo que empieza mal sólo puede acabar mejor. Diez años más tarde, Mijail Kolvenik llegaría a ser uno de los hombres más ricos y poderosos de Barcelona.

En la enfermería de la cárcel conoció al que habría de convertirse con los años en su mejor amigo, un joven doctor de ascendencia inglesa llamado Joan Shelley. El doctor Shelley hablaba algo de alemán y sabía por propia experiencia lo que era sentirse extranjero en tierra extraña. Gracias a él, Kolvenik obtuvo un empleo al ser dado de alta en una pequeña empresa llamada Velo-Granell. La Velo-Granell fabricaba artículos de ortopedia y prótesis médicas. El conflicto de Marruecos y la Gran Guerra en Europa habían creado un enorme mercado para estos productos. Legiones de hombres destrozados a mayor gloria de banqueros, cancilleres, generales, agentes de bolsa y otros padres de la patria habían quedado mutilados y destrozados de por vida en nombre de la libertad, la democracia, el imperio, la raza o la bandera.

Los talleres de la Velo-Granell se encontraban junto al mercado del Borne. En su interior, las vitrinas de brazos, ojos, piernas y articulaciones artificiales recordaban al visitante la fragilidad del cuerpo humano. Con un modesto sueldo y la recomendación de la empresa, Mijail Kolvenik consiguió alojamiento en un piso de la calle Princesa. Lector voraz, en año y medio había aprendido a defenderse en catalán y castellano. Su talento e ingenio le valieron que pronto se le considerase uno de los empleados claves de la Velo-Granell. Kolvenik tenía amplios conocimientos de medicina, cirugía y anatomía. Diseñó un revolucionario mecanismo neumático que permitía articular el movimiento en prótesis de piernas y brazos. El ingenio reaccionaba a los impulsos musculares y dotaba al paciente de una movilidad sin precedentes. Dicha invención puso a la Velo-Granell a la vanguardia del ramo. Aquél fue sólo el principio. La mesa de dibujo de Kolvenik no cesaba de alumbrar nuevos avances y por fin fue nombrado ingeniero jefe del taller de diseño y desarrollo.

Meses más tarde un desafortunado incidente puso a prueba el talento del joven Kolvenik. El hijo del fundador de la Velo-Granell sufrió un terrible accidente en la factoría. Una prensa hidráulica le cortó ambas manos como las fauces de un dragón. Kolvenik trabajó incansablemente durante semanas para crear unas nuevas manos de madera, metal y porcelana, cuyos dedos respondían al comando de los músculos y tendones del antebrazo. La solución ideada por Kolvenik empleaba las corrientes eléctricas de los estímulos nerviosos del brazo para articular el movimiento. Cuatro meses después del suceso, la víctima estrenaba unas manos mecánicas que le permitían agarrar objetos, encender un cigarro o abotonarse la camisa sin ayuda. Todos convinieron que esta vez Kolvenik había superado todo lo imaginable. Él, poco amigo de elogios y euforias, afirmó que aquello no era más que el despuntar de una nueva ciencia. En pago a su labor, el fundador de la Velo-Granell le nombró director general de la empresa y le ofreció un paquete de acciones que le convertía virtualmente en uno de los dueños junto con el hombre a quien su ingenio había dotado de nuevas manos.

Bajo la dirección de Kolvenik, la Velo-Granell tomó un nuevo rumbo. Amplió su mercado y diversificó su línea de productos. La empresa adoptó el símbolo de una mariposa negra con las alas desplegadas, cuyo significado Kolvenik nunca llegó a explicar. La factoría fue ampliada para el lanzamiento de nuevos mecanismos: miembros articulados, válvulas circulatorias, fibras óseas y un sinfín de ingenios. El parque de atracciones del Tibidabo se pobló de autómatas creados por Kolvenik como pasatiempo y campo de experimentación. La Velo-Granell exportaba a toda Europa, América y Asia. El valor de las acciones y la fortuna personal de Kolvenik se dispararon, pero él se negaba a abandonar aquel modesto piso de la calle Princesa. Según decía, no había motivo para cambiar. Era un hombre solo, de vida sencilla, y aquel alojamiento bastaba para él y sus libros.

Aquello habría de cambiar con la aparición de una nueva pieza en el tablero. Eva Irinova era la estrella de un nuevo espectáculo de éxito en el Teatro Real. La joven, de origen ruso, apenas contaba con diecinueve años. Se decía que por su belleza se habían suicidado caballeros en París, Viena y otras tantas capitales. Eva Irinova viajaba rodeada de dos extraños personajes, Sergei y Tatiana Glazunow, hermanos gemelos. Los hermanos Glazunow actuaban como representantes y tutores de Eva Irinova. Se decía que Sergei y la joven diva eran amantes, que la siniestra Tatiana dormía en el interior de un ataúd en las fosas del escenario del Teatro Real, que Sergei había sido uno de los asesinos de la dinastía Romanov, que Eva tenía la capacidad de hablar con los espíritus de los difuntos... Toda suerte de rocambolescos chismes de farándula alimentaban la fama de la bella Irinova, que tenía a Barcelona en su puño.

La leyenda de Irinova llegó a oídos de Kolvenik. Intrigado, acudió una noche al teatro para comprobar por sí mismo la causa de tanto revuelo. En una noche Kolvenik quedó fascinado por la joven. Desde aquel día, el camerino de Irinova se convirtió literalmente en un lecho de rosas. A los dos meses de la revelación, Kolvenik decidió alquilar un palco en el teatro. Acudía allí todas las noches a contemplar embelesado el objeto de su adoración. Ni que decir tiene que el asunto era la comidilla de toda la ciudad. Un buen día, Kolvenik convocó a sus abogados y los instruyó para que hiciesen una oferta al empresario Daniel Mestres. Quería adquirir aquel viejo teatro y hacerse cargo de las deudas que arrastraba. Su intención era reconstruirlo desde los cimientos y transformarlo en el mayor escenario de Europa. Un deslumbrante teatro dotado de todos los adelantos técnicos y consagrado a su adorada Eva Irinova. La dirección del teatro se rindió a su generosa oferta. El nuevo proyecto fue bautizado como el Gran Teatro Real. Un día más tarde, Kolvenik propuso matrimonio a Eva Irinova en perfecto ruso. Ella aceptó.

Tras la boda, la pareja planeaba trasladarse a una mansión de ensueño que Kolvenik estaba haciéndose construir junto al parque Güell. El mismo Kolvenik había entregado un diseño preliminar de la fastuosa construcción al taller de arquitectura de Sunyer, Balcells i Baró. Se decía que nunca jamás se había gastado semejante suma en una residencia privada en toda la historia de Barcelona, lo cual era mucho decir. Sin embargo, no todos estaban complacidos con este cuento de hadas. El socio de Kolvenik en la Velo-Granell no veía con buenos ojos la obsesión de éste. Temía que destinase fondos de la empresa para financiar su delirante proyecto de convertir el Teatro Real en la octava maravilla del mundo moderno. No andaba muy desencaminado. Por si eso fuese poco, empezaban a circular por la ciudad rumores en torno a prácticas poco ortodoxas por parte de Kolvenik. Surgieron dudas respecto a su pasado y a la fachada de hombre hecho a sí mismo que se complacía en proyectar. La mayoría de esos rumores moría antes de llegar a las imprentas de la prensa, gracias a la implacable maquinaria legal de la Velo-Granell. El dinero no compra la felicidad, solía decir Kolvenik; pero compra todo lo demás.

Por su parte, Sergei y Tatiana Glazunow, los dos siniestros guardianes de Eva Irinova, veían peligrar su futuro. No había habitación para ellos en la nueva mansión en construcción. Kolvenik, previendo el problema con los gemelos, les ofreció una generosa suma de dinero para anular su supuesto contrato con Irinova. A cambio debían abandonar el país y comprometerse a no volver jamás ni a intentar ponerse en contacto con Eva Irinova. Sergei, inflamado de furia, se negó en redondo y juró a Kolvenik que nunca se libraría de ellos dos.

Aquella misma madrugada, mientras Sergei y Tatiana salían de un portal en la calle Sant Pau, una ráfaga de disparos efectuados desde un carruaje estuvo a punto de acabar con sus vidas. El ataque se atribuyó a los anarquistas. Una semana más tarde, los gemelos firmaron el documento en el que se comprometían a liberar a Eva Irinova y a desaparecer para siempre. La fecha de la boda entre Mijail Kolvenik y Eva Irinova quedó fijada para el veinticuatro de junio de 1935. El escenario: la catedral de Barcelona.

La ceremonia, que algunos compararon con la coronación del rey Alfonso XIII, tuvo lugar una mañana resplandeciente. Las multitudes acaparaban cada rincón de la avenida de la catedral, ansiosas por embeberse del fasto y la grandeza del espectáculo. Eva Irinova jamás había estado más deslumbrante. Al son de la marcha nupcial de Wagner, interpretada por la orquesta del Liceo desde las escalinatas de la catedral, los novios descendieron hacia el carruaje que los esperaba. Cuando apenas faltaban tres metros para llegar al coche de caballos blancos, una figura rompió el cordón de seguridad y se abalanzó hacia los novios. Se escucharon gritos de alarma. Al volverse, Kolvenik se enfrentó a los ojos inyectados en sangre de Sergei Glazunow. Ninguno de los presentes conseguiría olvidar jamás lo que sucedió a continuación. Glazunow extrajo un frasco de vidrio y lanzó el contenido sobre el rostro de Eva Irinova. El ácido quemó el velo como una cortina de vapor. Un aullido quebró el cielo. La multitud estalló en una horda de confusión y, en un instante, el asaltante se perdió entre el gentío. Kolvenik se arrodilló junto a la novia y la tomó en sus brazos. Las facciones de Eva Irinova se deshacían bajo el ácido como una acuarela fresca en el agua. La piel humeante se retiró en un pergamino ardiente y el hedor a carne quemada inundó el aire. El ácido no había alcanzado los ojos de la joven. En ellos podía leerse el horror y la agonía. Kolvenik quiso salvar el rostro de su esposa, aplicando sus manos sobre él. Tan sólo consiguió llevarse pedazos de carne muerta mientras el ácido devoraba sus guantes. Cuando Eva perdió finalmente el conocimiento, su cara no era más que una grotesca máscara de hueso y carne viva.

El renovado Teatro Real nunca llegó a abrir sus puertas. Tras la tragedia, Kolvenik se llevó a su mujer a la mansión inacabada del parque Güell. Eva Irinova jamás volvió a poner los pies fuera de aquella casa. El ácido le había destrozado completamente el rostro y había dañado sus cuerdas vocales. Se decía que se comunicaba a través de notas escritas en un bloc y que pasaba semanas enteras sin salir de sus habitaciones.

Por aquel entonces, los problemas financieros de la Velo-Granell empezaron a insinuarse con más gravedad de lo que se había sospechado. Kolvenik se sentía acorralado y pronto se le dejó de ver en la empresa. Contaban que había contraído una extraña enfermedad que le mantenía más y más tiempo en su mansión. Numerosas irregularidades en la gestión de la Velo-Granell y en extrañas transacciones que el propio Kolvenik había realizado en el pasado salieron a flote. Una fiebre de murmuraciones y de oscuras acusaciones afloró con tremenda virulencia. Kolvenik, recluido en su refugio con su amada Eva, se transformó en un personaje de leyenda negra. Un apestado. El gobierno expropió el consorcio de la sociedad Velo-Granell. Las autoridades judiciales estaban investigando el caso, que, con un expediente de más de mil folios, no había hecho más que empezar a instruirse.

En los años siguientes, Kolvenik perdió su fortuna. Su mansión se transformó en un castillo de ruinas y tinieblas. La servidumbre, tras meses sin paga, los abandonó. Sólo el chófer personal de Kolvenik permaneció fiel. Todo tipo de rumores espeluznantes empezó a propagarse. Se comentaba que Kolvenik y su esposa vivían entre ratas, vagando por los corredores de aquella tumba en la que se habían confinado en vida.

En diciembre de 1948, un pavoroso incendio devoró la mansión de los Kolvenik. Las llamas pudieron verse desde Mataró, afirmó el rotativo *El Brusi*. Quienes lo recuerdan aseguran que el cielo de Barcelona se transformó en un lienzo escarlata y que nubes de ceniza barrieron la ciudad al amanecer, mientras la multitud contemplaba en silencio el esqueleto humeante de las ruinas. Los cuerpos de Kolvenik y Eva se encontraron carbonizados en el ático, abrazados el uno al otro. Esta imagen apareció en la fotografía de portada de *La Vanguardia* bajo el título de «El fin de una era».

A principios de 1949, Barcelona empezaba ya a olvidar la historia de Mijail Kolvenik y Eva Irinova. La gran urbe estaba cambiando irremisiblemente y el misterio de la Velo-Granell formaba parte de un pasado legendario, condenado a perderse para siempre.

11

El relato de Benjamín Sentís me persiguió durante toda la semana como una sombra furtiva. Cuantas más vueltas le daba, más tenía la impresión de que faltaban piezas en su historia. Cuáles, era ya otra cuestión. Estos pensamientos me carcomían de sol a sol mientras esperaba con impaciencia el regreso de Germán y Marina.

Por las tardes, al acabar las clases, acudía a su casa para comprobar que todo estuviese en orden. *Kafka* me esperaba siempre al pie de la puerta principal, a veces con el botín de alguna cacería entre las garras. Escanciaba leche en su plato y charlábamos; es decir, él se bebía la leche y yo monologaba. Más de una vez tuve la tentación de aprovechar la ausencia de los dueños para explorar la residencia, pero me resistí a hacerlo. El eco de su presencia se sentía en cada rincón. Me acostumbré a esperar el anochecer en el caserón vacío, al calor de su compañía invisible. Me sentaba en el salón de los cuadros y contemplaba durante horas los retratos que Germán Blau había pintado de su esposa quince años atrás. Veía en ellos a una Marina adulta, a la mujer en la que ya se estaba convirtiendo. Me preguntaba si algún día yo sería capaz de crear algo de semejante valor. De algún valor.

El domingo me planté como un clavo en la estación de Francia. Faltaban todavía dos horas para que llegase el expreso de Madrid. Las ocupé recorriendo la edificación. Bajo su bóveda, trenes y extraños se reunían como peregrinos. Siempre había pensado que las viejas estaciones de ferrocarril eran uno de los pocos lugares mágicos que quedaban en el mundo. En ellas se mezclaban los fantasmas de recuerdos y despedidas con el inicio de cientos de viajes a destinos lejanos, sin retorno. «Si algún día me pierdo, que me busquen en una estación de tren», pensé.

El silbido del expreso de Madrid me rescató de mis bucólicas meditaciones. El tren irrumpía en la estación a pleno galope. Enfiló hacia su vía y el gemido de los frenos inundó el espacio. Lentamente, con la parsimonia propia del tonelaje, el tren se detuvo. Los primeros pasajeros comenzaron a descender, siluetas sin nombre. Recorrí con la mirada el andén mientras el corazón me latía a toda prisa. Docenas de rostros desconocidos desfilaron frente a mí. De repente vacilé, por si me había equivocado de día, de tren, de estación, de ciudad o de planeta. Y entonces escuché una voz a mis espaldas, inconfundible.

—Pero esto sí que es una sorpresa, amigo Óscar. Se le ha echado de menos.

—Lo mismo digo —respondí, estrechando la mano del anciano pintor.

Marina descendía del vagón. Llevaba el mismo vestido blanco que el día de su partida. Me sonrió en silencio, la mirada brillante.

—¿Y qué tal estaba Madrid? —improvisé, tomando el maletín de Germán.

—Precioso. Y siete veces más grande que la última vez que estuve allí —dijo Germán—. Si no para de crecer, uno de estos días esa ciudad va a derramarse por los bordes de la meseta.

Advertí en el tono de Germán un buen humor y una energía especiales. Confié en que aquello fuese signo de que las noticias del doctor de La Paz eran esperanzadoras. De camino a la salida, mientras Germán se entregaba dicharachero a una conversación con un atónito mozo sobre cuánto habían adelantado las ciencias ferroviarias, tuve oportunidad de quedarme a solas con Marina. Ella me apretó la mano con fuerza.

—¿Cómo ha ido todo? —murmuré—. A Germán se le ve animado.

—Bien. Muy bien. Gracias por venir a recibirnos.

—Gracias a ti por volver —dije—. Barcelona se veía muy vacía estos días... Tengo un montón de cosas que contarte.

Paramos un taxi frente a la estación, un viejo Dodge que hacía más ruido que el expreso de Madrid. Mientras ascendíamos por las Ramblas, Germán contemplaba las gentes, los mercados y los quioscos de flores y sonreía, complacido.

—Dirán lo que quieran, pero una calle como ésta no la hay en ninguna ciudad del mundo, amigo Óscar. Ríase usted de Nueva York.

Marina aprobaba los comentarios de su padre, que parecía revivido y más joven después de aquel viaje.

—¿No es festivo mañana? —preguntó de repente Germán.

—Sí —dije.

—O sea, que no tiene usted escuela...

—Técnicamente, no.

Germán se echó a reír y por un segundo creí ver en él al muchacho que algún día había sido, décadas atrás.

—Y dígame, ¿tiene usted el día ocupado, amigo Óscar?

A las ocho de la mañana ya estaba en su casa, tal y como me había pedido Germán. La noche anterior le había prometido a mi tutor que todas las noches de aquella semana dedicaría el doble de horas a estudiar si me dejaba libre aquel lunes, dado que era fiesta.

—No sé qué te llevas entre manos últimamente. Esto no es un hotel, pero tampoco es una prisión. Tu comportamiento es tu propia responsabilidad... —apuntó el padre Seguí, suspicaz—. Tú sabrás lo que haces, Óscar.

Al llegar a la villa de Sarriá encontré a Marina en la cocina preparando una cesta con bocadillos y termos para las bebidas. *Kafka* seguía sus movimientos atentamente, relamiéndose.

—¿Adónde vamos? —pregunté, intrigado.

—Sorpresa —respondió Marina.

Al poco rato apareció Germán, eufórico y jovial. Vestía como un piloto de rally de los años veinte. Me estrechó la mano y me preguntó si podía echarle una mano en el garaje. Asentí. Acababa de descubrir que tenían garaje. De hecho, tenían tres, como comprobé al rodear la propiedad junto a Germán.

—Me alegro de que haya podido unirse a nosotros, Óscar.

Se detuvo frente a la tercera puerta del garaje, un cobertizo del tamaño de una pequeña casa cubierto de hiedra. La palanca de la puerta chirrió al abrirse. Una nube de polvo inundó el interior en tinieblas. Aquel lugar tenía el aspecto de haber estado cerrado veinte años. Restos de una vieja motocicleta, herramientas oxidadas y cajas apiladas bajo un manto de polvo grueso como una alfombra persa. Vislumbré una lona gris que cubría lo que debía de ser un automóvil. Germán asió una punta de la lona y me indicó que hiciese lo propio.

—¿A la de tres? —preguntó.

A la señal, ambos tiramos con fuerza y la lona se retiró como el velo de una novia. Cuando la nube de polvo se esparció en la brisa, la tenue luz que se filtraba entre la arboleda descubrió una visión. Un deslumbrante Tucker de los años cincuenta color vino y de llantas cromadas dormía en el interior de aquella caverna. Miré a Germán, atónito. Él sonrió, orgulloso.

—Ya no se hacen coches así, amigo Óscar.

—¿Arrancará? —pregunté, observando aquella pieza de museo, según mi apreciación.

—Esto que ve usted aquí es un Tucker, Óscar. No arranca; cabalga.

Una hora más tarde nos encontrábamos cincelando la carretera de la costa. Germán iba al volante, pertrechado con su atavío de pionero del automovilismo y una sonrisa de lotería. Marina y yo viajábamos a su lado, delante. *Kafka* tenía para él todo el asiento trasero, donde dormía plácidamente. Todos los coches nos adelantaban, pero sus ocupantes se giraban a contemplar el Tucker, con asombro y admiración.

—Cuando hay clase, la velocidad es una minucia —explicaba Germán.

Estábamos ya cerca de Blanes y yo seguía sin saber adónde nos dirigíamos. Germán estaba absorto en el volante y no quise romper su concentración. Conducía con la misma galantería que le caracterizaba en todo, cediendo el paso hasta a las hormigas y saludando a ciclistas, transeúntes y motoristas de la guardia civil. Pasado Blanes, una señal nos anunció la villa costera de Tossa de Mar. Me volví a Marina y ella me guiñó un ojo. Se me ocurrió que quizá íbamos al castillo de Tossa, pero el Tucker bordeó el pueblo y tomó la angosta carretera que, siguiendo la costa, continuaba hacia el norte. Más que una carretera, aquello era una cinta suspendida entre el cielo y los acantilados que serpenteaba en cientos de curvas cerradas. Entre las ramas de los pinos que se aferraban a empinadas laderas se podía ver el mar extendido en un manto de azul incandescente. Un centenar de metros más abajo, decenas de calas y recodos inaccesibles trazaban una ruta secreta entre Tossa de Mar y la Punta Prima, junto al puerto de Sant Feliu de Guíxols, a una veintena de kilómetros.

Al cabo de unos veinte minutos, Germán detuvo el coche al borde de la carretera. Marina me miró, señalando que habíamos llegado. Bajamos del coche y *Kafka* se alejó hacia los pinos, como si conociese el camino. Mientras Germán se aseguraba de que el Tucker estuviese bien frenado y no se fuese ladera abajo, Marina se acercó a la pendiente que caía sobre el mar. Me uní a ella y contemplé la visión. A nuestros pies una cala en forma de media luna abrazaba una lengua de mar verde transparente. Más allá, la hondonada de rocas y playas dibujaba un arco hasta la Punta Prima, donde la silueta de la ermita de Sant Elm se alzaba como un centinela en lo alto de la montaña.

—Anda, vamos —me animó Marina.

La seguí a través de los pinos. La senda cruzaba la propiedad de una antigua casa abandonada que los arbustos habían hecho suya. Desde allí, una escalera horadada en la roca se deslizaba hasta la playa de piedras doradas. Una bandada de gaviotas alzó el vuelo al vernos y se retiró a los acantilados que coronaban la cala, trazando una especie de basílica de roca, mar y luz. El agua era tan cristalina que podía leerse en ella cada pliegue en la arena bajo la superficie. Un pico de roca ascendía en el centro como la proa de un buque varado. El olor del mar era intenso y una brisa con sabor a sal peinaba la costa. La mirada de Marina se perdió en el horizonte de plata y bruma.

—Éste es mi rincón favorito del mundo —dijo.

Marina se empeñó en mostrarme los recovecos de los acantilados. No tardé en comprender que acabaría rompiéndome la crisma o cayéndome de cabeza al agua.

—No soy una cabra —puntualicé, intentando aportar algo de sentido común a aquella suerte de alpinismo sin cables.

Marina, ignorando mis ruegos, se encaramaba por paredes lijadas por el mar y se colaba por orificios donde la marea respiraba como una ballena petrificada. Yo, a riesgo de perder el orgullo, seguía esperando que en cualquier momento el destino me aplicase todos los artículos de la ley de la gravedad. Mi pronóstico no tardó en hacerse realidad. Marina había saltado al otro lado de un diminuto islote para inspeccionar una gruta en las rocas. Me dije que, si ella podía hacerlo, más me valía intentarlo. Un instante después, sumergía mis dos patazas en las aguas del Mediterráneo. Estaba tiritando de frío y de vergüenza. Marina me observaba desde las rocas, alarmada.

—Estoy bien —gemí—. No me he hecho daño.

—¿Está fría?

—Qué va —balbuceé—. Es un caldo.

Marina sonrió y, ante mis ojos atónitos, se desprendió de su vestido blanco y se zambulló en la laguna. Apareció a mi lado riéndose. Aquello era una locura, en esa época del año. Pero decidí imitarla. Nadamos con brazadas enérgicas y luego nos tendimos al sol sobre las piedras tibias. Sentí el corazón acelerado en las sienes, no sabría decir a ciencia cierta si a causa del agua helada o como consecuencia de las transparencias que el baño permitía dilucidar en la ropa interior empapada de Marina. Ella advirtió mi mirada y se levantó a buscar su vestido, que yacía sobre las rocas. La observé caminar entre las piedras, cada músculo de su cuerpo dibujándose bajo la piel húmeda al sortear las rocas. Me relamí los labios salados y pensé que tenía un hambre de lobo.

Pasamos el resto de la tarde en aquella cala escondida del mundo, devorando los bocadillos de la cesta mientras

Marina relataba la peculiar historia de la propietaria de aquella masía abandonada entre los pinos.

La casa había pertenecido a una escritora holandesa a quien una extraña enfermedad la estaba dejando ciega día a día. Sabedora de su destino, la escritora decidió construirse un refugio sobre los acantilados y retirarse a vivir en él sus últimos días de luz, sentada frente a la playa, contemplando el mar.

—Vivía aquí con la única compañía de Sacha, un pastor alemán, y de sus libros favoritos —explicó Marina—. Cuando perdió completamente la vista, sabiendo que sus ojos jamás podrían ver un nuevo amanecer sobre el mar, pidió a unos pescadores que solían anclar junto a la cala que se hiciesen cargo de Sacha. Días más tarde, al alba, tomó un bote de remos y se alejó mar adentro. Nunca se la volvió a ver.

Por algún motivo, sospeché que la historia de la autora holandesa era una invención de Marina y así se lo di a entender.

—A veces, las cosas más reales sólo suceden en la imaginación, Óscar —dijo ella—. Sólo recordamos lo que nunca sucedió.

Germán se había quedado dormido, el rostro bajo su sombrero y *Kafka* a sus pies. Marina observó a su padre con tristeza. Aprovechando el sueño de Germán, la tomé de la mano y nos alejamos hacia el otro extremo de la playa. Allí, sentados sobre un lecho de roca alisada por las olas, le expliqué todo lo sucedido en su ausencia. No dejé detalle, desde la extraña aparición de la dama de negro en la estación, a la historia de Mijail Kolvenik y la Velo-Granell que me había explicado Benjamín Sentís, sin olvidar la siniestra presencia en la tormenta aquella noche en su casa de Sarriá. Me escuchó en silencio, con la mirada perdida en el agua que formaba remolinos a sus pies, ausente. Permanecimos un buen rato allí, callados, observando la silueta de la lejana ermita de Sant Elm.

—¿Qué dijo el médico de La Paz? —pregunté finalmente.

Marina alzó la mirada. El Sol empezaba a caer y un reluz ámbar reveló sus ojos empañados en lágrimas.

—Que no queda mucho tiempo...

Me volví y vi que Germán nos saludaba con la mano. Sentí que el corazón se me encogía y que un nudo insoportable me atenazaba la garganta.

—Él no lo cree —dijo Marina—. Es mejor así.

La miré de nuevo y comprobé que se había secado las lágrimas rápidamente con gesto optimista. Me sorprendí a mí mismo mirándola fijamente y, sin saber de dónde me salió el coraje, me incliné sobre su rostro buscando su boca. Marina posó los dedos sobre mis labios y me acarició la cara, rechazándome suavemente. Un segundo más tarde se incorporó y la vi alejarse. Suspiré.

Me levanté y volví con Germán. Al acercarme, advertí que estaba dibujando en un pequeño cuaderno de apuntes. Recordé que hacía años que no cogía un lápiz ni un pincel. Germán alzó la vista y me sonrió.

—A ver qué opina usted del parecido, Óscar —dijo despreocupadamente, y me mostró el cuaderno.

Los trazos del lápiz habían conjurado el rostro de Marina con una perfección sobrecogedora.

—Es magnífico —murmuré.

—¿Le gusta? Lo celebro.

La silueta de Marina se recortaba en el otro extremo de la playa, inmóvil frente al mar. Germán la contempló primero a ella y luego a mí. Cortó la hoja y me la tendió.

—Es para usted, Óscar, para que no se olvide de mi Marina.

De vuelta, el crepúsculo transformó el mar en una balsa de cobre fundido. Germán conducía sonriente y no cesaba de explicar anécdotas sobre sus años al volante de aquel viejo Tucker. Marina le escuchaba, riéndose de sus ocurrencias y sosteniendo la conversación con hilos invisibles de hechicera. Yo iba callado, la frente pegada a la ventana y el alma en el fondo del bolsillo. A medio camino, Marina me tomó la mano en silencio y la sostuvo entre las suyas.

Llegamos a Barcelona al anochecer. Germán se empeñó en acompañarme hasta la puerta del internado. Aparcó el Tucker frente a la verja y me dio la mano. Marina descendió y entró conmigo. Su presencia me quemaba y no sabía cómo irme de allí.

—Óscar, si hay algo...

—No.

—Mira, Óscar, hay cosas que tú no entiendes, pero...

—Eso es evidente —corté—. Buenas noches.

Me volví para huir a través del jardín.

—Espera —dijo Marina desde la verja.

Me detuve junto al estanque.

—Quiero que sepas que hoy ha sido uno de los mejores días de mi vida —dijo.

Cuando me volví a responder, Marina ya se había marchado.

Ascendí cada peldaño de la escalera como si llevase botas de plomo. Me crucé con algunos de mis compañeros. Me miraron de reojo, como si fuese un desconocido. Los rumores de mis misteriosas ausencias habían corrido por el colegio. Poco me importaba. Cogí el periódico del día de la mesa del corredor y me refugié en mi habitación. Me tendí en la cama con el diario sobre el pecho. Escuché voces en el pasillo. Encendí la lamparilla de noche y me sumergí en el mundo para mí irreal del diario. El nombre de Marina parecía escrito en cada línea. «Ya pasará», pensé. Al poco rato, la rutina de las noticias me sosegó. Nada mejor que leer acerca de los problemas de los demás para olvidar los propios. Guerras, estafas, asesinatos, fraudes, himnos, desfiles y fútbol. El mundo seguía sin cambios. Más tranquilo, seguí leyendo. Al principio no lo advertí. Era una pequeña nota, un breve para rellenar espacio. Doblé el diario y lo coloqué bajo la luz.

CADÁVER HALLADO EN UN TÚNEL DE ALCANTARILLADO DEL BARRIO GÓTICO

(Barcelona) Gustavo Berceo, redacción

El cuerpo de Benjamín Sentís, de ochenta y tres años de edad y natural de Barcelona, fue hallado la madrugada del viernes en una boca del colector cuarto de la red de alcantarillado de Ciutat Vella. Se desconoce cómo llegó el cadáver hasta ese tramo, cerrado desde 1941. La causa de la muerte se atribuye a un paro cardíaco. Pero, según nuestras fuentes, al cuerpo del fallecido se le habían amputado ambas manos. Benjamín Sentís, retirado, adquirió cierta notoriedad

en los años cuarenta en torno al escándalo de la empresa Velo-
Granell, de la que fue socio accionista. En los últimos años había
vivido recluido en un pequeño piso de la calle Princesa, sin paren-
tescos conocidos y casi arruinado.

12

Pasé la noche en vela, dándole vueltas al relato que Sentís me había explicado. Releí la noticia de su muerte una y otra vez, esperando encontrar en ella alguna clave secreta entre los puntos y las comas. El anciano me había ocultado que él era el socio de Kolvenik en la Velo-Granell. Si el resto de su historia era consistente, supuse que Sentís debía de haber sido el hijo del fundador de la empresa, el hijo que había heredado el cincuenta por ciento de las acciones de la compañía al ser nombrado Kolvenik director general. Esta revelación cambiaba todas las piezas del rompecabezas de lugar. Si Sentís me había mentido en ese punto, podía haberme mentido en todo lo demás. La luz del día me sorprendió intentando dilucidar qué significado tenían la historia y su desenlace.

Ese mismo martes me escabullí durante la pausa del mediodía para encontrarme con Marina.

Ella, que parecía haberme leído el pensamiento una vez más, esperaba en el jardín con una copia del diario del día anterior en las manos. Una simple mirada me bastó para saber que ya había leído la noticia de la muerte de Sentís.

—Ese hombre te mintió...

—Y ahora está muerto.

Marina echó un vistazo hacia la casa, como si temiese que Germán pudiese oírnos.

—Mejor será que vayamos a dar una vuelta —propuso.

Acepté, aunque tenía que volver a clase en menos de media hora. Nuestros pasos nos dirigieron hacia el parque de Santa Amelia, en la frontera con el barrio de Pedralbes. Una mansión restaurada recientemente como centro cívico se alzaba en el corazón del parque. Uno de los antiguos salones albergaba ahora una cafetería. Nos sentamos a una mesa junto a un amplio ventanal. Marina leyó en voz alta la noticia que yo casi era capaz de recitar de memoria.

—No dice en ningún sitio que haya sido un asesinato —aventuró Marina, con poca convicción.

—Ni falta que hace. Un hombre que ha vivido recluido durante veinte años aparece muerto en las alcantarillas, donde alguien se ha entretenido en quitarle las dos manos, de propina, antes de abandonar el cuerpo...

—De acuerdo. Es un asesinato.

—Es más que un asesinato —dije, con los nervios de punta—. ¿Qué hacía Sentís en un túnel abandonado de las alcantarillas en mitad de la noche?

Un camarero que secaba vasos aburrido tras la barra nos escuchaba.

—Baja la voz —susurró Marina.

Asentí y traté de calmarme.

—Tal vez deberíamos ir a la policía y explicar lo que sabemos —apuntó Marina.

—Pero no sabemos nada —objeté.

—Sabemos algo más que ellos, probablemente. Hace una semana una misteriosa mujer te hace llegar una tarjeta con la dirección de Sentís y el símbolo de la mariposa negra. Tú visitas a Sentís, quien dice no saber nada del asunto, pero te explica una extraña historia sobre Mijail Kolvenik y la empresa Velo-Granell, envuelta en turbios asuntos cuarenta años atrás. Por algún motivo olvida decirte que él formó parte de esa historia, que de hecho él era el hijo del socio fundador, el hombre para quien ese tal Kolvenik creó dos manos artificiales tras un accidente en la factoría... Siete días más tarde, Sentís aparece muerto en las cloacas...

—Sin las manos ortopédicas... —añadí, recordando que Sentís se había mostrado reticente a estrecharme la mano al recibirme.

Al pensar en su mano rígida, sentí un escalofrío.

—Por alguna razón, cuando entramos en aquel invernadero nos cruzamos en el camino de algo —dije, tratando de poner orden en mi mente—, y ahora hemos pasado a formar parte de ello. La mujer de negro acudió a mí con esa tarjeta...

—Óscar, no sabemos si acudió a ti ni cuáles eran sus motivos. No sabemos ni quién es...

—Pero ella sí sabe quiénes somos nosotros y dónde encontrarnos. Y si ella lo sabe...

Marina suspiró.

—Llamemos ahora mismo a la policía y olvidémonos de todo esto cuanto antes —dijo—. No me gusta y además no es asunto nuestro.

—Lo es, desde que decidimos seguir a la dama en el cementerio...

Marina desvió la mirada hacia el parque. Dos niños

jugueteaban con una cometa, intentado alzarla al viento. Sin apartar los ojos de ellos, murmuró lentamente:

—¿Qué sugieres entonces?

Sabía perfectamente lo que yo tenía en mente.

El Sol se ponía sobre la iglesia de la Plaza Sarriá cuando Marina y yo nos adentramos en el Paseo de la Bonanova rumbo al invernadero. Habíamos tenido la precaución de coger una linterna y una caja de fósforos. Torcimos en la calle Iradier y nos adentramos en los pasajes solitarios que bordeaban la vía de los ferrocarriles. El eco de los trenes ascendiendo hacia Vallvidrera se filtraba entre las arboledas. No tardamos en encontrar el callejón donde habíamos perdido de vista a la dama y la verja que ocultaba el invernadero al fondo.

Un manto de hojas secas cubría el empedrado. Sombras gelatinosas se extendían a nuestro alrededor mientras penetrábamos en la maleza. La hierba silbaba al viento y el rostro de la Luna sonreía entre resquicios en el cielo. Al caer la noche, la hiedra que cubría el invernadero me hizo pensar en una cabellera de serpientes. Rodeamos la estructura del edificio y encontramos la puerta trasera. La lumbre de un fósforo reveló el símbolo de Kolvenik y la Velo-Granell, empañado por el musgo. Tragué saliva y miré a Marina. Su rostro exhalaba un brillo cadavérico.

—Ha sido idea tuya volver aquí... —dijo.

Encendí la linterna y su luz rojiza inundó el umbral del invernadero. Eché un vistazo antes de entrar. A la luz del día aquel lugar me había parecido siniestro. Ahora, de noche, se me antojó un escenario de pesadilla.

El haz de la linterna descubría relieves sinuosos entre los escombros. Caminaba seguido de Marina, enfocando la linterna al frente. El suelo, húmedo, crujía a nuestro paso. El escalofriante siseo de las figuras de madera rozando unas con otras llegó hasta nuestros oídos. Ausculté el sudario de sombras en el corazón del invernadero. Por un instante no supe recordar si aquella tramoya de figuras suspendidas había quedado alzada o caída cuando nos habíamos ido de allí. Miré a Marina y vi que ella estaba pensando lo mismo.

—Alguien ha estado aquí desde la última vez... —dijo, señalando las siluetas suspendidas del techo a media altura.

Un mar de pies se balanceaba. Sentí una oleada de frío en la base de la nuca y comprendí que alguien había vuelto a bajar las figuras. Sin perder más tiempo me dirigí hacia el escritorio y le cedí la linterna a Marina.

—¿Qué estamos buscando? —murmuró ella.

Señalé el álbum de viejas fotografías sobre la mesa. Lo cogí y lo introduje en la bolsa que llevaba a la espalda.

—Ese álbum no es nuestro, Óscar, no sé si...

Ignoré sus protestas y me arrodillé para inspeccionar los cajones del escritorio. El primero contenía toda clase de herramientas oxidadas, cuchillas, púas y sierras de filo gastado. El segundo estaba vacío. Pequeñas arañas negras correteaban sobre el fondo, buscando refugio en los resquicios de la madera. Lo cerré y probé suerte con el tercer cajón. La cerradura estaba trabada.

—¿Qué pasa? —escuché susurrar a Marina, su voz cargada de inquietud.

Tomé una de las cuchillas del primer cajón y traté de forzar la cerradura. Marina, a mi espalda, sostenía la linterna en alto, observando las sombras danzantes que resbalaban por los muros del invernadero.

—¿Te falta mucho?

—Tranquila. Es un minuto.

Podía sentir el tope de la cerradura con la cuchilla. Rodeándolo, horadé el contorno. La madera seca, podrida, cedía con facilidad bajo mi presión. El carraspeo de la madera astillada crujía ruidosamente. Marina se agachó junto a mí y dejó la linterna sobre el suelo.

—¿Qué es ese ruido? —preguntó de pronto.

—No es nada. Es la madera del cajón al ceder...

Ella posó su mano sobre las mías, deteniendo mi movimiento. Durante un instante el silencio nos envolvió. Sentí el pulso acelerado de Marina sobre mi mano. Entonces también yo advertí aquel sonido. El chasquido de las maderas en lo alto. Algo se estaba moviendo entre las figuras ancladas en la oscuridad. Forcé la vista, justo a tiempo de percibir el contorno de lo que me pareció un brazo moviéndose sinuosamente. Una de las figuras se estaba descolgando, deslizándose como un áspid entre las ramas. Otras siluetas empezaron a moverse al mismo tiempo. Aferré la cuchilla con fuerza y me incorporé, temblando. En aquel instante, alguien o algo retiró la linterna de nuestros pies. Rodó hasta un ángulo y quedamos sumidos en la oscuridad absoluta. Fue entonces cuando escuchamos aquel silbido, acercándose.

Agarré la mano de mi compañera y echamos a correr hacia la salida. A nuestro paso, la tramoya de figuras descendía lentamente, brazos y piernas rozando nuestras cabezas, pugnando por aferrarse a nuestras ropas. Sentí uñas de metal en la nuca. Escuché a Marina gritar a mi lado y la empujé frente a mí, impulsándola a través de aquel túnel infernal de criaturas que descendían de las tinieblas. Los haces de luna que se filtraban desde las grietas en la hiedra desvelaban visiones de rostros quebrados, ojos de cristal y dentaduras esmaltadas. Blandí la cuchilla a un lado y a otro con fuerza. La sentí rasgar un cuerpo duro. Un fluido espeso me impregnó los dedos. Retiré la mano; algo tiraba de Marina hacia las sombras. Marina aulló de terror y pude ver el rostro sin mirada, de cuencas vacías y negras, de la bailarina de madera rodeando su garganta con dedos afilados como navajas. Su rostro estaba cubierto por una máscara de piel muerta. Me lancé con todas mis fuerzas contra ella y la derribé sobre el suelo. Pegado a Marina, corrimos hacia la puerta, mientras la figura decapitada de la bailarina se alzaba de nuevo, un títere de hilos invisibles blandiendo garras que chasqueaba como si fueran tijeras.

Al salir al aire libre advertí que varias siluetas oscuras nos bloqueaban el paso hacia la salida. Corrimos en dirección contraria hacia un cobertizo junto al muro que separaba el solar de las vías del tren. Las puertas de cristal del cobertizo estaban empañadas por décadas de mugre. Cerradas. Rompí el cristal con el codo y palpé la cerradura interior. Una manija cedió y la puerta se abrió hacia dentro. Entramos apresuradamente. Las ventanas posteriores dibujaban dos manchas de claridad lechosa. La telaraña del tendido eléctrico del tren podía adivinarse al otro lado. Marina se volvió un instante a mirar atrás. Formas angulosas se recortaban en la puerta del cobertizo.

—¡De prisa! —gritó.

Miré desesperadamente a mi alrededor buscando algo con que romper la ventana. El cadáver herrumbroso de un viejo automóvil se pudría en la oscuridad. La manivela del motor yacía al frente. La agarré y golpeé repetidamente la ventana, protegiéndome de la lluvia de cristales. La brisa nocturna me sopló en la cara y sentí el aliento viciado que exhalaba de la boca del túnel.

—¡Por aquí!

Marina se aupó hasta el hueco de la ventana mientras yo contemplaba las siluetas reptando lentamente hacia el interior del garaje. Blandí la manivela metálica con ambas manos. Súbitamente, las figuras se detuvieron y dieron un paso atrás. Miré sin comprender y entonces escuché aquel aliento mecánico sobre mí. Salté instintivamente hacia la ventana, al tiempo que un cuerpo se desprendía del techo. Reconocí la figura del policía sin brazos. Su rostro me pareció cubierto por una máscara de piel muerta, cosida burdamente. Las costuras sangraban.

—¡Óscar! —gritó Marina desde el otro lado de la ventana.

Me lancé entre las fauces de cristal astillado. Noté cómo una lengua de vidrio me cortaba a través de la tela de mi pantalón. La sentí abrir la piel limpiamente. Aterricé al otro lado y el dolor me golpeó de súbito. Noté el fluir tibio de la sangre bajo la ropa. Marina me ayudó a incorporarme y trampeamos los raíles del tren hacia el otro lado. En aquel momento una presión me aferró el tobillo y me hizo caer de bruces sobre las vías. Me volví, aturdido. La mano de una monstruosa marioneta se cerraba sobre mi pie. Me apoyé sobre un raíl y sentí la vibración sobre el metal. La luz lejana de un tren se reflejaba sobre los muros. Escuché el chirrido de las ruedas y sentí temblar el suelo bajo mi cuerpo.

Marina gimió al comprobar que un tren se acercaba a toda velocidad. Se arrodilló a mis pies y forcejeó con los dedos de madera que me apresaban. Las luces del tren la golpearon. Escuché el silbido, aullando. El muñeco yacía inerte; aguantaba su presa, inquebrantable. Marina luchaba con ambas manos por liberarme. Uno de los dedos cedió. Marina suspiró. Medio segundo más tarde, el cuerpo de aquel ser se incorporó y asió con su otra mano a Marina del brazo. Con la manivela que aún sostenía, golpeé con todas mis fuerzas el rostro de aquella figura inerte hasta quebrar la estructura del cráneo. Comprobé con horror que lo que había tomado por madera era hueso. Había vida en aquella criatura.

El rugido del tren se hizo ensordecedor, ahogando nuestros gritos. Las piedras entre las vías temblaban. El haz de luz del ferrocarril nos envolvió con su halo. Cerré los ojos y seguí golpeando con toda el alma a aquel siniestro títere hasta sentir que la cabeza se desencajaba del cuerpo. Sólo entonces sus garras nos liberaron. Rodamos sobre las piedras, cegados por la luz. Toneladas de acero cruzaron a escasos centímetros de nuestros cuerpos arrancando una lluvia de chispas. Los fragmentos despedazados del engendro salieron despedidos, humeando como las brasas que saltan en una hoguera.

Cuando el tren hubo pasado, abrimos los ojos. Me volví hacia Marina y asentí, dándole a entender que estaba bien. Nos incorporamos lentamente. Entonces sentí la punzada de dolor en la pierna. Marina colocó mi brazo sobre sus hombros y así pude alcanzar el otro lado de las vías. Una vez allí, nos giramos a mirar atrás. Algo se movía entre los raíles, brillando bajo la Luna. Era una mano de madera, segada por las ruedas del tren. La mano se agitaba en espasmos más y más espaciados, hasta que se detuvo por completo. Sin mediar palabra, ascendimos entre los arbustos hacia un callejón que conducía a la calle Anglí. Las campanas de la iglesia sonaban a lo lejos.

Afortunadamente, Germán dormitaba en su estudio cuando llegamos. Marina me guió sigilosamente hasta uno de los baños para limpiarme la herida de la pierna a la luz de las velas. Las paredes y el suelo estaban cubiertos de baldosas esmaltadas que reflejaban la llama. Una monumental bañera apoyada sobre cuatro patas de hierro se alzaba en el centro.

—Quítate los pantalones —dijo Marina, de espaldas a mí, buscando en el botiquín.

—¿Qué?

—Ya me has oído.

Hice lo que me ordenaba y extendí la pierna sobre el borde de la bañera. El corte era más profundo de lo que había pensado y el contorno había adquirido un tono purpúreo. Me entraron náuseas. Marina se arrodilló junto a mí y lo examinó cuidadosamente.

—¿Te duele?

—Sólo cuando lo miro.

Mi improvisada enfermera tomó un algodón impregnado en alcohol y lo aproximó al corte.

—Esto va a escocer...

Cuando el alcohol mordió la herida, aferré el borde de la bañera con tal fuerza que debí de dejar grabadas mis huellas dactilares en él.

—Lo siento —murmuró Marina, soplando sobre el corte.

—Más lo siento yo.

Respiré profundamente y cerré los ojos mientras ella seguía limpiando la herida meticulosamente. Finalmente tomó una venda del botiquín y la aplicó sobre el corte. Aseguró el esparadrapo con mano experta, sin apartar los ojos de lo que estaba haciendo.

—No iban a por nosotros —dijo Marina.

No supe bien a qué se refería.

—Esas figuras en el invernadero —añadió sin mirarme—. Buscaban el álbum de fotografías. No debimos habérnoslo llevado...

Sentí su aliento sobre mi piel mientras aplicaba una gasa limpia.

—Sobre lo del otro día, en la playa... —empecé.

Marina se detuvo y alzó la mirada.

—Nada.

Marina aplicó la última tira de esparadrapo y me observó en silencio. Creí que iba a decirme algo, pero simplemente se incorporó y salió del baño.

Me quedé a solas con las velas y unos pantalones inservibles.

13

Cuando llegué al internado, pasada la media noche, todos mis compañeros estaban ya acostados, aunque desde las cerraduras de sus habitaciones se filtraban agujas de luz que iluminaban el pasillo. Me deslicé de puntillas hasta mi cuarto. Cerré la puerta con sumo cuidado y miré el despertador de la mesilla. Casi la una de la madrugada. Encendí la lámpara y extraje de mi bolsa el álbum de fotografías que nos habíamos llevado del invernadero.

Lo abrí y me sumergí de nuevo en la galería de personajes que lo poblaban. Una imagen mostraba una mano cuyos dedos estaban unidos por membranas, igual que los de un anfibio. Junto a ella, una niña de rubios tirabuzones ataviada de blanco ofrecía una sonrisa casi demoníaca, con colmillos caninos asomando entre los labios. Página tras página, crueles caprichos de la naturaleza desfilaron ante mí. Dos hermanos albinos cuya piel parecía a punto de prender en llamas con la simple claridad de una vela. Siameses unidos por el cráneo, sus rostros enfrentados de por vida. El cuerpo desnudo de una mujer cuya columna vertebral se retorcía como una rama seca... Muchos de ellos eran niños o jóvenes. Muchos parecían menores que yo. Apenas había adultos ni ancianos. Comprendí que la esperanza de vida para aquellos infortunados era mínima.

Recordé las palabras de Marina, que aquel álbum no era nuestro y que nunca debimos habernos apropiado de él. Ahora, cuando la adrenalina ya se me había evaporado de la sangre, esa idea cobró un nuevo significado. Al examinarlo, profanaba una colección de recuerdos que no me pertenecían. Percibía que aquellas imágenes de tristeza e infortunio eran, a su manera, un álbum familiar. Pasé las páginas repetidamente, creyendo intuir entre ellas un vínculo que iba más allá del espacio y el tiempo. Por fin lo cerré y lo guardé de nuevo en mi bolsa. Apagué la luz y la imagen de Marina caminando en su playa desierta me vino a la mente. La vi alejarse en la orilla hasta que el sueño acalló la voz de la marea.

Por un día la lluvia se cansó de Barcelona y partió rumbo Norte. Como un forajido, me salté la última clase de aquella tarde para encontrarme con Marina. Las nubes se habían abierto en un telón azul. Una lengua de sol salpicaba las calles. Ella me esperaba en el jardín, concentrada en su cuaderno secreto. Tan pronto me vio se afanó en cerrarlo. Me pregunté si estaría escribiendo sobre mí, o sobre lo que nos había sucedido en el invernadero.

—¿Qué tal sigue tu pierna? —preguntó, aferrando el cuaderno con ambos brazos.

—Sobreviviré. Ven, tengo algo que quiero enseñarte.

Saqué el álbum y me senté junto a ella en la fuente. Lo abrí y pasé varias hojas. Marina suspiró en silencio, perturbada por aquellas imágenes.

—Aquí está —dije, deteniéndome en una fotografía, hacia el final del álbum—. Esta mañana, al levantarme, me ha venido a la cabeza. Hasta ahora no había caído, pero hoy...

Marina observó la fotografía que le mostraba. Era una imagen en blanco y negro, embrujada con la rara nitidez que sólo los viejos retratos de estudio poseen. En ella podía apreciarse un hombre cuyo cráneo estaba brutalmente deformado y cuya espina dorsal apenas le mantenía en pie. Se apoyaba en un hombre joven ataviado con una bata blanca, lentes redondos y un corbatín a juego con su bigote pulcramente recortado. Un médico. El doctor miraba a la cámara. El paciente se cubría los ojos con la mano, como si se avergonzase de su condición. Tras ellos se distinguía el panel de un vestidor y lo que parecía una consulta médica. En una esquina se apreciaba una puerta entreabierta. Desde ella, mirando tímidamente la escena, una niña de muy corta edad sostenía una muñeca. La fotografía parecía más un documento médico de archivo que otra cosa.

—Fíjate bien —insistí.

—No veo más que a un pobre hombre...

—No le mires a él. Mira detrás de él.

—Una ventana...

—¿Qué ves a través de esa ventana?

Marina frunció el ceño.

—¿Lo reconoces? —pregunté, señalando la figura de un dragón que decoraba la fachada del edificio al otro lado de la habitación desde donde había sido tomada la fotografía.

—Lo he visto en alguna parte...

—Eso mismo pensé yo —corroboré—. Aquí en Barcelona. En las Ramblas, frente al Teatro del Liceo. Repasé todas y cada una de las fotografías del álbum y ésta es la única que está tomada en Barcelona. Despegué la fotografía del álbum y se la tendí a Marina. Al dorso, en letras casi borradas, se leía:

Estudio Fotográfico Martorell-Borrás —1951
Copia— Doctor Joan Shelley
Rambla de los Estudiantes, 46-48, 1.º Barcelona

Marina me devolvió la fotografía, encogiéndose de hombros.

—Hace casi treinta años que fue tomada esa fotografía, Óscar... No significa nada...

—Esta mañana he mirado en el listín telefónico. El tal doctor Shelley figura todavía como ocupante en el 46-48 de la Rambla de los Estudiantes, primer piso. Sabía que me sonaba. Luego he recordado que Sentís mencionó que el doctor Shelley había sido el primer amigo de Mijail Kolvenik al llegar a Barcelona...

Marina me estudió.

—Y tú, para celebrarlo, has hecho algo más que mirar el listín...

—He llamado —admití—. Me ha contestado la hija del doctor Shelley, María. Le he dicho que era de la máxima importancia que hablásemos con su padre.

—¿Y te ha hecho caso?

—Al principio no, pero cuando he mencionado el

nombre de Mijail Kolvenik, le ha cambiado la voz. Su padre ha accedido a recibirnos.

—¿Cuándo?

Consulté mi reloj.

—En unos cuarenta minutos.

Tomamos el metro hasta la Plaza Cataluña. Empezaba a caer la tarde cuando ascendimos por las escaleras que daban a la boca de las Ramblas. Se acercaban las navidades y la ciudad estaba engalanada con guirnaldas de luz. Los faroles dibujaban espectros multicolores sobre el paseo. Bandadas de palomas revoloteaban entre quioscos de flores y cafés, músicos ambulantes y cabareteras, turistas y lugareños, policías y truhanes, ciudadanos y fantasmas de otras épocas. Germán tenía razón; no había una calle así en todo el mundo.

La silueta del Gran Teatro del Liceo se alzó frente a nosotros. Era noche de ópera y la diadema de luces de las marquesinas estaba encendida. Al otro lado del paseo reconocimos el dragón verde de la fotografía en la esquina de una fachada, contemplando el gentío. Al verlo pensé que la historia había reservado los altares y las estampitas para san Jorge, pero al dragón le había tocado la ciudad de Barcelona en perpetuidad.

La antigua consulta del doctor Joan Shelley ocupaba el primer piso de un viejo edificio de aire señorial e iluminación fúnebre. Cruzamos un vestíbulo cavernoso desde el que una escalinata suntuosa ascendía en espiral. Nuestros pasos se perdieron en el eco de la escalera. Observé que los llamadores de las puertas estaban forjados con forma de rostros de ángel. Vidrieras catedralicias rodeaban el tragaluz, convirtiendo el edificio en el mayor caleidoscopio del mundo. El primer piso, como solía suceder en los edificios de la época, no era tal, sino el tercero. Pasamos el entresuelo y el principal hasta llegar a la puerta en la que una vieja placa de bronce anunciaba: *Dr. Joan Shelley*. Miré mi reloj. Faltaban dos minutos para la hora señalada cuando Marina llamó a la puerta.

Sin duda, la mujer que nos abrió se había escapado de una estampa religiosa. Evanescente, virginal y tocada de un aire místico. Su piel era nívea, casi transparente; y sus ojos, tan claros que apenas tenían color. Un ángel sin alas.

—¿Señora Shelley? —pregunté con cortesía.

Ella admitió dicha identidad, su mirada encendida de curiosidad.

—Buenas tardes —empecé—. Mi nombre es Óscar. Hablé con usted esta mañana...

—Lo recuerdo. Adelante. Adelante...

Nos invitó a pasar. María Shelley se desplazaba como una bailarina saltando entre nubes, a cámara lenta. Era de constitución frágil y desprendía un aroma a agua de rosas. Calculé que debía de tener treinta y pocos años, pero parecía más joven. Tenía una de las muñecas vendada y un pañuelo rodeaba su garganta de cisne. El vestíbulo era una cámara oscura tramada de terciopelo y espejos ahumados. La casa olía a museo, como si el aire que flotaba en ella llevase allí atrapado décadas.

—Le agradecemos mucho que nos reciba. Ésta es mi amiga Marina.

María posó su mirada en Marina. Siempre me ha parecido fascinante ver cómo las mujeres se examinan unas a otras. Aquella ocasión no fue una excepción.

—Encantada —dijo finalmente María Shelley, arrastrando las palabras—. Mi padre es un hombre de avanzada edad. De temperamento un tanto volátil. Les ruego que no le fatiguen.

—No se preocupe —dijo Marina.

Nos indicó que la siguiéramos hacia el interior. Definitivamente María Shelley se movía con una elasticidad vaporosa.

—¿Y dice usted que tiene algo que pertenece al fallecido señor Kolvenik? —preguntó María.

—¿Le conoció usted? —pregunté a mi vez.

Su cara se iluminó con las memorias de otros tiempos.

—En realidad, no... Oí hablar mucho de él, sin embargo. De niña —dijo, casi para sí misma.

Las paredes vestidas de terciopelo negro estaban cubiertas con estampas de santos, vírgenes y mártires en agonía. Las alfombras eran oscuras y absorbían la poca luz que se filtraba entre los resquicios de ventanas cerradas. Mientras seguíamos a nuestra anfitriona por aquella galería me pregunté cuánto tiempo llevaría viviendo allí, sola con su padre. ¿Se habría casado, habría vivido, amado o sentido algo fuera del mundo opresivo de aquellas paredes?

María Shelley se detuvo ante una puerta corredera y llamó con los nudillos.

—¿Padre?

El doctor Joan Shelley, o lo que quedaba de él, estaba sentado en un butacón frente al fuego, bajo pliegos de mantas. Su hija nos dejó a solas con él. Traté de apartar los ojos de su cintura de avispa mientras se retiraba. El anciano doctor, en quien apenas se reconocía al hombre del retrato que yo llevaba en el bolsillo, nos examinaba en silencio. Sus ojos destilaban recelo. Una de sus manos temblaba ligeramente sobre el respaldo de la butaca. Su cuerpo hedía a enfermedad bajo una máscara de colonia. Su sonrisa sarcástica no ocultaba el desagrado que le inspiraban el mundo y su propio estado.

—El tiempo hace con el cuerpo lo que la estupidez hace con el alma —dijo, señalándose a sí mismo—. Lo pudre. ¿Qué es lo que queréis?

—Nos preguntábamos si podría hablarnos de Mijail Kolvenik.

—Podría, pero no veo por qué —cortó el doctor—. Ya se habló demasiado en su día y todo fueron mentiras. Si la gente pensara una cuarta parte de lo que habla, este mundo sería el paraíso.

—Sí, pero nosotros estamos interesados en la verdad —apunté.

El anciano hizo una mueca burlona.

—La verdad no se encuentra, hijo. Ella lo encuentra a uno.

Traté de sonreír dócilmente, pero empezaba a sospechar que aquel hombre no tenía interés en soltar prenda. Marina, intuyendo mi temor, tomó la iniciativa.

—Doctor Shelley —dijo con dulzura—, accidental-
mente ha llegado a nuestras manos una colección de fotografías que podría haber pertenecido al señor Mijail
Kolvenik. En una de esas imágenes se le ve a usted y a uno
de sus pacientes. Por ese motivo nos hemos atrevido a
molestarle, con la esperanza de devolver la colección a su
legítimo dueño o a quien corresponda.

Esta vez no hubo frase lapidaria por respuesta. El médico observó a Marina, sin ocultar cierta sorpresa. Me
pregunté por qué no se me habría ocurrido a mí un ar-
did como aquél. Decidí que, cuanto más dejase a Marina
llevar el peso de la conversación, mejor.

—No sé de qué fotografías habla usted, señorita...

—Se trata de un archivo que muestra pacientes afec-
tados por malformaciones... —indicó Marina.

Un brillo se encendió en los ojos del doctor. Habíamos tocado un nervio. Había vida bajo las mantas, después de todo.

—¿Qué le hace pensar que dicha colección pertenecía a Mijail Kolvenik? —preguntó, fingiendo indiferencia—. ¿O que yo tenga algo que ver con ella?

—Su hija nos ha dicho que ustedes dos eran amigos
—dijo Marina, desviando el tema.

—María tiene la virtud de la ingenuidad —cortó Shelley, hostil.

Marina asintió, se incorporó y me indicó que hiciese
lo mismo.

—Entiendo —dijo cortésmente—. Veo que estábamos equivocados. Sentimos haberle molestado, doctor.
Vamos, Óscar. Ya encontraremos a quién entregar la colección...

—Un momento —cortó Shelley.

Tras carraspear, indicó que nos sentásemos de nuevo.

—¿Tenéis todavía esa colección?

Marina asintió, sosteniendo la mirada del anciano. De improviso, Shelley soltó lo que supuse era una carcajada. Sonó como hojas de diario viejas al arrugarse.

—¿Cómo sé que decís la verdad?

Marina me lanzó una orden muda. Saqué la fotografía del bolsillo y se la tendí al doctor Shelley. La tomó con su mano temblorosa y la examinó. Estudió la fotografía por largo tiempo. Finalmente, desviando la mirada hacia el fuego, empezó a hablar.

Según nos contó, el doctor Shelley era hijo de padre británico y madre catalana. Se había especializado como traumatólogo en un hospital de Bournemouth. Al establecerse en Barcelona, su condición de foráneo le cerró las puertas de los círculos sociales donde se labraban las carreras prometedoras. Cuanto pudo obtener fue un puesto en la unidad médica de la cárcel. Él atendió a Mijail Kolvenik cuando éste fue objeto de una brutal paliza en los calabozos. Por aquel entonces Kolvenik no hablaba castellano ni catalán. Tuvo la suerte de que Shelley hablara algo de alemán. Shelley le prestó dinero para comprar ropa, le alojó en su casa y le ayudó a encontrar un empleo en la Velo-Granell. Kolvenik le tomó un afecto desmedido y nunca olvidó su bondad. Una profunda amistad nació entre ambos.

Más adelante, aquella amistad habría de fructificar en una relación profesional. Muchos de los pacientes del doctor Shelley necesitaban piezas de ortopedia y prótesis especiales. La Velo-Granell era líder en dicha producción y, entre sus diseñadores, ninguno mostraba más talento que Mijail Kolvenik. Con el tiempo, Shelley se convirtió en el médico personal de Kolvenik. Una vez la fortuna le sonrió, Kolvenik quiso ayudar a su amigo financiando la creación de un centro médico especializado en el estudio y el tratamiento de enfermedades degenerativas y malformaciones congénitas.

El interés de Kolvenik en el tema se remontaba a su infancia en Praga. Shelley nos explicó que la madre de Mijail Kolvenik había dado a luz gemelos. Uno de ellos, Mijail, nació fuerte y sano. El otro, Andrej, vino al mundo con una incurable malformación ósea y muscular que habría de acabar con su vida apenas siete años más tarde. Este episodio marcó la memoria del joven Mijail y, de algún modo, su vocación. Kolvenik siempre pensó que, con la atención médica adecuada y con el desarrollo de una tecnología que supliese lo que la naturaleza le había negado, su hermano hubiera podido alcanzar la edad adulta y vivir una vida plena. Fue esa creencia la que le llevó a dedicar su talento al diseño de mecanismos que, como a él le gustaba decir, «completasen» los cuerpos que la providencia había dejado de lado.

«La naturaleza es como un niño que juega con nuestras vidas. Cuando se cansa de sus juguetes rotos, los abandona y los sustituye por otros —decía Kolvenik—. Es nuestra responsabilidad recoger las piezas y reconstruirlas.»

Algunos veían en estas palabras una arrogancia rayana en la blasfemia; otros veían sólo esperanza. La sombra de su hermano nunca había abandonado a Mijail

Kolvenik. Creía que un azar caprichoso y cruel había decidido que fuese él quien viviese y su hermano quien naciese con la muerte escrita en el cuerpo. Shelley nos explicó que Kolvenik se sentía culpable por ello y que llevaba en lo más profundo de su corazón una deuda hacia Andrej y hacia todos aquellos que, como su hermano, estaban marcados por el estigma de la imperfección. Fue durante esa época cuando Kolvenik empezó a recopilar fotografías de fenómenos y deformaciones de todo el mundo. Para él, aquellos seres dejados de la mano del destino eran los hermanos invisibles de Andrej. Su familia.

—Mijail Kolvenik era un hombre brillante —continuó el doctor Shelley—. Tales individuos siempre inspiran el recelo de quienes se sienten inferiores. La envidia es un ciego que quiere arrancarte los ojos. Cuanto se dijo de Mijail en los últimos años y tras su muerte fueron calumnias... Aquel maldito inspector... Florián. No entendía que le utilizaban como un títere para derribar a Mijail...

—¿Florián? —intervino Marina.

—Florián era el inspector jefe de la brigada judicial —dijo Shelley, mostrando cuanto desprecio le permitían sus cuerdas vocales—. Un trepa, una sabandija que pretendía hacerse un nombre a costa de la Velo-Granell y de Mijail Kolvenik. Sólo me consuela pensar que nunca pudo probar nada. Su obstinación acabó con su carrera. Fue él quien se sacó de la manga todo aquel escándalo de los cuerpos...

—¿Cuerpos?

Shelley se sumió en un largo silencio. Nos miró a ambos y la sonrisa cínica volvió a aflorar.

—Ese tal inspector Florián... —preguntó Marina—. ¿Sabe dónde podríamos encontrarle?

—En un circo, con el resto de los payasos —replicó Shelley.

—¿Conoció usted a Benjamín Sentís, doctor? —pregunté, tratando de reconducir la conversación.

—Por supuesto —repuso Shelley—. Trataba con él regularmente. Como socio de Kolvenik, Sentís se encargaba de la parte administrativa de la Velo-Granell. Un hombre avaricioso que no conocía su lugar en el mundo, en mi opinión. Podrido por la envidia.

—¿Sabe que el cuerpo del señor Sentís fue encontrado hace una semana en las alcantarillas? —pregunté.

—Leo los periódicos —respondió fríamente.

—¿No le pareció extraño?

—No más que el resto de lo que se ve en la prensa —replicó Shelley—. El mundo está enfermo. Y yo empiezo a estar cansado. ¿Alguna cosa más?

Estaba por preguntarle acerca de la dama de negro cuando Marina se me adelantó, negando con una sonrisa. Shelley alcanzó un llamador de servicio y tiró de él. María Shelley hizo acto de presencia, la mirada pegada a los pies.

—Estos jóvenes ya se iban, María.

—Sí, padre.

Nos incorporamos. Hice ademán de recuperar la fotografía, pero la mano temblorosa del doctor se me adelantó.

—Esta fotografía me la quedo yo, si no os importa...

Dicho esto, nos dio la espalda y con un gesto indicó

a su hija que nos acompañase hasta la puerta. Justo antes de salir de la biblioteca me volví a echar un último vistazo al doctor y pude ver que lanzaba la fotografía al fuego. Sus ojos vidriosos la contemplaron arder entre las llamas.

María Shelley nos guió en silencio hasta el vestíbulo y una vez allí nos sonrió a modo de disculpa.

—Mi padre es un hombre difícil pero de buen corazón... —justificó—. La vida le ha dado muchos sinsabores y a veces su carácter le traiciona...

Nos abrió la puerta y encendió la luz de la escalera. Leí una duda en su mirada, como si quisiera decirnos algo, pero temiese hacerlo. Marina también lo advirtió y le ofreció su mano en señal de agradecimiento. María Shelley la estrechó. La soledad rezumaba por los poros de aquella mujer como un sudor frío.

—No sé lo que mi padre les habrá contado... —dijo, bajando la voz y volviendo la vista, temerosa.

—¿María? —llegó la voz del doctor desde el interior del piso—. ¿Con quién hablas?

Una sombra cubrió la faz de María.

—Ya voy, padre, ya voy...

Nos tendió una última mirada desolada y se metió en el piso. Al volverse, advertí que una pequeña medalla pendía de su garganta. Hubiera jurado que era la figura de una mariposa con las alas negras desplegadas. La puerta se selló sin darme tiempo a asegurarme. Nos quedamos en el rellano, escuchando la voz atronadora del doctor en el interior destilando furia sobre su hija. La luz de la escalera se extinguió. Por un instante creí oler a carne en descomposición. Provenía de algún punto de las escaleras, como si hubiese un animal muerto en la oscuridad. Me pareció entonces escuchar pasos que se alejaban hacia lo alto y el olor, o la impresión, desapareció.

—Vámonos de aquí —dije.

14

En el camino de vuelta a casa de Marina, advertí que ella me observaba de reojo.

—¿No te vas a pasar las navidades con tu familia?

Negué, con la vista perdida en el tráfico.

—¿Por qué no?

—Mis padres viajan constantemente. Hace ya algunos años que no pasamos las navidades juntos.

Mi voz sonó acerada y hostil, sin pretenderlo. Hicimos el resto del camino en silencio. Acompañé a Marina hasta la verja del caserón y me despedí de ella.

Caminaba de vuelta al internado cuando empezó a llover. Contemplé a lo lejos la hilera de ventanas en el cuarto piso del colegio. Había luz tan sólo en un par de ellas. La mayoría de los internos había partido por las vacaciones de Navidad y no volvería hasta dentro de tres semanas. Cada año sucedía lo mismo. El internado quedaba desierto y únicamente un par de infelices permanecía allí al cuidado de los tutores. Los dos cursos anteriores habían sido los peores, pero este año ya no me importaba. De hecho, lo prefería. La idea de alejarme de Marina y Germán se me hacía impensable. Mientras estuviese cerca de ellos no me sentiría solo.

Ascendí una vez más las escaleras hacia mi cuarto. El corredor estaba silencioso, abandonado. Aquel ala del internado estaba desierta. Supuse que sólo quedaría doña Paula, una viuda que se encargaba de la limpieza y que vivía sola en un pequeño apartamento en el tercer piso. El murmullo perenne de su televisor se adivinaba en el piso inferior. Recorrí la hilera de habitaciones vacías hasta llegar a mi dormitorio. Abrí la puerta. Un trueno rugió sobre el cielo de la ciudad y todo el edificio retumbó. La luz del relámpago se filtró entre los postigos cerrados de la ventana. Me tendí en la cama sin quitarme la ropa. Escuché la tormenta desgranar en la oscuridad. Abrí el cajón de mi mesita de noche y saqué el apunte a lápiz que Germán había hecho de Marina aquel día en la playa. Lo contemplé en la penumbra hasta que el sueño y la fatiga pudieron más. Me dormí sujetándolo como si se tratase de un amuleto. Cuando me desperté, el retrato había desaparecido de mis manos.

Abrí los ojos de repente. Sentí frío y el aliento del viento en la cara. La ventana estaba abierta y la lluvia profanaba mi habitación. Aturdido, me incorporé. Tanteé la lamparilla de noche en la penumbra. Pulsé el interruptor en vano. No había luz. Fue entonces cuando me di cuenta de que el retrato con el que me había dormido no estaba en mis manos, ni sobre la cama o el suelo. Me froté los ojos, sin comprender. De pronto lo noté. Intenso y penetrante. Aquel hedor a podredumbre. En el aire. En la habitación. En mi propia ropa, como si alguien hubiese frotado el cadáver de un animal en descomposición sobre mi piel mientras dormía. Aguanté una arcada y, un instante después, me entró un profundo pánico. No estaba solo. Alguien o algo había entrado por aquella ventana mientras dormía.

Lentamente, palpando los muebles, me aproximé a la puerta. Traté de encender la luz general de la habitación. Nada. Me asomé al corredor, que se perdía en las tinieblas. Sentí el hedor de nuevo, más intenso. El rastro de un animal salvaje. Súbitamente, me pareció entrever una silueta penetrando en la última habitación.

—¿Doña Paula? —llamé, casi susurrando.

La puerta se cerró con suavidad. Inspiré con fuerza y me adentré en el corredor, desconcertado. Me detuve al escuchar un siseo reptil, susurrando una palabra. Mi nombre. La voz provenía del interior del dormitorio cerrado.

—¿Doña Paula, es usted? —tartamudeé, intentando controlar el temblor que invadía mis manos.

Di un paso hacia la oscuridad. La voz repitió mi nombre. Era una voz como jamás la había escuchado. Una voz quebrada, cruel y sangrante de maldad. Una voz de pesadilla. Estaba varado en aquel pasillo de sombras, incapaz de mover un músculo. De pronto, la puerta del dormitorio se abrió con una fuerza brutal. En el espacio de un segundo interminable me pareció que el pasillo se estrechaba y se encogía bajo mis pies, atrayéndome hacia aquella puerta.

En el centro de la estancia, mis ojos distinguieron con absoluta claridad un objeto que brillaba sobre el lecho. Era el retrato de Marina, con el que me había dormido. Dos manos de madera, manos de títere, lo sujetaban.

Unos cables ensangrentados asomaban por los bordes de las muñecas. Supe entonces, con certeza, que aquéllas eran las manos que Benjamín Sentís había perdido en las profundidades del alcantarillado. Arrancadas de cuajo. Sentí que el aire se me iba de los pulmones.

El hedor se hizo insoportable, ácido. Y con la lucidez del terror, descubrí la figura en la pared, colgando inmóvil, un ser vestido de negro y con los brazos en cruz. Unos cabellos enmarañados velaban su cara. Al pie de la puerta, contemplé cómo ese rostro se alzaba con infinita lentitud y mostraba una sonrisa de brillantes colmillos en la penumbra. Bajo los guantes, unas garras empezaron a moverse como manojos de serpientes. Di un paso atrás y escuché de nuevo aquella voz murmurando mi nombre. La figura reptaba hacia mí como una gigantesca araña.

Dejé escapar un aullido y cerré la puerta de golpe. Traté de bloquear la salida del dormitorio, pero sentí un impacto brutal. Diez uñas como cuchillos asomaron entre la madera. Eché a correr hacia el otro extremo del pasillo y escuché cómo la puerta quedaba hecha trizas. El pasillo se había transformado en un túnel interminable. Vislumbré la escalera a unos metros y me volví a mirar atrás. La silueta de aquella criatura infernal se deslizaba directa hacia mí. El brillo que proyectaban sus ojos horadaba la oscuridad. Estaba atrapado.

Me lancé hacia el corredor que conducía a las cocinas aprovechando que me sabía de memoria los recovecos de mi colegio. Cerré la puerta a mi espalda. Inútil. La criatura se precipitó contra ella y la derribó, lanzándome contra el suelo. Rodé sobre las baldosas y busqué refugio bajo la mesa. Vi unas piernas. Decenas de platos y vasos estallaron en pedazos a mi alrededor, tendiendo un manto de cristales rotos. Distinguí el filo de un cuchillo serrado entre los escombros y lo agarré desesperadamente. La figura se agachó frente a mí, como un lobo a la boca de una madriguera. Blandí el cuchillo hacia aquel rostro y la hoja se hundió en él como en el barro. Sin embargo, se retiró medio metro y pude escapar al otro extremo de la cocina. Busqué algo con que defenderme mientras retrocedía paso a paso. Encontré un cajón. Lo abrí. Cubiertos, útiles de cocina, velas, un mechero de gasolina..., chatarra inservible. Instintivamente agarré el mechero y traté de encenderlo. Noté la sombra de la criatura alzándose frente a mí. Sentí su aliento fétido. Una de las garras se aproximaba a mi garganta. Fue entonces cuando la llama del mechero prendió e iluminó aquella criatura a tan sólo veinte centímetros. Cerré los ojos y contuve la respiración, convencido de que había visto el rostro de la muerte y que sólo me restaba esperar. La espera se hizo eterna.

Cuando abrí de nuevo los ojos, se había retirado. Escuché sus pasos alejándose. La seguí hasta mi dormitorio y me pareció oír un gemido. Creí leer dolor o rabia en aquel sonido. Cuando llegué a mi habitación, me asomé. La criatura hurgaba en mi bolsa. Agarró el álbum de fotografías que me había llevado del invernadero. Se volvió y nos observamos el uno al otro. La luz fantasmal de la noche perfiló al intruso por una décima de segundo. Quise decir algo, pero la criatura ya se había lanzado por la ventana.

Corrí hasta el alféizar y me asomé, esperando ver el cuerpo precipitándose hacia el vacío. La silueta se deslizaba por las tuberías del desagüe a una velocidad inverosímil. Su capa negra ondeaba al viento. De allí saltó a los

tejados del ala este. Sorteó un bosque de gárgolas y torres. Paralizado, observé cómo aquella aparición infernal se alejaba bajo la tormenta con piruetas imposibles
igual que una pantera, igual que si los tejados de Barcelona fuesen su jungla. Me di cuenta de que el marco de la
ventana estaba impregnado de sangre. Seguí el rastro
hasta el pasillo y tardé en comprender que la sangre no
era mía. Había herido con el cuchillo a un ser humano.
Me apoyé contra la pared. Las rodillas me flaqueaban y
me senté acurrucado, exhausto.

No sé cuánto tiempo estuve así. Cuando conseguí po-
nerme en pie, decidí acudir al único lugar donde creí
que iba a sentirme seguro.

15

Llegué a casa de Marina y crucé el jardín a tientas. Rodeé la casa y me dirigí hacia la entrada de la cocina. Una luz cálida danzaba entre los postigos. Me sentí aliviado. Llamé con los nudillos y entré. La puerta estaba abierta. A pesar de lo avanzado de la hora, Marina escribía en su cuaderno en la mesa de la cocina a la luz de las velas, con *Kafka* en su regazo. Al verme, la pluma se le cayó de los dedos.

—¡Por Dios, Óscar! ¿Qué...? —exclamó, examinando mis ropas raídas y sucias, palpando los arañazos en mi rostro—. ¿Qué te ha pasado?

Después de un par de tazas de té caliente conseguí explicarle a Marina lo que había sucedido o lo que recordaba, porque empezaba a dudar de mis sentidos. Me escuchó con mi mano entre las suyas para tranquilizarme. Supuse que debía de ofrecer todavía peor aspecto de lo que había pensado.

—¿No te importa que pase la noche aquí? No sabía adónde ir. Y no quiero volver al internado.

—Ni yo voy a permitir que lo hagas. Puedes estar con nosotros el tiempo que haga falta.

—Gracias.

Leí en sus ojos la misma inquietud que me carcomía. Después de lo sucedido aquella noche, su casa era tan segura como el internado o cualquier otro lugar. Aquella presencia que nos había estado siguiendo sabía dónde encontrarnos.

—¿Qué vamos a hacer ahora, Óscar?

—Podríamos buscar a ese inspector que mencionó Shelley, Florián, y tratar de averiguar qué es lo que realmente está sucediendo...

Marina suspiró.

—Oye, quizá es mejor que me vaya... —aventuré.

—Ni hablar. Te prepararé una habitación arriba, junto a la mía. Ven.

—¿Qué..., qué dirá Germán?

—Germán estará encantado. Le diremos que vas a pasar las navidades con nosotros.

La seguí escaleras arriba. Nunca había estado en el piso superior. Un corredor flanqueado por puertas de roble labrado se extendió a la luz del candelabro. Mi habitación estaba en el extremo del pasillo, contigua a la de Marina. El mobiliario parecía de anticuario, pero todo estaba pulcro y ordenado.

—Las sábanas están limpias —dijo Marina, abriendo la cama—. En el armario hay más mantas, por si tienes frío. Y aquí tienes toallas. A ver si te encuentro un pijama de Germán.

—Me sentará como una tienda de campaña —bromeé.

—Más vale que sobre y no que falte. Vuelvo en un segundo.

Oí sus pasos alejarse en el pasillo. Dejé mi ropa sobre una silla y resbalé entre las sábanas limpias y almidonadas. Creo que no me había sentido tan cansado en mi vida. Los párpados se me habían convertido en láminas de plomo. A su regreso Marina traía una especie de camisón de dos metros de largo que parecía robado de la colección de lencería de una infanta.

—Ni hablar —objeté—. Yo no duermo con eso.

—Es lo único que he encontrado. Te quedará que ni pintado. Además, Germán no me deja que tenga muchachos desnudos durmiendo en la casa. Normas.

Me lanzó el camisón y dejó unas velas sobre la consola.

—Si necesitas cualquier cosa, da un golpe en la pared. Yo estoy al otro lado.

Nos miramos en silencio un instante. Finalmente Marina desvió la mirada.

—Buenas noches, Óscar —susurró.

—Buenas noches.

Desperté en una estancia bañada de luz. La habitación miraba al Este y la ventana mostraba un Sol reluciente alzándose sobre la ciudad. Antes de levantarme ya advertí que mi ropa había desaparecido de la silla donde la había dejado la noche anterior. Comprendí lo que eso significaba y maldije tanta amabilidad, convencido de que Marina lo había hecho a propósito. Un aroma a pan caliente y café recién hecho se filtraba bajo la puerta. Abandonando toda esperanza de mantener mi dignidad, me dispuse a bajar a la cocina ataviado con aquel ridículo camisón. Salí al pasillo y comprobé que toda la casa estaba sumergida en aquella mágica luminosidad. Escuché las voces de mis anfitriones en la cocina, charlando. Me armé de valor y descendí las escaleras. Me detuve en el umbral de la puerta y carraspeé. Marina estaba sirviendo café a Germán y alzó la vista.

—Buenos días, bella durmiente —dijo.

Germán se volvió y se levantó caballerosamente, ofreciéndome su mano y una silla en la mesa.

—¡Buenos días, amigo Óscar! —exclamó con entusiasmo—. Es un placer tenerle con nosotros. Marina ya me ha explicado lo de las obras en el internado. Sepa que puede quedarse aquí todo lo que haga falta, con confianza. Ésta es su casa.

—Muchísimas gracias...

Marina me sirvió una taza de café, sonriendo ladina y señalando el camisón.

—Te sienta fenomenal.

—Divino. Parezco la flor de Mantua. ¿Dónde está mi ropa?

—Te la he limpiado un poco y está secándose.

Germán me acercó una bandeja con cruasanes recién traídos de la pastelería Foix. La boca se me hizo un río.

—Pruebe uno de éstos, Óscar —sugirió Germán—. Es el Mercedes Benz de los cruasanes. Y no se confunda, esto que ve aquí no es mermelada; es un monumento.

Devoré ávidamente cuanto me ponían por delante con apetito de náufrago. Germán ojeaba el diario distraídamente. Se le veía de buen humor y, aunque ya había terminado de desayunar, no se levantó hasta que estuve ahíto y no me quedaba nada más que los cubiertos por comer. Luego, consultó su reloj.

—Vas a llegar tarde a tu cita con el cura, papá —le recordó Marina.

Germán asintió con cierto fastidio.

—No sé ni para qué me molesto... —dijo—. El muy granuja hace más trampas que un montero.

—Es el uniforme —dijo Marina—. Cree que le da venia...

Miré a ambos con desconcierto, sin tener la más remota idea de qué querían decir.

—Ajedrez —aclaró Marina—. Germán y el cura mantienen un duelo desde hace años.

—Nunca rete al ajedrez a un jesuita, amigo Óscar. Hágame caso. Con su permiso... —dijo Germán, incorporándose.

—Faltaría más. Buena suerte.

Germán tomó su gabán, su sombrero y su bastón de ébano y partió al encuentro del prelado estratega. Tan pronto se hubo marchado, Marina se asomó al jardín y volvió con mi ropa.

—Siento decirte que *Kafka* ha dormido en ella.

La ropa estaba seca, pero el perfume a felino no iba a desaparecer ni con cinco lavados.

—Esta mañana, al ir a buscar el desayuno, he llamado a la jefatura de policía desde el bar de la plaza. El inspector Víctor Florián está retirado y vive en Vallvidrera. No tiene teléfono, pero me han dado una dirección.

—Me visto en un minuto.

La estación del funicular de Vallvidrera quedaba a unas pocas calles de la casa de Marina. Con paso firme nos plantamos allí en diez minutos y compramos un par dc billctcs. Desde el andén, al pie de la montaña, la barriada de Vallvidrera dibujaba un balcón sobre la ciudad. Las casas parecían colgadas de las nubes con hilos invisibles. Nos sentamos al final del vagón y vimos Barcelona desplegarse a nuestros pies mientras el funicular trepaba lentamente.

—Éste debe de ser un buen trabajo —dije—. Conductor de funiculares. El ascensorista del cielo.

Marina me miró, escéptica.

—¿Qué tiene de malo lo que he dicho? —pregunté.

—Nada. Si eso es todo a lo que aspiras.

—No sé a lo que aspiro. No todo el mundo tiene las cosas tan claras como tú. Marina Blau, premio Nobel de Literatura y conservadora de la colección de camisones de la familia Borbón.

Marina se puso tan seria que lamenté al instante haber hecho aquel comentario.

—El que no sabe adónde va no llega a ninguna parte —dijo fríamente.

Le mostré mi billete.

—Yo sé adónde voy.

Desvió la mirada. Ascendimos en silencio durante un par de minutos. La silueta de mi colegio se alzaba a lo lejos.

—Arquitecto —susurré.

—¿Qué?

—Quiero ser arquitecto. Eso es a lo que aspiro. Nunca se lo había dicho a nadie.

Por fin me sonrió. El funicular estaba llegando a la cima de la montaña y traqueteaba como una lavadora vieja.

—Siempre he querido tener mi propia catedral —dijo Marina—. ¿Alguna sugerencia?

—Gótica. Dame tiempo y yo te la construiré.

El sol golpeó su rostro y sus ojos brillaron, fijos en mí.

—¿Lo prometes? —preguntó, ofreciendo su palma abierta.

Estreché su mano con fuerza.

—Te lo prometo.

La dirección que Marina había conseguido correspondía a una vieja casa que estaba prácticamente al borde del abismo. Los matojos del jardín se habían apoderado del lugar. Un buzón oxidado se alzaba entre ellos como una ruina de la era industrial. Nos colamos hasta la puerta. Se distinguían cajas con montones de diarios viejos sujetos con cordeles. La pintura de la fachada se desprendía como una piel seca, ajada por el viento y la humedad. El inspector Víctor Florián no se desvivía en gastos de representación.

—Aquí sí que se necesita un arquitecto —dijo Marina.

—O una unidad de demolición...

Llamé a la puerta con suavidad. Temía que, si lo hacía más fuerte, el impacto de mis nudillos enviase la casa montaña abajo.

—¿Y si pruebas con el timbre?

El botón estaba roto y se veían conexiones eléctricas de la época de Edison en la caja.

—Yo no meto el dedo ahí —repuse, llamando de nuevo.

De repente la puerta se abrió diez centímetros. Una cadena de seguridad brilló frente a un par de ojos de destello metálico.

—¿Quién va?

—¿Víctor Florián?

—Ése soy yo. Lo que pregunto es quién va.

La voz era autoritaria y sin atisbo de paciencia. Voz de multa.

—Tenemos información sobre Mijail Kolvenik... —utilizó como presentación Marina.

La puerta se abrió de par en par. Víctor Florián era un hombre ancho y musculoso. Vestía el mismo traje del día de su retiro, o eso pensé. Su expresión era la de un viejo coronel sin guerra ni batallón que mandar. Sostenía un puro apagado en sus labios y tenía más pelo en cada ceja que la mayoría de la gente en toda la cabeza.

—¿Qué sabéis vosotros de Kolvenik? ¿Quiénes sois? ¿Quién os ha dado esta dirección?

Florián no hacía preguntas, las ametrallaba. Nos hizo pasar, tras echar un vistazo al exterior como si temiese que alguien nos hubiese seguido. El interior de la casa era un nido de cochambre y olía a trastienda. Había más papeles que en la biblioteca de Alejandría, pero todos ellos revueltos y ordenados con un ventilador.

—Pasad al fondo.

Cruzamos frente a una habitación en cuya pared se distinguían decenas de armas. Revólveres, pistolas automáticas, máuseres, bayonetas... Se habían empezado revoluciones con menos artillería.

—Virgen Santa... —murmuré.

—A callar, que esto no es una capilla —cortó Florián, cerrando la puerta de aquel arsenal.

El fondo al que aludía era un pequeño comedor desde el que se contemplaba toda Barcelona. Incluso en sus años de retiro, el inspector seguía vigilando desde lo alto. Nos señaló un sofá plagado de agujeros. Sobre la mesa había una lata de alubias a la mitad y una cerveza Estrella Dorada, sin vaso. «Pensión de policía; vejez de pordiosero», pensé. Florián se sentó en una silla frente a nosotros y cogió un despertador de mercadillo. Lo plantó de un golpe sobre la mesa, de cara a nosotros.

—Quince minutos. Si en un cuarto de hora no me habéis dicho algo que yo no sepa, os echo a patadas de aquí.

Nos llevó bastante más de quince minutos relatar todo lo que había sucedido. A medida que escuchaba nuestra historia, la fachada de Víctor Florián se fue agrietando. Entre los resquicios adiviné al hombre gastado y asustado que se ocultaba en aquel agujero con sus diarios viejos y su colección de pistolas. Al término de nuestra explicación Florián tomó su puro y, tras examinarlo en silencio durante casi un minuto, lo encendió.

Luego, con la vista perdida en el espejismo de la ciudad en la bruma, empezó a hablar.

16

En 1945 yo era inspector de la brigada judicial de Barcelona —empezó Florián—. Estaba pensando en pedir el traslado a Madrid cuando fui asignado al caso de la Velo-Granell. La brigada llevaba cerca de tres años investigando a Mijail Kolvenik, un extranjero con pocas simpatías entre el régimen..., pero no habían sido capaces de probar nada. Mi predecesor en el cargo había renunciado. La Velo-Granell estaba rodeada por un muro de abogados y un laberinto de sociedades financieras donde todo se perdía en una nube. Mis superiores me lo vendieron como una oportunidad única para labrarme una carrera. Casos como aquéllos te colocaban en un despacho en el ministerio con chófer y horario de marqués, me dijeron. La ambición tiene nombre de botarate...

Florián hizo una pausa, saboreando sus palabras y sonriendo con sarcasmo para sí mismo. Mordisqueaba aquel puro como si fuese una rama de regaliz.

—Cuando estudié el dossier del caso —continuó—, comprobé que lo que había empezado como una investigación rutinaria de irregularidades financieras y posible fraude acabó por transformarse en un asunto que nadie sabía bien a qué brigada adjudicar. Extorsión. Robo. Intento de homicidio... Y había más cosas... Haceos cargo de que mi experiencia hasta la fecha radicaba en la malversación de fondos, evasión fiscal, fraude y prevaricación... No es que siempre se castigasen esas irregularidades, eran otros tiempos, pero lo sabíamos todo.

Florián se sumergió en una nube azul de su propio humo, turbado.

—¿Por qué aceptó el caso, entonces? —preguntó Marina.

—Por arrogancia. Por ambición y por codicia —respondió Florián, dedicándose a sí mismo el tono que, imaginé, guardaba para los peores criminales.

—Quizá también para averiguar la verdad —aventuré—. Para hacer justicia...

Florián me sonrió tristemente. Se podían leer treinta años de remordimientos en aquella mirada.

—A finales de 1945 la Velo-Granell estaba ya técnicamente en la bancarrota —continuó Florián—. Los tres principales bancos de Barcelona habían cancelado sus líneas de crédito y las acciones de la compañía habían sido retiradas de la cotización pública. Al desaparecer la base financiera, la muralla legal y el entramado de sociedades fantasmas se desplomó como un castillo de naipes. Los días de gloria se habían esfumado. El Gran Teatro Real, que había estado cerrado desde la tragedia que desfiguró a Eva Irinova en el día de su boda, se había transformado en una ruina. La fábrica y los talleres fueron clausurados. Las propiedades de la empresa, incautadas. Los rumores se extendían como gangrena. Kolvenik, sin perder la sangre fría, decidió organizar un cóctel de lujo en la Lonja de Barcelona para ofrecer una sensación de calma y normalidad. Su socio, Sentís, estaba al borde del pánico. No había fondos ni para pagar una décima parte de la comida que se había encargado para el evento. Se enviaron invitaciones a todos los grandes accionistas, las grandes familias de Barcelona... La noche del acto llovía a cántaros. La Lonja estaba ataviada como un palacio de ensueño. Pasadas las nueve de la noche, los miembros de la servidumbre de las principales fortunas de la ciudad, muchas de las cuales se debían a Kolvenik, presentaron notas de disculpa. Cuando yo llegué, pasada la medianoche, encontré a Kolvenik, solo en la sala, luciendo su frac impecable y fumando un cigarrillo de los que se hacía importar de Viena. Me saludó y me ofreció una copa de champagne. «Coma algo, inspector, es una pena que se desperdicie todo esto», me dijo. Nunca habíamos estado cara a cara. Charlamos durante una hora. Me habló de libros que había leído de adolescente, de viajes que nunca había llegado a hacer... Kolvenik era un hombre carismático. La inteligencia le ardía en los ojos. Por mucho que lo intenté, no pude evitar que me cayese bien. Es más, sentí pena por él, aunque se suponía que yo era el cazador y él, la presa. Observé que cojeaba y se apoyaba en un bastón de marfil labrado. «Creo que nadie ha perdido tantos amigos en un día», le dije. Sonrió y rechazó tranquilamente la idea. «Se equivoca, inspector. En ocasiones como ésta, uno nunca invita a los amigos.» Me preguntó muy cortésmente si tenía planeado persistir en su persecución. Le dije que no pararía hasta llevarle a los tribunales. Recuerdo que me preguntó: «¿Qué podría hacer yo para disuadirle de tal propósito, amigo Florián?» «Matarme», repliqué. «Todo a su tiempo, inspector», me dijo, sonriendo. Con estas palabras se alejó, cojeando. No le volví a ver..., pero sigo vivo. Kolvenik no cumplió su última amenaza.

Florián se detuvo y bebió un sorbo de agua, saboreándola como si fuese el último vaso del mundo. Se relamió los labios y prosiguió su relato.

—Desde aquel día, Kolvenik, aislado y abandonado por todos, vivió recluido con su esposa en el grotesco torreón que se había hecho construir. Nadie le vio en los años siguientes. Sólo dos personas tenían acceso a él. Su antiguo chófer, un tal Luis Claret. Claret era un pobre desgraciado que adoraba a Kolvenik y se negó a abandonarle incluso después de que no pudiese ni pagarle su sueldo. Y su médico personal, el doctor Shelley, a quien también estábamos investigando. Nadie más veía a Kolvenik. Y el testimonio de Shelley asegurándonos que se encontraba en su mansión del parque Güell, afectado por una enfermedad que no nos supo explicar, no nos convencía lo más mínimo, sobre todo después de echar un vistazo a sus archivos y su contabilidad. Durante un tiempo llegamos a sospechar que Kolvenik había muerto o había huido al extranjero, y que todo aquello era una farsa. Shelley seguía alegando que Kolvenik había contraído una extraña dolencia que le mantenía confinado en su mansión. No podía recibir visitantes ni salir de su refugio bajo ninguna circunstancia; ése era su dictamen. Ni nosotros, ni el juez lo creíamos. El 31 de diciembre de 1948 obtuvimos una orden de registro para inspeccionar el domicilio de Kolvenik y una orden de arresto contra él. Gran parte de la documentación confidencial de la empresa había desaparecido. Sospechábamos que se encontraba oculta en su residencia. Habíamos amasado ya suficientes indicios para acusar a Kolvenik de fraude y evasión fiscal. No tenía sentido esperar más. El último día de 1948 iba a ser el último en libertad para Kolvenik. Una brigada especial estaba preparada para acudir a la mañana siguiente al torreón. A veces, con los grandes criminales, uno debe resignarse a atraparlos en los detalles... El puro de Florián se había apagado de nuevo. El inspector le echó un último vistazo y lo dejó caer en una maceta vacía. Había más restos de cigarros allí, en una suerte de fosa común para colillas.

—Esa misma noche, un pavoroso incendio destruyó la vivienda y acabó con la vida de Kolvenik y su esposa Eva. Al amanecer se encontraron los dos cuerpos carbonizados, abrazados en el desván... Nuestras esperanzas de cerrar el caso ardieron con ellos. Nunca dudé de que el incendio había sido provocado. Por un tiempo creí que Benjamín Sentís y otros miembros de la directiva de la empresa estaban detrás.

—¿Sentís? —interrumpí.

—No era ningún secreto que Sentís detestaba a Kolvenik por haber conseguido el control de la empresa de su padre, pero tanto él como los demás tenían mejores razones para desear que el caso nunca llegase a los tribunales. Muerto el perro, se acabó la rabia. Sin Kolvenik, el puzzle no tenía sentido. Podría decirse que aquella noche muchas manos manchadas de sangre se limpiaron al fuego. Pero, una vez más, como en todo lo relacionado con aquel escándalo desde el primer día, nunca pudo probarse nada. Todo acabó en cenizas. Todavía hoy, la investigación sobre la Velo-Granell es el mayor enigma de la historia del departamento de policía de esta ciudad. Y el mayor fracaso de mi vida...

—Pero el incendio no fue culpa suya —ofrecí.

—Mi carrera en el departamento quedó arruinada. Fui asignado a la brigada antisubversiva. ¿Sabéis lo que es eso? Los cazadores de fantasmas. Así se les conocía en el departamento. Hubiera dejado el puesto, pero eran tiempos de hambre y mantenía a mi hermano y a su familia con mi sueldo. Además, nadie iba a dar empleo a un ex policía. La gente estaba harta de espías y chivatos. Así que me quedé. El trabajo consistía en registros a medianoche en pensiones andrajosas que albergaban a jubilados y mutilados de guerra para buscar copias de *El capital* y octavillas socialistas escondidas en bolsas de plástico dentro de la cisterna del inodoro, cosas así... A principios de 1949 creí que todo había acabado para mí. Todo lo que podía salir mal había salido peor. O eso creía yo. Al amanecer del 13 de diciembre de 1949, casi un año después del incendio donde murieron Kolvenik y su esposa, los cuerpos despedazados de dos inspectores de mi antigua unidad fueron hallados a las puertas del viejo almacén de la Velo-Granell, en el Borne. Se supo que habían acudido allí investigando un informe anónimo que les había llegado sobre el caso de la Velo-Granell. Una trampa. La muerte que encontraron no se la desearía ni a mi peor enemigo. Ni las ruedas de un tren hacen con un cuerpo lo que yo vi en el depósito del forense... Eran buenos policías. Armados. Sabían lo que hacían. El informe dijo que varios vecinos oyeron disparos. Se encontraron catorce casquillos de nueve milímetros en el área del crimen. Todos ellos provenían de las armas reglamentarias de los inspectores. No se encontró ni un solo impacto o proyectil en las paredes.

—¿Cómo se explica eso? —preguntó Marina.

—No tiene explicación. Es sencillamente imposible. Pero ocurrió... Yo mismo vi los casquillos e inspeccioné la zona.

Marina y yo intercambiamos una mirada.

—¿Podría ser que los disparos fueran efectuados contra un objeto, un coche o un carruaje por ejemplo, que absorbió las balas y luego desapareció de allí sin dejar rastro? —propuso Marina.

—Tu amiga sería una buena policía. Ésa es la hipótesis que manejamos en su momento, pero aún no había evidencias que la apoyasen. Proyectiles de ese calibre tienden a rebotar sobre superficies metálicas y dejan un rastro de varios impactos o, en cualquier caso, restos de metralla. No se encontró nada.

—Días más tarde, en el entierro de mis compañeros, me encontré con Sentís —continuó Florián—. Estaba turbado, con aspecto de no haber dormido en días. Llevaba la ropa sucia y apestaba a alcohol. Me confesó que no se atrevía a volver a su casa, que llevaba días vagando, durmiendo en locales públicos... «Mi vida no vale nada, Florián», me dijo. «Soy un hombre muerto.» Le ofrecí la protección de la policía. Se rió. Incluso le propuse refugiarse en mi casa. Se negó. «No quiero tener su muerte en la conciencia, Florián», dijo antes de perderse entre la gente. En los siguientes meses, todos los antiguos miembros del consejo directivo de la Velo-Granell encontraron la muerte, teóricamente, de un modo natural. Fallo cardíaco, fue el dictamen médico en todos los casos. Las circunstancias eran similares. A solas en sus lechos, siempre a medianoche, siempre arrastrándose por el suelo..., huyendo de una muerte que no dejaba rastro. Todos excepto Benjamín Sentís. No volví a hablar con él en treinta años, hasta hace unas semanas.

—Antes de su muerte... —apunté.

Florián asintió.

—Llamó a la comisaría y preguntó por mí. Según él, tenía información sobre los crímenes en la fábrica y sobre el caso de la Velo-Granell. Le llamé y hablé con él. Pensé que deliraba, pero accedí a verle. Por compasión. Quedamos en una bodega de la calle Princesa al día siguiente. No se presentó a la cita. Dos días más tarde, un viejo amigo de la comisaría me llamó para decirme que habían encontrado su cadáver en un túnel abandonado de las alcantarillas en Ciutat Vella. Las manos artificiales que Kolvenik había creado para él habían sido amputadas. Pero eso venía en la prensa. Lo que los diarios no publicaron es que la policía encontró una palabra escrita con sangre en la pared del túnel: «*Teufel.*»

—¿*Teufel*?

—Es alemán —dijo Marina—. Significa «diablo».

—También es el nombre del símbolo de Kolvenik —nos desveló Florián.

—¿La mariposa negra?

Él movió afirmativamente la cabeza.

—¿Por qué se llama así? —preguntó Marina.

—No soy entomólogo. Sólo sé que Kolvenik las coleccionaba —dijo.

Se acercaba el mediodía y Florián nos invitó a comer algo en un bar que había junto a la estación. A todos nos apetecía salir de aquella casa.

El dueño del bar parecía amigo de Florián y nos guió a una mesa apartada junto a la ventana.

—¿Visita de los nietos, jefe? —le preguntó, sonriente.

El aludido asintió sin dar más explicaciones. Un camarero nos sirvió unas raciones de tortilla y pan con tomate; también trajo una cajetilla de Ducados para Florián. Saboreando la comida, que estaba excelente, Florián prosiguió su relato.

—Al iniciar la investigación sobre la Velo-Granell, averigüé que Mijail Kolvenik no tenía un pasado claro... En Praga no había registro alguno de su nacimiento y nacionalidad. Probablemente Mijail no era su verdadero nombre.

—¿Quién era entonces? —pregunté.

—Hace más de treinta años que me hago esa pregunta. De hecho, cuando me puse en contacto con la policía de Praga, sí descubrí el nombre de un tal Mijail Kolvenik, pero aparecía en los registros de WolfterHaus.

—¿Qué es eso? —pregunté.

—El manicomio municipal. Pero no creo que Kolvenik hubiese estado nunca allí. Simplemente adoptó el nombre de uno de los internos. Kolvenik no estaba loco.

—¿Por qué motivo adoptaría Kolvenik la identidad de un paciente de un manicomio? —preguntó Marina.

—No era algo tan inusual en la época —explicó Florián—. En tiempos de guerra, cambiar de identidad puede significar nacer de nuevo. Dejar atrás un pasado indeseable. Sois muy jóvenes y no habéis vivido una guerra. No se conoce a la gente hasta que se ha vivido una guerra...

—¿Tenía Kolvenik algo que ocultar? —pregunté—. Si la policía de Praga estaba informada respecto a él, sería por algo...

—Pura coincidencia de apellidos. Burocracia. Creedme, sé de lo que hablo —dijo Florián—. Suponiendo que el Kolvenik de sus archivos fuese nuestro Kolvenik, dejó poco rastro. Su nombre se mencionaba en la investigación de la muerte de un cirujano de Praga, un hombre llamado Antonin Kolvenik. El caso fue cerrado y la muerte atribuida a causas naturales.

—¿Por qué motivo entonces llevaron a ese Mijail Kolvenik a un manicomio? —interrogó Marina esta vez.

Florián dudó unos instantes, como si no se atreviese a contestar.

—Se sospechaba que había hecho algo con el cuerpo del fallecido...

—¿Algo?

—La policía de Praga no aclaró el qué —replicó Florián secamente, y encendió otro cigarrillo.

Nos sumimos en un largo silencio.

—¿Qué hay de la historia que nos explicó el doctor Shelley? Acerca del hermano gemelo de Kolvenik, la enfermedad degenerativa y...

—Eso es lo que Kolvenik le explicó. Ese hombre mentía con la misma facilidad con que respiraba. Y Shelley tenía buenas razones para creerle sin hacer preguntas —dijo Florián—. Kolvenik financiaba su instituto médico y sus investigaciones hasta la última peseta. Shelley era prácticamente un empleado más de la Velo-Granell. Un esbirro...

—Así pues, ¿el hermano gemelo de Kolvenik era otra ficción? —estaba desconcertado—. Su existencia justificaría la obsesión de Kolvenik por las víctimas con deformaciones y...

—No creo que el hermano fuese una ficción —cortó Florián—. En mi opinión.

—¿Entonces?

—Creo que ese niño del que hablaba era en realidad él mismo.

—Una pregunta más, inspector...

—Ya no soy inspector, hija.

—Víctor, entonces. ¿Todavía es Víctor, verdad?

Aquélla fue la primera vez que vi sonreír a Florián de manera relajada y abierta.

—¿Cuál es la pregunta?

—Nos ha dicho que, al investigar las acusaciones de fraude de la Velo-Granell, descubrieron que había algo más...

—Sí. Al principio creímos que era un subterfugio, lo típico: cuentas de gastos y pagos inexistentes para evadir impuestos, pagos a hospitales, centros de acogida de indigentes, etc. Hasta que a uno de mis hombres le resultó extraño que ciertas partidas de gastos se facturasen, con la firma y aprobación del doctor Shelley, desde el servicio de Necropsias de varios hospitales de Barcelona. Los depósitos de cadáveres, vamos —aclaró el ex policía—. La *morgue*.

—¿Kolvenik vendía cadáveres? —sugirió Marina.

—No. Los estaba comprando. Por docenas. Vagabundos. Gentes que morían sin familia ni conocidos. Suicidas, ahogados, ancianos abandonados... Los olvidados de la ciudad.

El murmullo de una radio se perdía en el fondo, como un eco de nuestra conversación.

—¿Y qué hacía Kolvenik con esos cuerpos?

—Nadie lo sabe —repuso Florián—. Nunca llegamos a encontrarlos.

—Pero usted tiene una teoría al respecto, ¿no es así, Víctor? —continuó Marina.

Florián nos observó en silencio.

—No.

Para ser un policía, aunque estuviese retirado, mentir no se le daba bien. Marina no insistió en el tema. El inspector se veía cansado, consumido por sombras que poblaban sus recuerdos. Toda su ferocidad se había desmoronado. El cigarrillo le temblaba en las manos y se hacía difícil determinar quién se estaba fumando a quién.

—En cuanto a ese invernadero del que me habéis hablado... No volváis a él. Olvidad todo este asunto. Olvidad ese álbum de fotografías, esa tumba sin nombre y esa dama que la visita. Olvidad a Sentís, a Shelley y a mí, que no soy más que un pobre viejo que no sabe ni lo que se dice. Este asunto ha destruido ya suficientes vidas. Dejadlo.

Hizo señas al camarero para que anotase la consumición en su cuenta y concluyó:

—Prometedme que me haréis caso.

Me pregunté cómo íbamos a dejar correr el asunto

cuando precisamente el asunto venía corriendo detrás de nosotros. Después de lo que había sucedido la noche anterior, sus consejos me sonaban a cuento de hadas.

—Lo intentaremos —aceptó Marina por los dos.

—El camino al infierno está hecho de buenas intenciones —repuso Florián.

El inspector nos acompañó hasta la estación del funicular y nos dio el teléfono del bar.

—Aquí me conocen. Si necesitáis cualquier cosa, llamad y me darán el recado. A cualquier hora del día o la noche. Manu, el dueño, tiene insomnio crónico y pasa las noches escuchando la BBC, a ver si aprende idiomas, o sea que no molestaréis...

—No sé cómo agradecerle...

—Agradecédmelo haciéndome caso y manteniéndoos al margen de este enredo —cortó Florián.

Asentimos. El funicular abrió sus puertas.

—¿Y usted, Víctor? —preguntó Marina—. ¿Qué va a hacer usted?

—Lo que hacemos todos los ancianos: sentarme a recordar y preguntarme qué hubiera pasado si lo hubiese hecho todo al revés. Anda, marchaos ya...

Nos metimos en el vagón y nos sentamos junto a la ventana. Atardecía. Sonó un silbato y las puertas se cerraron. El funicular inició el descenso con una sacudida. Lentamente las luces de Vallvidrera fueron quedando atrás, igual que la silueta de Florián, inmóvil en el andén.

Germán había preparado un delicioso plato italiano cuyo nombre sonaba a repertorio de ópera. Cenamos en la cocina, escuchando a Germán relatar su torneo de ajedrez con el cura, que, como siempre, le había ganado. Marina permaneció inusualmente callada durante la cena, dejándonos a Germán y a mí el peso de la conversación. Me pregunté incluso si habría dicho o hecho algo que la hubiese molestado. Tras la cena Germán me retó a un partida de ajedrez.

—Me encantaría, pero creo que me toca fregar platos —aduje.

—Yo los lavaré —dijo Marina a mi espalda, débilmente.

—No, en serio... —objeté.

Germán ya estaba en la otra habitación, canturreando y ordenando líneas de peones. Me volví a Marina, que desvió la mirada y se puso a fregar.

—Déjame que te ayude.

—No... Ve con Germán. Dale el gusto.

—¿Viene usted, Óscar? —llegó la voz de Germán desde la sala.

Contemplé a Marina a la luz de las velas que ardían sobre la repisa. Me pareció verla pálida, cansada.

—¿Estás bien?

Se volvió y me sonrió. Marina tenía un modo de sonreír que me hacía sentir pequeño e insignificante.

—Anda, ve. Y déjale ganar.

—Eso es fácil.

Le hice caso y la dejé a solas. Me reuní con su padre en el salón. Allí, bajo el candelabro de cuarzo, me senté al tablero dispuesto a que pasara el buen rato que su hija deseaba.

—Mueve usted, Óscar.

Moví. Él carraspeó.

—Le recuerdo que los peones no saltan de ese modo, Óscar.

—Usted disculpe.

—Ni lo mencione. Es el ardor de la juventud. No crea, se lo envidio. La juventud es una novia caprichosa. No sabemos entenderla ni valorarla hasta que se va con otro para no volver jamás..., ¡ay!... En fin, no sé a qué venía esto. A ver..., peón...

A medianoche un sonido me arrancó de un sueño. La casa estaba en penumbra. Me senté en la cama y lo escuché de nuevo. Una tos, apagada, lejana. Intranquilo, me levanté y salí al pasillo. El ruido provenía del piso de abajo. Crucé frente a la puerta del dormitorio de Marina. Estaba abierta y la cama, vacía. Sentí una punzada de temor.

—¿Marina?

No hubo respuesta. Descendí los fríos peldaños de puntillas. Los ojos de *Kafka* brillaban al pie de las escaleras. El gato maulló débilmente y me guió a través de un corredor oscuro. Al fondo, un hilo de luz se filtraba desde una puerta cerrada. La tos provenía del interior. Dolorosa. Agonizante. *Kafka* se aproximó a la puerta y se detuvo allí, maullando. Llamé suavemente.

—¿Marina?

Un largo silencio.

—Vete, Óscar.

Su voz era un gemido. Dejé pasar unos segundos y abrí. Una vela en el suelo apenas iluminaba el baño de baldosas blancas. Marina estaba arrodillada y tenía la frente apoyada sobre el lavabo. Estaba temblando y la transpiración le había adherido el camisón a la piel como una mortaja. Se ocultó el rostro, pero pude ver que estaba sangrando por la nariz y que varias manchas escarlata le cubrían el pecho. Me quedé paralizado, incapaz de reaccionar.

—¿Qué te pasa...? —murmuré.

—Cierra la puerta —dijo con firmeza—. Cierra.

Hice lo que me ordenaba y acudí a su lado. Estaba ardiendo de fiebre. El pelo pegado a la cara, empapada de sudor helado. Asustado, me lancé a buscar a Germán, pero su mano me aferró con una fuerza que parecía imposible en ella.

—¡No!

—Pero...

—Estoy bien.

—¡No estás bien!

—Óscar, por lo que más quieras, no llames a Germán. Él no puede hacer nada. Ya ha pasado. Estoy mejor.

La serenidad de su voz me resultó aterradora. Sus ojos buscaron los míos. Algo en ellos me obligó a obedecer. Entonces me acarició la cara.

—No te asustes. Estoy mejor.

—Estás pálida como una muerta... —balbuceé.

Me tomó la mano y la llevó a su pecho. Sentí el latido de su corazón sobre las costillas. Retiré la mano, sin saber qué hacer.

—Viva y coleando. ¿Ves? Me vas a prometer que no le vas a decir nada de esto a Germán.

—¿Por qué? —protesté—. ¿Qué te pasa?

Bajó los ojos, infinitamente cansada. Me callé.

—Prométemelo.

—Tienes que ver a un médico.

—Prométemelo, Óscar.

—Si tú me prometes ver a un médico.

—Trato hecho. Te lo prometo.

Humedeció una toalla con la que se empezó a limpiar la sangre del rostro. Yo me sentía un inútil.

—Ahora que me has visto así, ya no te voy a gustar.

—No le veo la gracia.

Siguió limpiándose en silencio, sin apartar los ojos de mí. Su cuerpo, apresado en el algodón húmedo, casi transparente, se me antojó frágil y quebradizo. Me sorprendió no sentir embarazo alguno al contemplarla así. Tampoco se adivinaba pudor en ella por mi presencia. Le temblaban las manos cuando se secó el sudor y la sangre del cuerpo. Encontré un albornoz limpio colgado de la puerta y se lo tendí, abierto. Se cubrió con él y suspiró, exhausta.

—¿Qué puedo hacer? —murmuré.

—Quédate aquí, conmigo.

Se sentó frente a un espejo. Con un cepillo, intentó en vano poner algo de orden en la maraña de pelo que le caía sobre los hombros. Le faltaba fuerza.

—Déjame —y le quité el cepillo.

La peiné en silencio, nuestras miradas encontrándose en el espejo. Mientras lo hacía, Marina asió mi mano con fuerza y la apretó contra su mejilla. Sentí sus lágrimas en mi piel y me faltó el valor para preguntarle por qué lloraba.

Acompañé a Marina hasta su dormitorio y la ayudé a acostarse. Ya no temblaba y el color le había vuelto a las mejillas.

—Gracias... —susurró.

Decidí que lo mejor era dejarla descansar y regresé a mi habitación. Me tendí de nuevo en la cama y traté de conciliar el sueño sin éxito. Inquieto, yacía en la oscuridad escuchando al caserón crujir mientras el viento arañaba los árboles. Una ansiedad ciega me carcomía. Demasiadas cosas estaban sucediendo demasiado deprisa. Mi cerebro no podía asimilarlas a un tiempo. En la oscuridad de la madrugada todo parecía confundirse. Pero nada me asustaba más que el no ser capaz de comprender o explicarme mis propios sentimientos por Marina. Despuntaba el alba cuando finalmente me quedé dormido.

En sueños me encontré recorriendo las salas de un palacio de mármol blanco, desierto y en tinieblas. Cientos de estatuas lo poblaban. Las figuras abrían sus ojos de piedra a mi paso y murmuraban palabras que no entendía. Entonces, a lo lejos, creí ver a Marina y corrí a su encuentro. Una silueta de luz blanca en forma de ángel la llevaba de la mano a través de un pasillo cuyos muros sangraban. Yo trataba de alcanzarlos cuando una de las puertas del pasillo se abrió y la figura de María Shelley emergió, flotando sobre el suelo y arrastrando una mortaja raída. Lloraba, aunque sus lágrimas jamás llegaban al suelo. Tendió hacia mí sus brazos y, al tocarme, su cuerpo se deshizo en cenizas. Yo gritaba el nombre de Marina, rogándole que volviese, pero ella no parecía oírme. Corría y corría, pero el pasillo se alargaba a mi paso. Entonces el ángel de luz se volvió hacia mí y me reveló su verdadero rostro. Sus ojos eran cuencas vacías y sus cabellos eran serpientes blancas. Reía cruelmente y, tendiendo sus alas blancas sobre Marina, el ángel infernal se alejó.

En el sueño olí cómo un aliento fétido me rozaba la nuca. Era el inconfundible hedor de la muerte, susurrando mi nombre. Me volví y vi una mariposa negra posándose sobre mi hombro.

17

Desperté sin aliento. Me sentía más fatigado que cuando me había acostado. Las sienes me latían como si me hubiese bebido dos garrafas de café negro. No sabía qué hora era, pero a juzgar por el Sol debía de rondar el mediodía. Las agujas del despertador confirmaron mi diagnóstico. Las doce y media. Me apresuré a bajar, pero la casa estaba vacía. Un servicio de desayuno, ya frío, me esperaba sobre la mesa de la cocina, junto a una nota.

Óscar:
Hemos tenido que ir al médico. Estaremos fuera todo el día. No olvides dar de comer a Kafka. *Nos veremos a la hora de cenar.*
Marina.

Releí la nota, estudiando la caligrafía mientras daba buena cuenta del desayuno. *Kafka* se dignó a aparecer minutos más tarde y le serví un tazón de leche. No sabía qué hacer aquel día. Decidí acercarme al internado para recoger algo de ropa y decirle a doña Paula que no se preocupase de limpiar mi habitación, porque iba a pasar las vacaciones con mi familia. El paseo hasta el internado me sentó bien. Entré por la puerta principal y me dirigí al apartamento de doña Paula en el tercer piso.

Doña Paula era una buena mujer a la que nunca le faltaba una sonrisa para los internos. Llevaba treinta años viuda y Dios sabe cuántos más a régimen. «Es que soy de naturaleza de engordar, ¿sabe usted?», decía siempre. Nunca había tenido hijos y, aún ahora, rondando los sesenta y cinco, se comía con los ojos a los bebés que veía pasar en sus cochecitos cuando iba al mercado. Vivía sola, sin más compañía que dos canarios y un inmenso televisor Zenit que no apagaba hasta que el himno nacional y los retratos de la familia Real la enviaban a dormir. Tenía la piel de las manos ajada por la lejía. Las venas de sus tobillos hinchados causaban dolor al mirarlos. Los únicos lujos que se permitía eran una visita a la peluquería cada dos semanas y el *Hola*. Le encantaba leer sobre la vida de las princesas y admirar los vestidos de las estrellas de la farándula. Cuando llamé a su puerta, doña Paula estaba viendo una reposición de *El Ruiseñor de los Pirineos* en un ciclo de musicales de Joselito en «Sesión de Tarde». De acompañamiento, se estaba preparando una dosis de tostadas rebosantes de leche condensada y canela.

—Buenas, doña Paula. Perdone que la moleste.

—¡Ay, Óscar, hijo, qué vas a molestar! Pasa, pasa...

En la pantalla, Joselito le cantaba una coplilla a un cabritillo bajo la mirada benévola y encantada de una pareja de la guardia civil. Junto al televisor, una colección de figuritas de la Virgen compartía vitrina de honor con los viejos retratos de su marido Rodolfo, todo brillantina y flamante uniforme de la Falange. Pese a su devoción por su difunto esposo, doña Paula estaba encantada con la democracia porque, como ella decía, ahora la tele era en color y había que estar al día.

—Oye, qué ruido la otra noche, ¿eh? En el telediario explicaron lo del terremoto ese en Colombia y, ¡ay, mira!, no sé, que me entró un miedo en el cuerpo...

—No se preocupe, doña Paula, que Colombia está muy lejos.

—Di que sí, pero como también hablan español, no sé, digo yo que...

—Pierda cuidado, que no hay peligro. Quería comentarle que no se preocupe por mi habitación. Voy a pasar la Navidad con la familia.

—¡Ay, Óscar, qué alegría!

Doña Paula casi me había visto crecer y estaba convencida de que todo lo que yo hacía iba a misa. «Tú sí que tienes talento», solía decir, aunque nunca llegó a explicar muy bien para qué. Insistió en que me bebiese un vaso de leche y me comiese unas galletas que ella misma cocinaba. Así lo hice, a pesar de que no tenía apetito. Estuve con ella un rato, viendo la película en televisión y asintiendo a todos sus comentarios. La buena mujer hablaba por los codos cuando tenía compañía, o sea, casi nunca.

—Mira que era majo de muchacho, ¿eh? —y señalaba al candoroso Joselito.

—Sí, doña Paula. Voy a tener que dejarla ahora...

Le di un beso de despedida en la mejilla y me fui. Subí un minuto a mi habitación y recogí a toda prisa algunas camisas, un par de pantalones y ropa interior limpia. Lo empaqueté todo en una bolsa, sin entretenerme un segundo más de lo necesario. Al salir pasé por secretaría y repetí mi historia de las fiestas con la familia con rostro imperturbable. Salí de allí deseando que todo fuese tan fácil como mentir.

Cenamos en silencio en la sala de los cuadros. Germán estaba circunspecto, perdido dentro de sí mismo. A veces nuestras miradas se encontraban y él me sonreía, por pura cortesía. Marina removía con la cuchara un plato de sopa, sin llevársela nunca a los labios. Toda la conversación se redujo al sonido de los cubiertos arañando los platos y el chisporroteo de las velas. No costaba imaginar que el médico no había manifestado buenas noticias sobre la salud de Germán. Decidí no preguntar sobre lo que parecía evidente. Tras la cena, Germán se disculpó y se retiró a su habitación. Lo noté más envejecido y cansado que nunca. Desde que le conocía, era la primera vez que le había visto ignorar los retratos de su esposa Kirsten. Tan pronto desapareció, Marina apartó su plato intacto y suspiró.

—No has probado bocado.

—No tengo hambre.

—¿Malas noticias?

—Hablemos de otra cosa, ¿vale? —me cortó con un tono seco, casi hostil.

El filo de sus palabras me hizo sentir un extraño en casa ajena. Como si hubiese querido recordarme que aquélla no era mi familia, que aquélla no era mi casa ni aquéllos eran mis problemas, por mucho que me esforzase en mantener esa ilusión.

—Lo siento —murmuró al cabo de un rato, alargando la mano hacia mí.

—No tiene importancia —mentí.

176

Me incorporé para retirar los platos a la cocina. Ella se quedó sentada en silencio acariciando a *Kafka*, que maullaba en su regazo. Me tomé más tiempo del necesario. Fregué platos hasta que dejé de sentir las manos bajo el agua fría. Cuando volví a la sala, Marina ya se había retirado. Había dejado dos velas encendidas para mí. El resto de la casa estaba oscuro y silencioso. Soplé las velas y salí al jardín. Nubes negras se extendían lentamente sobre el cielo. Un viento helado agitaba la arboleda. Volví la mirada y advertí que había luz en la ventana de Marina. La imaginé tendida en el lecho. Un instante más tarde, la luz se apagó. El caserón se alzó oscuro como la ruina que me había parecido el primer día. Sopesé la posibilidad de acostarme yo también y descansar, pero presentía un principio de ansiedad que sugería una larga noche sin sueño. Opté por salir a caminar para aclarar las ideas o, al menos, agotar el cuerpo. Apenas había dado dos pasos cuando comenzó a chispear. Era una noche desapacible y no había nadie en las calles. Hundí las manos en los bolsillos y eché a andar. Vagabundeé por espacio de casi dos horas. Ni el frío ni la lluvia tuvieron a bien concederme el cansancio que tanto ansiaba. Algo me rondaba la cabeza y, cuanto más trataba de ignorarlo, más intensa se hacía su presencia.

Mis pasos me llevaron al cementerio de Sarriá. La lluvia escupía sobre rostros de piedra ennegrecida y cruces inclinadas. Tras la verja podía distinguirse una galería de siluetas espectrales. La tierra humedecida hedía a flores muertas. Apoyé la cabeza entre los barrotes. El metal estaba frío. Un rastro de óxido se deslizó por mi piel. Escruté las tinieblas como si esperase encontrar en aquel lugar la explicación a todo cuanto estaba sucediendo. No supe ver más que muerte y silencio. ¿Qué estaba haciendo allí? Si todavía me quedaba algo de sentido común, volvería al caserón y dormiría cien horas sin interrupción. Aquélla era probablemente la mejor idea que había tenido en tres meses.

Di la vuelta y me dispuse a regresar por el angosto corredor de cipreses. Una farola lejana brillaba bajo la lluvia. Súbitamente, su halo de luz se eclipsó. Una silueta oscura lo invadió todo. Escuché cascos de caballos sobre el empedrado y descubrí un carruaje negro aproximándose y rasgando la cortina de agua. El aliento de los caballos azabaches exhalaba espectros de vaho. La figura anacrónica de un cochero se recortaba sobre el pescante. Busqué un escondite a un lado del camino, pero sólo encontré muros desnudos. Sentí el suelo vibrando bajo mis pies. Sólo tenía una opción: volver atrás. Empapado y casi sin respiración, escalé la verja y salté al interior del sagrado recinto.

18

Caí sobre una base de fango que se deshacía bajo el aguacero. Riachuelos de agua sucia arrastraban flores secas y reptaban entre las lápidas. Pies y manos se me hundieron en el barro. Me incorporé y corrí a ocultarme tras un torso de mármol que elevaba los brazos al cielo. El carruaje se había detenido al otro lado de la verja. El cochero descendió. Portaba un farol e iba ataviado con una capa que le cubría por entero. Un sombrero de ala ancha y una bufanda le protegían de la lluvia y el frío, velando su rostro. Reconocí el carruaje. Era el mismo que se había llevado a la dama de negro aquella mañana en la estación de Francia. Sobre una de las portezuelas se apreciaba el símbolo de la mariposa negra. Cortinajes de terciopelo oscuro cubrían las ventanas. Me pregunté si ella estaría en el interior.

El cochero se aproximó a la verja y auscultó con la mirada el interior. Me pegué a la estatua, inmóvil. Luego escuché el tintineo de un manojo de llaves. El chasquido metálico de un candado. Maldije por lo bajo. Los hierros crujieron. Pasos sobre el lodo. El cochero se estaba aproximando a mi escondite. Tenía que salir de allí. Me volví a examinar el cementerio a mis espaldas. El velo de nubes negras se abrió. La Luna dibujó un sendero de luz espectral. La galería de tumbas resplandeció en la tiniebla por un instante. Me arrastré entre lápidas, retrocediendo hacia el interior del cementerio. Alcancé el pie de un mausoleo. Compuertas de hierro forjado y cristal lo sellaban. El cochero continuaba acercándose. Contuve la respiración y me hundí en las sombras. Cruzó a menos de dos metros de mí, sosteniendo el farol en alto. Pasó de largo y suspiré. Le vi alejarse hacia el corazón del cementerio y supe al instante adónde se dirigía.

Era una locura, pero le seguí. Fui ocultándome entre las lápidas hasta el ala norte del recinto. Una vez allí me aupé en una plataforma sobre la cual se dominaba toda el área. Un par de metros más abajo brillaba el farol del cochero, apoyado sobre la tumba sin nombre. La lluvia se deslizaba sobre la figura de la mariposa grabada en la piedra, como si sangrara. Vi la silueta del cochero inclinándose sobre la tumba. Extrajo un objeto alargado de su capa, una barra de metal, y forcejeó con ella. Tragué saliva al comprender lo que trataba de hacer. Quería abrir la tumba. Yo deseaba salir a escape de allí, pero no podía moverme. Haciendo palanca con la barra, consiguió desplazar la losa unos centímetros. Lentamente, el pozo de negrura de la tumba se fue abriendo hasta que la losa se precipitó a un lado por su propio peso y se quebró en dos con el impacto. Sentí la vibración del golpe bajo mi cuerpo. El cochero tomó el farol del suelo y lo alzó sobre una fosa de dos metros de profundidad. Un ascensor al infierno. La superficie de un ataúd negro brillaba en el fondo. El cochero alzó la vista al cielo y, súbitamente, saltó al interior de la tumba. Desapareció de mi vista en un instante, como si la tierra le hubiera engullido. Escuché golpes y el sonido de madera vieja al quebrarse. Salté y, reptando sobre el fango, me aproximé milímetro a milímetro al borde de la fosa. Me asomé.

La lluvia se precipitaba en el interior de la tumba y el fondo se estaba inundando. El cochero seguía allí. En ese momento, tiraba de la tapa del ataúd, que cedió a un lado con un estruendo. La madera podrida y la tela raída quedaron expuestas a la luz. El ataúd estaba vacío. El hombre lo contempló inmóvil. Le oí murmurar algo. Supe que era hora de salir de allí a escape. Pero al hacerlo, empujé una piedra, que se precipitó en el interior y golpeó el ataúd. En una décima de segundo, el cochero se volvió hacia mí. En la mano derecha sostenía un revólver.

Eché a correr desesperadamente hacia la salida, sorteando lápidas y estatuas. Escuché al cochero gritar detrás de mí, trepando fuera de la fosa. Vislumbré la verja de la salida y el carruaje al otro lado. Corrí sin aliento hacia allí. Los pasos del cochero estaban próximos. Comprendí que me alcanzaría en cuestión de segundos en campo abierto. Recordé el arma en su mano y miré desesperadamente a mi alrededor buscando un escondite. Detuve la mirada en la única alternativa que tenía. Rogué que al cochero nunca se le ocurriese buscar allí: el baúl de equipaje que había en la parte trasera del carruaje. Salté sobre la plataforma y me metí de cabeza. En apenas unos segundos, oí los pasos apresurados del cochero alcanzar el corredor de cipreses.

Imaginé lo que sus ojos estaban viendo. El sendero, vacío en la lluvia. Los pasos se detuvieron. Rodearon el carruaje. Temí haber dejado huellas que delatasen mi presencia. Sentí el cuerpo del cochero trepar sobre el pescante. Permanecí inmóvil. Los caballos relincharon. La espera me resultó interminable. Entonces escuché el chasquido de un látigo, y una sacudida me derribó sobre el fondo del baúl. Nos estábamos moviendo.

El traqueteo pronto se tradujo en una vibración seca y brusca que me golpeaba los músculos petrificados por el frío. Traté de asomarme hasta la abertura del baúl, pero me resultaba casi imposible sostenerme con el vaivén.

Dejábamos Sarriá atrás. Calculé las probabilidades de romperme la crisma si intentaba saltar del carruaje en marcha. Descarté la idea. No me sentía con fuerzas de intentar más heroísmos y, en el fondo, deseaba saber adónde nos dirigíamos, así que me rendí a las circunstancias. Me tendí a descansar en el fondo del baúl como pude. Sospechaba que iba a necesitar recuperar fuerzas para más adelante.

El trayecto se me hizo infinito. Mi perspectiva de maleta no ayudaba y me pareció que habíamos recorrido kilómetros bajo la lluvia. Los músculos se me estaban entumeciendo bajo la ropa mojada. Habíamos dejado atrás las avenidas de mayor tráfico. Ahora recorríamos calles desiertas. Me incorporé y me alcé hasta la abertura para echar un vistazo. Vi calles oscuras y estrechas como brechas cortadas en la roca. Faroles y fachadas góticas en la neblina. Me dejé caer de nuevo, desconcertado. Estábamos en la ciudad vieja, en algún punto del Raval. El hedor a cloacas inundadas ascendía como el rastro de un pantano. Deambulamos por el corazón de las tinieblas de Barcelona durante casi media hora antes de detenernos. Escuché al cochero descender del pescante. Segundos después, el sonido de una compuerta. El carruaje avanzó a trote lento y penetramos en lo que, por el olor, supuse que era una vieja caballeriza. La compuerta se cerró de nuevo.

Permanecí inmóvil. El cochero desenganchó los caballos y les murmuró algunas palabras que no llegué a descifrar. Una franja de luz caía por la apertura del baúl. Oí correr agua y pasos sobre paja. Finalmente, la luz se apagó. Los pasos del cochero se alejaron. Esperé un par de minutos, hasta que sólo pude oír la respiración de los caballos. Me deslicé fuera del baúl. Una penumbra azulada flotaba en las caballerizas. Me dirigí con sigilo hacia una puerta lateral. Salí a un garaje oscuro de techos altos y trabados con vigas de madera. El contorno de una puerta que parecía una salida de emergencia se dibujaba al fondo. Comprobé que la cerradura sólo podía abrirse desde dentro. La abrí con cautela y salí por fin a la calle.

Me encontré en un callejón oscuro del Raval. Era tan estrecho que podía tocar ambos lados con sólo extender los brazos. Un reguero fétido corría por el centro del empedrado. La esquina estaba a sólo diez metros. Me acerqué hasta allí. Una calle más amplia brillaba a la luz vaporosa de farolas que debían de tener más de cien años. Vi la compuerta de la caballeriza a un lado del edificio, una estructura gris y miserable. Sobre el dintel de la puerta se leía la fecha de construcción: 1888. Desde aquella perspectiva advertí que el edificio no era más que un anexo a una estructura mayor que ocupaba todo el bloque. Este segundo edificio tenía unas dimensiones palaciegas. Estaba cubierto por un arrecife de andamios y lonas sucias que lo enmascaraban completamente. En su interior podría haberse ocultado una catedral. Traté de deducir qué era, sin éxito. No me vino a la cabeza ninguna estructura de ese tipo que se encontrase en aquella zona del Raval. Me aproximé hasta allí y eché un vistazo entre los paneles de madera que cubrían el andamiaje. Una tiniebla espesa velaba una gran marquesina de estilo modernista. Acerté a ver columnas y una hilera de ventanillas decoradas con un intrincado diseño de hierro forjado. Taquillas. Los arcos de entrada que se apreciaban más allá me recordaron los pórticos de un castillo de leyenda. Todo ello estaba cubierto por una capa de escombros, humedad y abandono. Comprendí de repente dónde estaba. Aquél era el Gran Teatro Real, el suntuoso monumento que Mijail Kolvenik había hecho reconstruir para su esposa Eva y cuyo escenario ella jamás llegó a estrenar. El teatro se alzaba ahora como una colosal catacumba en ruinas. Un hijo bastardo de la ópera de París y el templo de la Sagrada Familia a la espera de ser demolido.

Regresé al edificio contiguo que albergaba las caballerizas. El portal era un agujero negro. El portón de madera tenía recortada una pequeña compuerta que recordaba a la entrada de un convento. O una prisión. La compuerta estaba abierta y me introduje en el vestíbulo. Un tragaluz fantasmal ascendía hasta una galería de vidrios quebrados. Una telaraña de tendederos cubiertos de harapos se agitaba al viento. El lugar olía a miseria, a cloaca y a enfermedad. Las paredes rezumaban agua sucia de tuberías reventadas. El suelo estaba encharcado. Distinguí una pila de buzones oxidados y me aproximé a examinarlos. En su mayoría estaban vacíos, destrozados y sin nombre. Sólo uno de ellos parecía en uso. Leí el nombre bajo la mugre.

Luis Claret i Milá, 3.º

El nombre me resultaba familiar, aunque no supe de qué. Me pregunté si ésa sería la identidad del cochero. Me repetí una y otra vez aquel nombre, intentando recordar dónde lo había oído. De repente, mi memoria se aclaró. El inspector Florián nos había dicho que, en los últimos tiempos de Kolvenik, sólo dos personas habían tenido acceso a él y a su esposa Eva en el torreón del parque Güell: Shelley, su médico personal, y un chófer que se negaba a abandonar a su patrón, Luis Claret. Palpé en mis bolsillos en busca del teléfono que Florián nos había dado en caso de que necesitásemos ponernos en contacto con él. Creí que lo había encontrado cuando escuché voces y pasos en lo alto de la escalera. Huí.

Una vez en la calle, corrí a ocultarme tras la esquina del callejón. Al poco rato, una silueta asomó por la puerta y echó a andar bajo la llovizna. Era el cochero de nuevo. Claret. Esperé a que su figura se desvaneciese y seguí el eco de sus pasos.

19

Tras el rastro de Claret me convertí en una sombra entre las sombras. La pobreza y la miseria de aquel barrio podían olerse en el aire. Claret caminaba con largas zancadas por calles en las que yo no había estado jamás. No me situé hasta que le vi doblar una esquina y reconocí la calle Conde del Asalto. Al llegar a las Ramblas, Claret torció a la izquierda, rumbo a la Plaza Cataluña.

Unos pocos noctámbulos transitaban por el paseo. Los quioscos iluminados parecían buques varados. Al llegar al Liceo, Claret cruzó de acera. Se detuvo frente al portal del edificio donde vivían el doctor Shelley y su hija María. Antes de entrar, le vi extraer un objeto brillante del interior de la capa. El revólver.

La fachada del edificio era una máscara de relieves y gárgolas que escupían ríos de agua harapienta. Una espada de luz dorada emergía de una ventana en el vértice del edificio. El estudio de Shelley. Imaginé al viejo doctor en su butaca de inválido, incapaz de conciliar el sueño. Corrí hacia el portal. La puerta estaba trabada por dentro. Claret la había cerrado. Inspeccioné la fachada en busca de otra entrada. Rodeé el edificio. En la parte trasera, una pequeña escalinata de incendios ascendía hasta una cornisa que rodeaba el bloque. La cornisa tendía una pasarela de piedra hasta los balcones de la fachada principal. De allí a la glorieta donde estaba el estudio de Shelley había sólo unos metros. Trepé por la escalera hasta la cornisa. Una vez allí, estudié de nuevo la ruta. Comprobé que la cornisa apenas tenía un par de palmos de ancho. A mis pies, la caída hasta la calle se me antojó un abismo. Respiré hondo y di el primer paso hacia la cornisa.

Me pegué a la pared y avancé centímetro a centímetro. La superficie era resbaladiza. Algunos de los bloques se movían bajo mis pies. Tuve la sensación de que la cornisa se estrechaba a cada paso. El muro a mi espalda parecía inclinarse hacia adelante. Estaba sembrado de efigies de faunos. Introduje los dedos en la mueca demoníaca de uno de aquellos rostros esculpidos, con miedo a que las fauces se cerrasen y segaran mis dedos. Utilizándolos como agarraderas, conseguí alcanzar la barandilla de hierro forjado que rodeaba la galería del estudio de Shelley.

Logré alcanzar la plataforma de rejilla frente a los ventanales. Los cristales estaban empañados. Pegué el rostro al vidrio y pude vislumbrar el interior. La ventana no estaba cerrada por dentro. Empujé delicadamente hasta conseguir entreabrirla. Una bocanada de aire caliente, impregnado del olor a leña quemada del hogar, me sopló en la cara. El doctor ocupaba su butaca frente al fuego, como si nunca se hubiera movido de allí. A su espalda, las puertas del estudio se abrieron. Claret. Había llegado demasiado tarde.

—Has traicionado tu juramento —le escuché decir a Claret.

Era la primera vez que oía su voz con claridad. Grave, rota. Igual que la de un jardinero del internado, Daniel, a quien una bala le había destrozado la laringe durante la guerra. Los médicos le habían reconstruido la garganta, pero el pobre hombre tardó diez años en volver a hablar. Cuando lo hacía, el sonido que brotaba de sus labios era como la voz de Claret.

—Dijiste que habías destruido el último frasco... —dijo Claret, aproximándose a Shelley.

El otro no se molestó en volverse. Vi el revólver de Claret alzarse y apuntar al médico.

—Te equivocas conmigo —dijo Shelley.

Claret rodeó al anciano y se detuvo frente a él. Shelley alzó la vista. Si tenía miedo, no lo demostraba. Claret le apuntó a la cabeza.

—Mientes. Debería matarte ahora mismo... —dijo Claret, arrastrando cada sílaba como si le doliese.

Posó el cañón de la pistola entre los ojos de Shelley.

—Adelante. Me harás un favor —dijo Shelley, sereno.

Tragué saliva. Claret trabó el percutor.

—¿Dónde está?

—Aquí no.

—¿Dónde entonces?

—Tú sabes dónde —replicó Shelley.

Escuché suspirar a Claret. Retiró la pistola y dejó caer el brazo, abatido.

—Todos estamos condenados —dijo Shelley—. Es sólo cuestión de tiempo... Nunca le entendiste y ahora le entiendes menos que nunca.

—Es a ti a quien no entiendo —dijo Claret—. Yo iré a mi muerte con la conciencia limpia.

Shelley rió amargamente.

—A la muerte poco le importan las conciencias, Claret.

—A mí sí.

De pronto María Shelley apareció en la puerta.

—Padre..., ¿está usted bien?

—Sí, María. Vuelve a la cama. Es sólo el amigo Claret, que ya se iba.

María dudó. Claret la observaba fijamente y, por un instante, me pareció que había algo indefinido en el juego de sus miradas.

—Haz lo que te digo. Ve.

—Sí, padre.

María se retiró. Shelley fijó de nuevo la mirada en el fuego.

—Tú vela por tu conciencia. Yo tengo una hija por quien velar. Vete a casa. No puedes hacer nada. Nadie puede hacer nada. Ya viste cómo acabó Sentís.

—Sentís acabó como se merecía —sentenció Claret.

—¿No pensarás ir a su encuentro?

—Yo no abandono a los amigos.

—Pero ellos te han abandonado a ti —dijo Shelley.

Claret se dirigió hacia la salida, pero se detuvo al oír el ruego de Shelley.

—Espera...

Se acercó hasta un armario que había junto a su escritorio. Buscó una cadena en su garganta de la que pendía una pequeña llave. Con ella abrió el armario. Tomó algo del interior y se lo tendió a Claret.

—Cógelas —ordenó—. Yo no tengo el valor para usarlas. Ni la fe.

Forcé la vista, tratando de dilucidar qué era lo que estaba ofreciendo a Claret. Era un estuche; me pareció que contenía unas cápsulas plateadas. Balas.

Claret las aceptó y las examinó cuidadosamente. Sus ojos se encontraron con los de Shelley.

—Gracias —murmuró Claret.

Shelley negó en silencio, como si no quisiera agradecimiento alguno. Vi cómo Claret vaciaba la recámara de su arma y la rellenaba con las balas que Shelley le había proporcionado. Mientras lo hacía, Shelley le observaba nerviosamente, frotándose las manos.

—No vayas... —imploró Shelley.

El otro cerró la cámara e hizo girar el tambor.

—No tengo elección —replicó, ya en su camino hacia la salida.

Tan pronto le vi desaparecer, me deslicé de nuevo hasta la cornisa. La lluvia había remitido. Me apresuré para no perder el rastro de Claret. Rehice mis pasos hasta la escalera de incendios, bajé y rodeé el edificio a toda prisa, justo a tiempo de ver a Claret descendiendo Ramblas abajo. Apreté el paso y acorté la distancia. No giró hasta la calle Fernando, en dirección a la Plaza de San Jaime. Vislumbré un teléfono público entre los pórticos de la Plaza Real. Sabía que tenía que llamar al inspector Florián cuanto antes y explicarle lo que estaba sucediendo, pero detenerme hubiera significado perder a Claret.

Cuando se internó en el Barrio Gótico, yo fui detrás. Pronto, su silueta se perdió bajo puentes tendidos entre palacios. Arcos imposibles proyectaban sombras danzantes sobre los muros. Habíamos llegado a la Barcelona encantada, el laberinto de los espíritus, donde las calles tenían nombre de leyenda y los duendes del tiempo caminaban a nuestras espaldas.

20

Seguí el rastro de Claret hasta una calle oculta tras la catedral. Una tienda de máscaras marcaba la esquina. Me acerqué al escaparate y sentí la mirada vacía de los rostros de papel. Me incliné a echar un vistazo. Claret se había detenido a una veintena de metros, junto a una trampilla de bajada a las alcantarillas. Forcejeaba con la pesada tapa de metal. Cuando consiguió que cediera, se internó en aquel agujero. Sólo entonces me acerqué. Escuché pasos en los escalones de metal, descendiendo, y vi el reflejo de un rayo de luz. Me deslicé hasta la boca de las alcantarillas y me asomé. Una corriente de aire viciado ascendía por aquel pozo. Permanecí allí hasta que los pasos de Claret se hicieron inaudibles y las tinieblas devoraron la luz que él llevaba.

Era el momento de telefonear al inspector Florián. Distinguí las luces de una bodega que cerraba muy tarde o abría muy pronto. El establecimiento era una celda que apestaba a vino y ocupaba el semisótano de un edificio que no tendría menos de trescientos años. El bodeguero era un hombre de tinte avinagrado y ojos diminutos que lucía lo que me pareció un birrete militar. Alzó las cejas y me miró con disgusto. A su espalda, la pared estaba decorada con banderines de la división azul, postales del Valle de los Caídos y un retrato de Mussolini.

—Largo —espetó—. No abrimos hasta las cinco.

—Sólo quiero llamar por teléfono. Es una emergencia.

—Vuelve a las cinco.

—Si pudiese volver a las cinco, no sería una emergencia... Por favor. Es para llamar a la policía.

El bodeguero me estudió cuidadosamente y por fin me señaló un teléfono en la pared.

—Espera que te ponga línea. ¿Tienes con qué pagar, no?

—Claro —mentí.

El auricular estaba sucio y grasiento. Junto al teléfono había un platillo de vidrio con cajetillas de cerillas impresas con el nombre del establecimiento y un águila imperial. Bodega Valor, ponía. Aproveché que el bodeguero estaba de espaldas conectando el contador y me llené los bolsillos con las cajetillas de fósforos. Cuando el bodeguero se volvió, le sonreí con bendita inocencia. Marqué el número que Florián me había dado y escuché la señal de llamada una y otra vez, sin respuesta. Empezaba a temer que el camarada insomne del inspector hubiese caído dormido bajo los boletines de la BBC cuando alguien levantó el aparato al otro lado de la línea.

—Buenas noches, disculpe que le moleste a estas horas —dije—. Necesito hablar urgentemente con el inspector Florián. Es una emergencia. Él me dio este número por si...

—¿Quién le llama?

—Óscar Drai.

—¿Óscar qué?

Tuve que deletrear mi apellido pacientemente.

—Un momento. No sé si Florián está en su casa. No veo luz. ¿Puede esperar?

Miré al dueño del bar, que secaba vasos a ritmo marcial bajo la gallarda mirada del *Duce*.

—Sí —dije osadamente.

La espera se hizo interminable. El bodeguero no dejaba de mirarme como si fuese un criminal fugado. Probé a sonreírle. No se inmutó.

—¿Me podría servir un café con leche? —pregunté—. Estoy helado.

—No hasta la cinco.

—¿Me puede decir qué hora es, por favor? —indagué.

—Aún falta para las cinco —replicó—. ¿Seguro que has llamado a la policía?

—A la benemérita, para ser exactos —improvisé.

Al fin, oí la voz de Florián. Sonaba despierto y alerta.

—¿Óscar? ¿Dónde estás?

Le relaté tan rápido como pude lo esencial. Cuando le expliqué lo del túnel de la alcantarilla, noté que se ponía tenso.

—Escúchame bien, Óscar. Quiero que me esperes ahí y no te muevas hasta que yo llegue. Cojo un taxi en un segundo. Si pasa algo, echas a correr. No pares hasta llegar a la comisaría de Vía Layetana. Allí preguntas por Mendoza. Él me conoce y es de confianza. Pero pase lo que pase, ¿me entiendes?, pase lo que pase no bajes a esos túneles. ¿Está claro?

—Como el agua.

—Estoy ahí en un minuto.

La línea se cortó.

—Son sesenta pesetas —sentenció el bodeguero a mi espalda de inmediato—. Tarifa nocturna.

—Le pago a las cinco, mi general —le solté con flema.

Las bolsas que le colgaban bajo los ojos se le tiñeron de color Rioja.

—Mira, niñato, que te parto la cara, ¿eh? —amenazó, furioso.

Me largué a escape antes de que consiguiera salir de detrás de la barra con su porra reglamentaria anti disturbios. Esperaría a Florián junto a la tienda de máscaras. No podía tardar mucho, me dije.

Las campanas de la catedral dieron las cuatro de la madrugada. Los signos de la fatiga empezaban a rondarme como lobos hambrientos. Caminé en círculos para combatir el frío y el sueño. Al poco rato escuché unos pasos sobre el empedrado de la calle. Me giré para recibir a Florián, pero la silueta que vi no casaba con la del viejo policía. Era una mujer. Instintivamente me escondí, temiendo que la dama de negro hubiese venido a mi encuentro. La sombra se recortó en la calle y la mujer cruzó frente a mí sin verme. Era María, la hija del doctor Shelley.

Se aproximó hasta la boca del túnel y se inclinó a mirar al abismo. Llevaba en la mano un frasco de vidrio. Su rostro brillaba bajo la Luna, transfigurado. Sonreía. Supe al instante que algo estaba mal. Fuera de lugar. Hasta se me pasó por la cabeza que estaba bajo algún tipo de trance y que había caminado sonámbula hasta allí. Era la única explicación que se me ocurría. Prefería aquella absurda hipótesis que contemplar otras alternativas. Pensé en acercarme a ella, llamarla por su nombre, cualquier cosa. Me armé de valor y di un paso al frente. Apenas lo hice,

María se volvió con una rapidez y una agilidad felinas, como si hubiese olido mi presencia en el aire. Sus ojos brillaron en el callejón y la mueca que se dibujó en su rostro me heló la sangre.

—Vete —murmuró con una voz desconocida.

—¿María? —articulé, desconcertado.

Un segundo después, saltó al interior del túnel. Corrí hasta el borde esperando ver el cuerpo de María Shelley destrozado. Un haz de luna cruzó fugazmente sobre el pozo. El rostro de María brilló en el fondo.

—María —grité—. ¡Espere!

Descendí tan rápido como pude las escaleras. Un hedor fétido y penetrante me asaltó tan pronto hube recorrido un par de metros. La esfera de claridad en la superficie fue disminuyendo de tamaño. Busqué una de las cajetillas de fósforos y prendí uno. La visión que me descubrió era fantasmal.

Un túnel circular se perdía en la negrura. Humedad y podredumbre. Chillidos de ratas. Y el eco infinito del laberinto de túneles bajo la ciudad. Una inscripción recubierta de mugre en la pared rezaba:

SGAB/ 1881
COLECTOR SECTOR IV/NIVEL 2 — TRAMO 66

Al otro lado del túnel, el muro estaba caído. El subsuelo había invadido parte del colector. Se podían apreciar diferentes estratos de antiguos niveles de la ciudad, apilados uno sobre otro.

Contemplé los cadáveres de viejas Barcelonas sobre las que se erguía la nueva ciudad. El escenario donde Sentís había encontrado la muerte. Encendí otra cerilla.

Reprimí las náuseas que me ascendían por la garganta y avancé unos metros en la dirección de las pisadas.

—¿María?

Mi voz se transformó en un eco espectral cuyo efecto me heló la sangre; decidí cerrar la boca. Observé decenas de diminutos puntos rojos que se movían como insectos sobre un estanque. Ratas. La llama de las cerillas que no dejaba de encender las mantenía a una prudencial distancia.

Vacilaba si continuar adentrándome más o no, cuando oí una voz lejana. Miré por última vez hacia la entrada de la calle. Ni rastro de Florián. Escuché aquella voz de nuevo. Suspiré y puse rumbo a las tinieblas.

El túnel por el que avanzaba me hizo pensar en el tracto intestinal de una bestia. El suelo estaba recubierto por un arroyo de aguas fecales. Avancé sin más claridad que la que provenía de los fósforos. Empalmaba uno con otro, sin dejar que la oscuridad me rodease por completo. A medida que me adentraba en el laberinto mi olfato se fue acomodando al olor de las cloacas. Advertí también que la temperatura iba ascendiendo. Una humedad pegajosa se adhería a la piel, la ropa y el pelo.

Unos metros más allá, brillando sobre los muros, distinguí una cruz pintada burdamente en rojo. Otras cruces similares marcaban las paredes. Me pareció ver algo brillar en el suelo. Me arrodillé a examinarlo y comprobé que se trataba de una fotografía. Reconocí la imagen al instante. Era uno de los retratos del álbum que habíamos encontrado en el invernadero. Había más fotografías en el suelo. Todas ellas provenían del mismo lugar. Algunas estaban desgarradas. Veinte pasos más adelante encontré el álbum, prácticamente destrozado. Lo tomé y pasé las páginas vacías. Parecía como si alguien hubiese estado buscando algo en él y, al no encontrarlo, lo hubiera hecho trizas con rabia.

Me hallaba en una encrucijada, una especie de cámara de distribución o convergencia de conductos. Alcé la vista y vi que la boca de otro pasadizo se abría justo sobre el punto donde yo me encontraba. Creí identificar una rejilla. Alcé la cerilla hacia allí pero una bocanada de aire cenagoso que exhaló uno de los colectores extinguió la llama. En ese momento escuché algo desplazarse, lentamente, rozando los muros, gelatinoso. Sentí un escalofrío en la base de la nuca. Busqué otra cerilla en la oscuridad y traté de encenderla a ciegas, pero la llama no me prendía. Esta vez estaba seguro: algo se movía en los túneles, algo vivo que no eran ratas. Noté que me ahogaba. La pestilencia del lugar me golpeó brutalmente las fosas nasales. Un fósforo prendió en mis manos por fin. Al principio la llama me cegó. Luego vi algo reptando a mi encuentro. Desde todos los túneles. Unas figuras indefinidas se arrastraban como arañas por los conductos. La cerilla cayó de mis dedos temblorosos. Quise echar a correr, pero tenía los músculos clavados.

De repente, un rayo de luz rebanó las sombras, atrapando una visión fugaz de lo que me pareció un brazo extendiéndose hacia mí.

—¡Óscar!

El inspector Florián corría en mi dirección. En una mano sostenía una linterna. En la otra, un revólver. Florián me alcanzó y barrió todos los rincones con el haz de la linterna. Ambos escuchamos el sonido escalofriante de aquellas siluetas retirándose, huyendo de la luz. Florián sostenía la pistola en alto.

—¿Qué era eso?

Quise responder, pero me falló la voz.

—¿Y qué demonios haces aquí abajo?

—María... —articulé.

—¿Qué?

—Mientras le esperaba, vi a María Shelley lanzarse a las cloacas y...

—¿La hija de Shelley? —preguntó Florián, desconcertado—. ¿Aquí?

—Sí.

—¿Y Claret?

—No lo sé. He seguido el rastro de pisadas hasta aquí...

Florián inspeccionó los muros que nos rodeaban. Una compuerta de hierro cubierta de óxido quedaba en un extremo de la galería. Frunció el ceño y se aproximó lentamente hacia allí. Me pegué a él.

—¿Son éstos los túneles donde encontraron a Sentís?

Florián asintió en silencio, señalando hacia el otro extremo del túnel.

—Esta red de colectores se extiende hasta el antiguo mercado del Borne. Sentís fue encontrado allí, pero había signos de que el cuerpo había sido arrastrado.

—Es allí donde está la vieja fábrica de la Velo-Granell, ¿no?

Florián asintió de nuevo.

—¿Cree usted que alguien está utilizando estos pasadizos subterráneos para moverse bajo la ciudad, desde la fábrica a...?

—Toma, sostén la linterna —me cortó Florián—. Y esto.

«Esto» era su revólver. Se lo aguanté mientras él forzaba la compuerta de metal. El arma pesaba más de lo que había supuesto. Coloqué el dedo en el gatillo y la contemplé a la luz. Florián me lanzó una mirada asesina.

—No es un juguete, cuidado. Ve haciendo el tonto y una bala te reventará la cabeza como si fuese una sandía.

La compuerta cedió. El hedor que se escapó del interior era indescriptible. Dimos unos pasos atrás, combatiendo la náusea.

—¿Qué diablos hay ahí dentro? —exclamó Florián.

Sacó un pañuelo y se cubrió la boca y la nariz con él. Le tendí su arma y sostuve la linterna. Florián empujó la compuerta de una patada. Enfoqué hacia el interior. La atmósfera era tan espesa que apenas se distinguía nada. Florián tensó el percutor y avanzó hacia el umbral.

—Quédate ahí —me ordenó.

Ignoré sus palabras y avancé hasta la entrada de la cámara.

—¡Dios santo!... —escuché exclamar a Florián.

Sentí que me faltaba el aire. Era imposible aceptar la visión que se ofrecía a nuestros ojos. Atrapados en las tinieblas, colgando de garfios herrumbrosos, había docenas de cuerpos inertes, incompletos. Sobre dos grandes mesas yacían en un caos completo unas extrañas herramientas: piezas de metal, engranajes y mecanismos construidos en madera y acero. Una colección de frascos reposaba en una vitrina de cristal, un juego de jeringas hipodérmicas y un muro repleto de instrumentos quirúrgicos sucios, ennegrecidos.

—¿Qué es esto? —murmuró Florián, tenso.

Una figura de madera y piel, de metal y hueso yacía sobre una de las mesas como un macabro juguete inacabado. Representaba a un niño con ojos redondos de reptil; una lengua bífida asomaba entre sus labios negros. Sobre la frente, marcado a fuego, se podía ver claramente el símbolo de la mariposa.

—Es su taller... Aquí es donde los crea... —se me escapó en voz alta.

Y entonces los ojos de aquel muñeco infernal se movieron. Giró la cabeza. Sus entrañas producían el sonido de un reloj al ajustarse. Sentí sus pupilas de serpiente posarse sobre las mías. La lengua bífida se relamió los labios. Nos estaba sonriendo.

—Salgamos de aquí —dijo Florián—. ¡Ahora mismo!

Regresamos a la galería y cerramos la compuerta a nuestras espaldas. Florián respiraba entrecortadamente. Yo no podía ni hablar. Tomó la linterna de mis manos temblorosas e inspeccionó el túnel. Mientras lo hacía, pude ver una gota atravesar el haz de luz. Y otra. Y otra más. Gotas brillantes de color escarlata. Sangre. Nos miramos en silencio. Algo estaba goteando desde el techo. Florián me indicó que me retirase unos pasos con un gesto y dirigió el haz de luz hacia arriba. Vi cómo el rostro de Florián palidecía y su mano firme empezaba a temblar.

—Corre —fue lo único que me dijo—. ¡Vete de aquí!

Alzó el revólver después de lanzarme una última mirada. Leí en ella primero terror y después la rara certeza de la muerte. Despegó los labios para decir algo más, pero jamás llegó a brotar sonido alguno de su boca. Una figura oscura se precipitó sobre él y le golpeó antes de que pudiera mover un músculo. Sonó un disparo, un estallido ensordecedor rebotando contra la pared. La linterna fue a parar a una corriente de agua. El cuerpo de Florián salió despedido contra el muro con tal fuerza que abrió una brecha en forma de cruz en las baldosas ennegrecidas. Tuve la certeza de que estaba muerto antes de que se desprendiese de la pared y cayese al suelo, inerte. Eché a correr buscando desesperadamente el camino de vuelta. Un aullido animal inundó los túneles. Me volví. Una docena de figuras reptaba desde todos los ángulos. Corrí como no lo había hecho en la vida, escuchando la jauría invisible aullar a mi espalda, tropezando. La imagen del cuerpo de Florián incrustado en la pared seguía clavada en mi mente.

Estaba cerca de la salida cuando una silueta saltó al frente, apenas unos metros más allá, impidiéndome alcanzar las escaleras de subida. Me detuve en seco. La luz que se filtraba me mostró el rostro de un arlequín. Dos rombos negros cubrían su mirada de cristal y unos labios de madera pulida mostraban colmillos de acero. Di un paso atrás. Dos manos se posaron sobre mis hombros. Unas uñas me rasgaron la ropa. Algo me rodeó el cuello. Era viscoso y frío. Sentí el nudo cerrarse, cortándome la respiración. Mi visión empezó a desvanecerse. Algo me agarró los tobillos. Frente a mí, el arlequín se arrodilló y extendió las manos hacia mi cara. Creí que iba a perder el conocimiento. Recé por que así fuese. Un segundo más tarde, aquella cabeza de madera, piel y metal estalló en pedazos.

El disparo provenía de mi derecha. El estruendo se me clavó en los tímpanos y el olor a pólvora impregnó el aire. El arlequín se desmoronó a mis pies. Hubo un segundo disparo. La presión sobre mi garganta desapareció y caí de bruces. Sólo percibía el olor intenso de la pólvora. Noté que alguien tiraba de mí. Abrí los ojos y atiné a ver cómo un hombre se inclinaba sobre mí y me alzaba. Percibí de pronto la claridad del día y mis pulmones se llenaron de aire puro. Después perdí el conocimiento. Recuerdo haber soñado con cascos de caballos repicando mientras unas campanas resonaban sin cesar.

21

La habitación en la que desperté me resultó familiar. Las ventanas estaban cerradas y una claridad diáfana se filtraba desde los postigos. Una figura se alzaba a mi lado, observándome en silencio. Marina.

—Bienvenido al mundo de los vivos.

Me incorporé de golpe. La visión se me nubló al instante y sentí astillas de hielo taladrándome el cerebro. Marina me sostuvo mientras el dolor se apagaba lentamente.

—Tranquilo —me susurró.

—¿Cómo he llegado aquí...?

—Alguien te trajo al amanecer. En un carruaje. No dijo quién era.

—Claret... —murmuré, mientras las piezas empezaban a encajar en mi mente.

Era Claret quien me había sacado de los túneles y quien me había traído de nuevo al caserón de Sarriá. Comprendí que le debía la vida.

—Me has dado un susto de muerte. ¿Dónde has estado? He pasado toda la noche esperándote. No vuelvas a hacerme algo así en la vida, ¿me oyes?

Me dolía todo el cuerpo, incluso al mover la cabeza

para asentir. Me tendí de nuevo. Marina me acercó un vaso de agua fresca a los labios. Me lo bebí de un trago.

—¿Quieres más, verdad?

Cerré los ojos y la oí llenar de nuevo el vaso.

—¿Y Germán? —le pregunté.

—En su estudio. Estaba preocupado por ti. Le he dicho que algo te había sentado mal.

—¿Y te ha creído?

—Mi padre cree todo lo que yo le digo —repuso Marina, sin malicia.

Me tendió el vaso de agua.

—¿Qué hace tantas horas en su estudio si ya no pinta?

Marina me tomó la muñeca y comprobó mi pulso.

—Mi padre es un artista —dijo luego—. Los artistas viven en el futuro o en el pasado; nunca en el presente. Germán vive de recuerdos. Es todo cuanto tiene.

—Te tiene a ti.

—Yo soy el mayor de sus recuerdos —dijo mirándome a los ojos—. Te he traído algo para comer. Tienes que reponer fuerzas.

Negué con la mano. La sola idea de comer me producía náuseas. Marina me puso una mano en la nuca y me sostuvo mientras bebía de nuevo. El agua fría, limpia sabía a bendición.

—¿Qué hora es?

—Media tarde. Has dormido casi ocho horas.

Me posó la mano en la frente y la dejó allí unos segundos.

—Al menos ya no tienes fiebre.

Abrí los ojos y sonreí. Marina me observaba seria, pálida.

—Delirabas. Hablabas en sueños...

—¿Qué decía?

—Tonterías.

Me llevé los dedos a la garganta. La sentía dolorida.

—No te toques —dijo Marina, apartándome la mano—. Tienes una buena herida en el cuello. Y cortes en los hombros y la espalda. ¿Quién te ha hecho eso?

—No lo sé...

Marina suspiró, impaciente.

—Me tenías muerta de miedo. No sabía qué hacer. Me acerqué a una cabina para llamar a Florián, pero me dijeron en el bar que tú acababas de llamar y que el inspector había salido sin decir adónde iba. Volví a llamar poco antes del amanecer y aún no había vuelto...

—Florián está muerto —advertí que la voz se me rompía al pronunciar el nombre del pobre inspector—. Ayer por la noche volví al cementerio otra vez —empecé.

—Tú estás loco —me interrumpió Marina.

Probablemente tenía razón. Sin mediar palabra, me ofreció un tercer vaso de agua. Lo apuré hasta la última gota. Luego, lentamente, le expliqué lo que había sucedido la noche anterior. Al finalizar mi relato Marina se limitó a mirarme en silencio. Me pareció que le preocupaba algo más, algo que no tenía nada que ver con todo cuanto le había explicado. Me instó a que comiese lo que me había traído, con hambre o sin ella. Me ofreció pan con chocolate y no me quitó ojo de encima hasta que no di pruebas de engullir casi media pastilla y un panecillo del tamaño de un taxi. El latigazo de azúcar en la sangre no se hizo esperar y pronto me sentí revivir.

—Mientras dormías yo también he estado jugando a los detectives —dijo Marina, señalando un grueso tomo encuadernado en piel sobre la mesita.

Leí el título en el lomo.

—¿Te interesa la entomología?

—Bichos —aclaró Marina—. He encontrado a nuestra amiga la mariposa negra.

—*Teufel...*

—Una criatura adorable. Vive en túneles y sótanos, alejada de la luz. Tiene un ciclo de vida de catorce días. Antes de morir, entierra su cuerpo en los escombros y, a los tres días, una nueva larva nace de él.

—¿Resucita?

—Podríamos llamarlo así.

—¿Y de qué se alimenta? —pregunté—. En los túneles no hay flores, ni polen...

—Se come a sus crías —precisó Marina—. Está todo ahí. Vidas ejemplares de nuestros primos los insectos.

Marina se acercó a la ventana y descorrió las cortinas. El sol invadió la habitación. Pero ella se quedó allí, pensativa. Casi podía oír girar los engranajes de su cerebro.

—¿Qué sentido tendría atacarte para recuperar el álbum de fotografías y luego abandonarlas?

—Probablemente quien me atacó buscaba algo que había en ese álbum.

—Pero fuera lo que fuese, ya no estaba allí... —completó Marina.

—El doctor Shelley... —dije, recordando súbitamente.

Marina me miró, sin comprender.

—Cuando fuimos a verle, le mostramos la imagen en que aparecía él en su consulta —dije.

—¡Y se la quedó!...

—No sólo eso. Cuando nos íbamos, le vi echarla al fuego.

—¿Por qué destruiría Shelley esa fotografía?

—Quizá mostraba algo que no quería que nadie viese... —apunté, saltando de la cama.

—¿Adónde crees que vas?

—A ver a Luis Claret —repliqué—. Él es quien conoce la clave de todo este asunto.

—Tú no sales de esta casa en veinticuatro horas —objetó Marina, apoyándose contra la puerta—. El inspector Florián dio su vida para que tuvieses la oportunidad de escapar.

—En veinticuatro horas, lo que se esconde en esos túneles habrá venido a buscarnos si no hacemos algo para detenerlo —dije—. Lo mínimo que se merece Florián es que le hagamos justicia.

—Shelley dijo que a la muerte poco le importa la justicia —me recordó Marina—. Quizá tenía razón.

—Quizá —admití—. Pero a nosotros sí nos importa.

Cuando llegamos a los límites del Raval, la niebla inundaba los callejones, teñida por las luces de tugurios y tascas harapientas. Habíamos dejado atrás el amigable bullicio de las Ramblas y nos adentrábamos en el pozo más miserable de toda la ciudad. No había ni rastro de turistas o curiosos. Miradas furtivas nos seguían desde portales malolientes y ventanas cortadas sobre fachadas que se deshacían como arcilla. El eco de televisores y radios se elevaba entre los cañones de pobreza, sin llegar jamás a rebasar los tejados. La voz del Raval nunca llega al cielo.

Pronto, entre los resquicios de edificios cubiertos por décadas de mugre, se adivinó la silueta oscura y monumental de las ruinas del Gran Teatro Real. En la punta, como una veleta, se recortaba la silueta de una mariposa de alas negras. Nos detuvimos a contemplar aquella visión fantástica. El edificio más delirante erigido en Barcelona se descomponía como un cadáver en un pantano.

Marina señaló hacia las ventanas iluminadas en el tercer piso del anexo al teatro. Reconocí la entrada de las caballerizas. Aquélla era la vivienda de Clarct. Nos dirigimos hacia el portal. El interior de la escalera todavía estaba encharcado por el aguacero de la noche pasada. Empezamos a ascender los peldaños gastados y oscuros.

—¿Y si no quiere recibirnos? —me preguntó Marina, turbada.

—Probablemente nos espera —se me ocurrió.

Al llegar al segundo piso observé que Marina respiraba pesadamente y con dificultad. Me detuve y vi que su rostro palidecía.

—¿Estás bien?

—Un poco cansada —respondió con una sonrisa que no me convenció—. Andas demasiado deprisa para mí.

La tomé de la mano y la guié hasta el tercer piso, peldaño a peldaño. Nos detuvimos frente a la puerta de Claret. Marina respiró profundamente. Le temblaba el pecho al hacerlo.

—Estoy bien, de verdad —dijo, adivinando mis temores—. Anda, llama. No me has traído hasta aquí para visitar el vecindario, espero.

Golpeé la puerta con los nudillos. Era madera vieja, sólida y gruesa como un muro. Llamé de nuevo. Pasos lentos se acercaron al umbral. La puerta se abrió y Luis Claret, el hombre que me había salvado la vida, nos recibió.

—Pasad —se limitó a decir, volviéndose hacia el interior del piso.

Cerramos la puerta a nuestra espalda. El piso era oscuro y frío. La pintura pendía del techo como la piel de un reptil. Lámparas sin bombillas criaban nidos de arañas. El mosaico de baldosas a nuestros pies estaba quebrado.

—Por aquí —llegó la voz de Claret desde el interior del piso.

Seguimos su rastro hasta una sala apenas iluminada por un brasero. Claret estaba sentado frente a los carbones encendidos, mirando las brasas en silencio. Las parcdes estaban cubiertas de viejos retratos, gentes y rostros de otras épocas. Claret alzó la mirada hacia nosotros. Tenía los ojos claros y penetrantes, el pelo plateado y la piel de pergamino. Decenas de líneas marcaban el tiempo en su rostro, pero a pesar de su edad avanzada desprendía un aire de fortaleza que muchos hombres treinta años más jóvenes habrían querido para sí. Un galán de vodevil envejecido al sol, con dignidad y estilo.

—No tuve oportunidad de darle las gracias. Por salvarme la vida.

—No es a mí a quien tienes que darle las gracias. ¿Cómo me habéis encontrado?

—El inspector Florián nos habló de usted —se adelantó Marina—. Nos explicó que usted y el doctor Shelley fueron las dos únicas personas que estuvieron hasta el último momento con Mijail Kolvenik y Eva Irinova. Dijo que usted nunca los abandonó. ¿Cómo conoció a Mijail Kolvenik?

Una débil sonrisa afloró en los labios de Claret.

—El señor Kolvenik llegó a esta ciudad con una de las

peores heladas del siglo —explicó—. Solo, hambriento y acosado por el frío, buscó refugio en el portal de un antiguo edificio para pasar la noche. Apenas tenía unas monedas con que poder comprar quizá algo de pan o café caliente. Nada más. Mientras sopesaba qué hacer, descubrió que había alguien más en aquel portal. Un niño de no más de cinco años, envuelto en harapos, un mendigo que había corrido a refugiarse allí al igual que él. Kolvenik y el niño no hablaban el mismo idioma, así que a duras penas se entendían. Pero Kolvenik le sonrió y le dio su dinero, indicándole con gestos que lo utilizase para comprar comida. El pequeño, sin poder creer lo que estaba sucediendo, corrió a comprar una hogaza de pan en una panadería que estaba abierta toda la noche junto a la Plaza Real. Volvió al portal para compartir el pan con el desconocido, pero vio cómo la policía se lo llevaba. En el calabozo sus compañeros de celda le dieron una paliza brutal. Durante todos los días que Kolvenik estuvo en el hospital de la cárcel, el niño esperó a la puerta, como un perro sin amo. Cuando Kolvenik salió a la calle dos semanas después, cojeaba. El chiquillo estaba allí para sostenerle. Se convirtió en su guía y se juró que nunca abandonaría a aquel hombre que, en la peor noche de su vida, le había cedido cuanto tenía en el mundo... Aquel niño era yo.

Claret se incorporó y nos indicó que le siguiéramos a través de un estrecho pasillo que conducía a una puerta. Extrajo una llave y la abrió. Al otro lado, había otra puerta idéntica y entre ambas, una pequeña cámara.

Para paliar la oscuridad que reinaba allí, Claret encendió una vela. Con otra llave, abrió la segunda puerta. Una corriente de aire inundó el pasillo e hizo silbar la llama del cirio. Sentí que Marina asía mi mano al tiempo que cruzábamos al otro lado. Una vez allí, nos detuvimos. La visión que se abría ante nosotros era fabulosa. El interior del Gran Teatro Real.

Pisos y pisos se alzaban hacia la gran cúpula. Los cortinajes de terciopelo pendían de los palcos, ondeando en el vacío. Grandes lámparas de cristal esperaban, sobre el patio de butacas, infinito y desierto, una conexión eléctrica que nunca llegó. Nos encontrábamos en una entrada lateral del escenario. Sobre nosotros, la tramoya ascendía hacia el infinito, un universo de telones, andamios, poleas y pasarelas que se perdía en las alturas.

—Por aquí —indicó Claret, guiándonos.

Cruzamos el escenario. Algunos instrumentos dormían en el foso de la orquesta. En el podio del director, una partitura cubierta por telarañas yacía abierta por la primera página. Más allá, la gran alfombra del pasillo central de la platea trazaba una carretera hacia ninguna parte. Claret se adelantó hasta una puerta iluminada y nos indicó que nos detuviésemos a la entrada. Marina y yo intercambiamos una mirada.

La puerta daba a un camerino. Cientos de vestidos deslumbrantes pendían de soportes metálicos. Una pared estaba cubierta por espejos de candilejas. La otra estaba ocupada por decenas de viejos retratos que mostraban una mujer de belleza indescriptible. Eva Irinova, la hechicera de los escenarios. La mujer para quien Mijail Kolvenik había hecho construir aquel santuario. Fue entonces cuando la vi. La dama de negro se contemplaba en silencio, su rostro velado frente al espejo. Al oír nuestros pasos, se volvió lentamente y asintió. Sólo entonces Claret nos permitió pasar. Nos acercamos a ella como quien se aproxima a una aparición, con una mezcla de temor y fascinación. Nos detuvimos a un par de metros. Claret permanecía en el umbral de la puerta, vigilante. La mujer se enfrentó de nuevo al espejo, estudiando su imagen.

De pronto, con infinita delicadeza, se alzó el velo. Las escasas bombillas que funcionaban nos revelaron su rostro sobre el espejo, o lo que el ácido había dejado de él. Hueso desnudo y piel ajada. Labios sin forma, apenas un corte sobre unas facciones desdibujadas. Ojos que no podrían volver a llorar. Nos dejó contemplar el horror que normalmente ocultaba su velo durante un instante interminable. Después, con la misma delicadeza con que había descubierto su rostro y su identidad, lo ocultó de nuevo y nos indicó que tomásemos asiento. Transcurrió un largo silencio.

Eva Irinova alargó una mano hacia el rostro de Marina y lo acarició, recorriendo sus mejillas, sus labios, su garganta. Leyendo su belleza y su perfección con dedos temblorosos y anhelantes. Marina tragó saliva. La dama retiró la mano y pude ver sus ojos sin párpados brillar tras el velo. Sólo entonces empezó a hablar y a relatarnos la historia que había estado ocultando durante más de treinta años.

22

«Nunca llegué a conocer mi país más que en fotografías. Cuanto sé de Rusia procede de cuentos, habladurías y recuerdos de otras gentes. Nací en una barcaza que cruzaba el Rin, en una Europa destrozada por la guerra y el terror. Supe años más tarde que mi madre me llevaba ya en el vientre cuando, sola y enferma, cruzó la frontera ruso-polaca huyendo de la revolución. Murió al dar a luz. Nunca he sabido cuál era su nombre ni quién fue mi padre. La enterraron a orillas del río en una tumba sin marca, perdida para siempre. Una pareja de comediantes de San Petersburgo que viajaba en la barcaza, Sergei Glazunow y su hermana gemela Tatiana, se hizo cargo de mí por compasión y porque, según me dijo Sergei muchos años después, nací con un ojo de cada color y eso es señal de fortuna.

En Varsovia, gracias a las artes y los manejos de Sergei, nos unimos a una compañía circense que se dirigía a Viena. Mis primeros recuerdos son de aquellas gentes y sus animales. La carpa de un circo, los malabaristas y un faquir sordomudo llamado Vladimir que comía cristal, escupía fuego y siempre me regalaba pájaros de papel que construía como por arte de magia. Sergei acabó por convertirse en el administrador de la compañía y nos establecimos en Viena. El circo fue mi escuela y el hogar donde crecí. Ya por entonces sabíamos, sin embargo, que estaba condenado. La realidad del mundo empezaba a ser más grotesca que las pantomimas de los payasos y los osos danzarines. Pronto, nadie nos necesitaría. El siglo XX se había convertido en el gran circo de la historia.

Cuando apenas tenía siete u ocho años, Sergei dijo que ya era hora de que me ganase el sustento. Pasé a formar parte del espectáculo, primero como mascota de los trucos de Vladimir y más tarde con un número propio en el que cantaba una canción de cuna a un oso que acababa por dormirse. El número, que en principio estaba previsto como comodín para dar tiempo a la preparación de los trapecistas, resultó ser un éxito. A nadie le sorprendió más que a mí. Sergei decidió ampliar mi actuación. Así fue como acabé cantándoles rimas a unos viejos leones famélicos y enfermos desde una plataforma de luces. Los animales y el público me escuchaban hipnotizados. En Viena se hablaba de la niña cuya voz amansaba a las bestias. Y pagaban por verla. Yo tenía nueve años.

Sergei no tardó en comprender que ya no necesitaba el circo. La niña de los ojos de dos colores había cumplido su promesa de fortuna. Formalizó los trámites para convertirse en mi tutor legal y anunció al resto de la compañía que nos íbamos a instalar por cuenta propia. Aludió al hecho de que un circo no era el lugar apropiado para criar a una niña. Cuando se descubrió que alguien había estado robando parte de la recaudación del circo durante años, Sergei y Tatiana acusaron a Vladimir, añadiendo además que se tomaba libertades ilícitas conmigo. Vladimir fue aprehendido por las autoridades y encarcelado, aunque nunca se encontró el dinero.

Para celebrar su independencia, Sergei compró un coche de lujo, un vestuario de dandi y joyas para Tatiana. Nos trasladamos a una villa que Sergei había alquilado en los bosques de Viena. Nunca estuvo claro de dónde habían salido los fondos para pagar tanto lujo. Yo cantaba todas las tardes y noches en un teatro junto a la ópera, en un espectáculo titulado "El ángel de Moscú". Fui bautizada como Eva Irinova, una idea de Tatiana, que había sacado el nombre de un folletín por entregas que se publicaba con cierto éxito en la prensa. Aquél fue el primero de muchos otros montajes similares. A sugerencia de Tatiana, se me asignó un profesor de canto, un maestro de arte dramático y otro de danza. Cuando no estaba en un escenario, estaba ensayando. Sergei no me permitía tener amigos, salir de paseo, estar a solas ni leer libros. Es por tu bien, solía decir. Cuando mi cuerpo empezó a desarrollarse, Tatiana insistió en que yo debía tener una habitación para mí sola. Sergei accedió de mala gana, pero insistió en conservar la llave. A menudo volvía borracho a medianoche y trataba de entrar en mi habitación. La mayoría de las veces estaba tan ebrio que era incapaz de insertar la llave en la cerradura. Otras no. El aplauso de un público anónimo fue la única satisfacción que obtuve en aquellos años. Con el tiempo, llegué a necesitarlo más que el aire.

Viajábamos con frecuencia. Mi éxito en Viena había llegado a oídos de los empresarios de París, Milán y Madrid. Sergei y Tatiana siempre me acompañaban. Por supuesto, nunca vi un céntimo de la recaudación de todos aquellos conciertos ni sé qué se hizo del dinero. Sergei siempre tenía deudas y acreedores. La culpa, me acusaba amargamente, era mía. Todo se iba en cuidarme y en mantenerme. A cambio, yo era incapaz de agradecer todo lo que él y Tatiana habían hecho por mí. Sergei me enseñó a ver en mí a una chiquilla sucia, perezosa, ignorante y estúpida. Una pobre infeliz que nunca llegaría a hacer nada de valor, a quien nadie llegaría a querer o respetar. Pero nada de eso importaba porque, me susurraba Sergei al oído con su aliento de aguardiente, Tatiana y él siempre estarían allí para cuidar de mí y para protegerme del mundo.

El día en que cumplí dieciséis años descubrí que me odiaba a mí misma y apenas podía tolerar mi imagen en el espejo. Dejé de comer. Mi cuerpo me repugnaba y trataba de ocultarlo bajo ropas sucias y harapientas. Un día encontré en la basura una vieja cuchilla de afeitar de Sergei. La llevé a mi habitación y adquirí la costumbre a hacerme cortes en las manos y en los brazos con ella. Para castigarme. Tatiana me curaba en silencio todas las noches.

Dos años más tarde, en Venecia, un conde que me había visto actuar me propuso matrimonio. Aquella misma noche, al enterarse, Sergei me dio una paliza brutal. Me partió los labios a golpes y me rompió dos costillas. Tatiana y la policía le contuvieron. Abandoné Venecia en una ambulancia. Volvimos a Viena, pero los problemas financieros de Sergei eran acuciantes. Recibíamos amenazas. Una noche unos desconocidos prendieron fuego a la casa mientras dormíamos. Semanas antes Sergei había recibido una oferta de un empresario de Madrid para quien yo había actuado con éxito tiempo atrás. Daniel Mestres, que así se llamaba, había adquirido un interés mayoritario en el viejo Teatro Real de Barcelona y quería estrenar la temporada conmigo. Así pues, prácticamente huyendo de madrugada, hicimos las maletas y partimos rumbo a Barcelona con lo puesto. Yo iba a cumplir diecinueve años y rogaba al cielo no llegar a cumplir los veinte. Hacía ya tiempo que pensaba en quitarme la vida. Nada me aferraba a este mundo. Estaba muerta desde hacía tiempo, pero ahora me daba cuenta. Fue entonces cuando conocí a Mijail Kolvenik...

Llevábamos unas cuantas semanas en el Teatro Real. En la compañía se rumoreaba que cierto caballero acudía todas las noches al mismo palco para oírme cantar. Por aquella época circulaban en Barcelona toda clase de historias acerca de Mijail Kolvenik. Cómo había hecho su fortuna... Su vida personal y su identidad, plagada de misterios y enigmas... Su leyenda le precedía. Una noche, intrigada por aquel extraño personaje, decidí hacerle llegar una invitación para que me visitase en mi camerino después de la función. Era casi medianoche cuando Mijail Kolvenik llamó a mi puerta. Tantas murmuraciones me habían hecho esperar a un tipo amenazador y arrogante. Mi primera impresión, sin embargo, fue que se trataba de un hombre tímido y reservado. Vestía de oscuro, con sencillez y sin más adornos que un pequeño broche que lucía en la solapa: una mariposa con las alas desplegadas. Me agradeció la invitación y me manifestó su admiración, afirmando que era un honor conocerme. Le dije que, en vista de todo lo que había oído acerca de él, el honor era mío. Sonrió y me sugirió que olvidase los rumores. Mijail tenía la sonrisa más hermosa que he conocido. Cuando la mostraba, uno podía creer cualquier cosa que brotase de sus labios. Alguien dijo una vez que, si se lo proponía, Mijail era capaz de convencer a Cristóbal Colón de que la Tierra era plana como un mapa; y tenía razón. Aquella noche me convenció a mí para que le acompañase a pasear por las calles de Barcelona. Me explicó que a menudo solía recorrer la ciudad dormida después de la medianoche. Yo, que apenas había salido de aquel teatro desde que habíamos llegado a Barcelona, accedí. Sabía que Sergei y Tatiana iban a enfurecerse al enterarse de aquello, pero poco me importaba. Salimos de incógnito por la puerta del proscenio. Mijail me ofreció su brazo y caminamos hasta el amanecer. Me mostró la ciudad hechicera a través de sus ojos. Me habló de sus misterios, sus rincones encantados y el espíritu que vivía en aquellas calles. Me explicó mil y una leyendas. Recorrimos los caminos secretos del Barrio Gótico y la ciudad vieja. Mijail parecía saberlo todo. Sabía quién había vivido en cada edificio, qué crímenes o romances habían tenido lugar tras cada muro y cada ventana. Conocía los nombres de todos los arquitectos, los artesanos y los mil nombres invisibles que habían construido aquel escenario. Mientras me hablaba, tuve la impresión de que Mijail jamás había compartido aquellas historias con nadie. Me abrumó la soledad que desprendía su persona y, a un tiempo, creí ver en su interior un abismo infinito al que no podía evitar asomarme. El alba nos sorprendió en un banco del puerto. Observé a aquel desconocido con el que había estado callejeando durante horas y me pareció que le conocía desde siempre. Así se lo hice saber. Rió y en ese momento, con esa rara certeza que sólo se tiene un par de veces en la vida, supe que iba pasar el resto de mi vida a su lado.

Aquella noche Mijail me contó que él creía que la

vida nos concede a cada uno de nosotros unos escasos momentos de pura felicidad. A veces son sólo días o semanas. A veces, años. Todo depende de nuestra fortuna. El recuerdo de esos momentos nos acompaña para siempre y se transforma en un país de la memoria al que tratamos de regresar durante el resto de nuestra vida sin conseguirlo. Para mí esos instantes estarán siempre enterrados en aquella primera noche, paseando por la ciudad...

La reacción de Sergei y Tatiana no se hizo esperar. Especialmente la de Sergei. Me prohibió volver a ver a Mijail o hablar con él. Me dijo que, si volvía a salir de aquel teatro sin su permiso, me mataría. Por primera vez en mi vida descubrí que ya no me inspiraba temor, sólo desprecio. Para enfurecerle aún más, le dije que Mijail me había propuesto matrimonio y que yo había aceptado. Me recordó que él era mi tutor legal y que no sólo no iba a autorizar mi matrimonio, sino que partíamos rumbo a Lisboa. Hice llegar un mensaje desesperado a Mijail a través de una bailarina de la compañía. Aquella noche, antes de la función, Mijail acudió al teatro con dos de sus abogados para entrevistarse con Sergei. Mijail le anunció que había firmado un contrato aquella misma tarde con el empresario del Teatro Real que le convertía en el nuevo propietario. Desde aquel momento, él y Tatiana estaban despedidos.

Le mostró un dossier de documentos y pruebas acerca de las actividades ilegales de Sergei en Viena, Varsovia y Barcelona. Material más que suficiente para meterle entre rejas por quince o veinte años. A ello añadió un cheque por una cifra superior a cuanto Sergei podía obtener de sus trapicheos y mezquindades el resto de su existencia. La alternativa era la siguiente: si en un plazo no superior a cuarenta y ocho horas él y Tatiana abandonaban para siempre Barcelona y se comprometían a no volver a ponerse en contacto conmigo por medio alguno, podían llevarse el dossier y el cheque; si se negaban a cooperar, aquel dossier iría a parar a manos de la policía, acompañado del cheque a modo de aliciente para engrasar la maquinaria de la justicia. Sergei enloqueció de furia. Gritó como un demente que nunca se iba a desprender de mí, que tendría que pasar por encima de su cadáver si pretendía salirse con la suya.

Mijail le sonrió y se despidió de él. Aquella noche Tatiana y Sergei acudieron a entrevistarse con un extraño individuo que se ofrecía como asesino a sueldo. Al salir de allí, unos disparos anónimos desde un carruaje estuvieron a punto de acabar con ellos. Los diarios publicaron la noticia alegando varias hipótesis para justificar el ataque. Al día siguiente, Sergei aceptó el cheque de Mijail y desapareció de la ciudad con Tatiana, sin despedirse...

Cuando supe lo sucedido, exigí a Mijail que confirmase si había sido responsable de aquel ataque. Deseaba desesperadamente que me dijese que no. Me observó fijamente y me preguntó por qué dudaba de él. Me sentí morir. Todo aquel castillo de naipes de felicidad y esperanza parecía a punto de desmoronarse. Se lo pregunté de nuevo. Mijail dijo que no. Que no era responsable de aquel ataque.

—Si lo fuese, ninguno de los dos estaría vivo —respondió fríamente.

Por aquel entonces contrató a uno de los mejores arquitectos de la ciudad para que construyese la torre junto al parque Güell siguiendo sus indicaciones. El coste no se discutió ni un instante. Mientras la torre estaba en construcción, Mijail alquiló toda una planta del viejo Hotel Colón en la Plaza Cataluña. Allí nos instalamos temporalmente. Por primera vez en mi vida descubrí que era posible tener tantos sirvientes que una no podía recordar el nombre de todos ellos. Mijail sólo tenía un ayudante, Luis, su chófer.

Los joyeros de Bagués me visitaban en mis habitaciones. Los mejores modistos tomaban mis medidas para crearme un guardarropía de emperatriz. Abrió cuenta sin límite a mi nombre en los mejores establecimientos de Barcelona. Gentes a quienes nunca había visto me saludaban con reverencias en la calle o en el vestíbulo del hotel. Recibía invitaciones para bailes de gala en los palacios de familias cuyo nombre jamás había visto excepto en la prensa de sociedad. Yo tenía apenas veinte años. Jamás había tenido en las manos dinero suficiente para comprar un billete de tranvía. Soñaba despierta. Empecé a sentirme abrumada por tanto lujo y por el despilfarro a mi alrededor. Cuando se lo explicaba a Mijail, él me respondía que el dinero no tiene importancia, a menos que se carezca de él.

Pasábamos los días juntos, paseando por la ciudad, en el casino del Tibidabo, aunque nunca vi a Mijail jugar una sola moneda, en el Liceo... Al atardecer volvíamos al Hotel Colón y Mijail se retiraba a sus habitaciones. Empecé a advertir que, muchas noches, Mijail salía de madrugada y no volvía hasta el amanecer. Según él, tenía que atender asuntos de trabajo.

Pero las murmuraciones de la gente crecían. Sentía que me iba a casar con un hombre al que todos parecían conocer mejor que yo. Oía a las criadas hablar a mis espaldas. Veía a la gente examinarme con lupa tras su sonrisa hipócrita en la calle. Lentamente, me fui transformando en prisionera de mis propias sospechas. Y una idea empezó a martirizarme. Todo aquel lujo, aquel derroche material a mi alrededor me hacía sentir como una pieza más del mobiliario. Un capricho más de Mijail. Él podía comprarlo todo: el Teatro Real, a Sergei, automóviles, joyas, palacios. Y a mí. Ardía de ansiedad al verle partir cada noche de madrugada, convencida de que corría a los brazos de otra mujer. Una noche decidí seguirle y acabar con aquella charada.

Sus pasos me guiaron hasta el viejo taller de la Velo-Granell junto al mercado del Borne. Mijail había acudido solo. Tuve que colarme por una diminuta ventana en un callejón. El interior de la fábrica me pareció un escenario de pesadilla. Cientos de pies, manos, brazos, piernas, ojos de cristal flotaban en las naves..., piezas de repuesto para una humanidad rota y miserable. Recorrí aquel lugar hasta llegar a una gran sala a oscuras ocupada por enormes tanques de cristal en cuyo interior flotaban siluetas indefinidas. En el centro de la sala, en la penumbra, Mijail me observaba desde una silla, fumando un cigarro.

—No deberías haberme seguido —dijo sin ira en la voz.

Argumenté que no podía casarme con un hombre del cual sólo había visto una mitad, un hombre de quien sólo conocía sus días y no sus noches.

—Tal vez lo que averigües no te guste —me insinuó.

Le dije que no me importaba el qué o el cómo. No me importaba lo que hiciese o si los rumores sobre él eran ciertos. Sólo quería formar parte de su vida por completo. Sin sombras. Sin secretos. Asintió y supe lo que aquello significaba: cruzar un umbral sin retorno. Cuando Mijail encendió las luces de la sala, desperté de mi sueño de aquellas semanas. Estaba en el infierno.

Los tanques de formol contenían cadáveres que giraban en un macabro ballet. Sobre una mesa metálica yacía el cuerpo desnudo de una mujer diseccionada desde el vientre a la garganta. Los brazos estaban extendidos en cruz y advertí que las articulaciones de sus brazos y sus manos eran piezas de madera y metal. Unos tubos descendían por su garganta y cables de bronce se hundían en las extremidades y en las caderas. La piel era translúcida, azulada como la de un pez. Observé a Mijail, sin habla mientras él se acercaba al cuerpo y lo contemplaba con tristeza.

—Esto es lo que hace la naturaleza con sus hijos. No hay mal en el corazón de los hombres, sino una simple lucha por sobrevivir a lo inevitable. No hay más demonio que la madre naturaleza... Mi trabajo, todo mi esfuerzo, no es más que un intento por burlar el gran sacrilegio de la creación...

Le vi tomar una jeringuilla y llenarla con un líquido esmeralda que guardaba en un frasco. Nuestros ojos se encontraron brevemente y entonces Mijail hundió la aguja en el cráneo del cadáver. Vació el contenido. La retiró y permaneció inmóvil un instante, observando el cuerpo inerte. Segundos más tarde sentí que se me helaba la sangre. Las pestañas de uno de los párpados estaban temblando. Escuché el sonido de los engranajes de las articulaciones de madera y metal. Los dedos aletearon. Súbitamente, el cuerpo de la mujer se irguió con una sacudida violenta. Un alarido animal inundó la sala, ensordecedor. Hilos de espuma blanca descendían de los labios negros, tumefactos. La mujer se desprendió de los cables que perforaban su piel y cayó al suelo como un títere roto. Aullaba como un lobo herido. Alzó la cara y clavó sus ojos en mí. Fui incapaz de apartar la vista del horror que leí en ellos. Su mirada desprendía una fuerza animal escalofriante. Quería vivir.

Me sentí paralizada. A los pocos segundos el cuerpo quedó de nuevo inerte, sin vida. Mijail, que había presenciado todo el suceso impasible, tomó un sudario y cubrió el cadáver.

Se acercó a mí y tomó mis manos temblorosas. Me miró como si quisiera ver en mis ojos si iba a ser capaz de seguir a su lado después de lo que había presenciado. Quise encontrar palabras para expresar mi miedo, para decirle cuán equivocado estaba... Todo lo que conseguí fue balbucear que me sacase de aquel lugar. Así lo hizo. Regresamos al Hotel Colón. Me acompañó a mi habitación, me hizo subir una taza de caldo caliente y me arropó mientras la tomaba.

—La mujer que has visto esta noche murió hace seis semanas bajo las ruedas de un tranvía. Saltó para salvar a un niño que jugaba en las vías y no pudo evitar el impacto. Las ruedas le segaron los brazos a la altura del codo. Murió en la calle. Nadie sabe su nombre. Nadie la reclamó. Hay docenas como ella. Cada día...

—Mijail, no lo comprendes... Tú no puedes hacer el trabajo de Dios...

Me acarició la frente y me sonrió tristemente, asintiendo.

—Buenas noches —dijo.

Se dirigió a la puerta y se detuvo antes de salir.

—Si mañana no estas aquí —dijo—, lo comprenderé.

Dos semanas más tarde, nos casamos en la catedral de Barcelona.»

23

«Mijail deseaba que aquel día fuese especial para mí. Hizo que toda la ciudad se transformase en el decorado de un cuento de hadas. Mi reinado de emperatriz en aquel mundo de ensueño acabó para siempre en los peldaños de la avenida de la catedral. Ni siquiera llegué a oír los gritos del gentío. Como un animal salvaje que salta de la maleza, Sergei emergió de entre la multitud y me lanzó un frasco de ácido a la cara. El ácido devoró mi piel, mis párpados y mis manos. Desgarró mi garganta y me segó la voz. No volví a hablar hasta dos años más tarde, cuando Mijail me reconstruyó como a una muñeca rota. Fue el principio del horror.

Se detuvieron las obras de nuestra casa y nos instalamos en aquel palacio incompleto. Hicimos de él una prisión que se alzaba en lo alto de una colina. Era un lugar frío y oscuro. Un amasijo de torres y arcos, de bóvedas y escaleras de caracol que ascendían a ninguna parte. Yo vivía recluida en una estancia en lo alto de la torre. Nadie tenía acceso a ella excepto Mijail y, a veces, el doctor Shelley. Pasé el primer año bajo el letargo de la morfina, atrapada en una larga pesadilla. Creía ver en sueños a Mijail experimentando conmigo igual que lo había estado haciendo con aquellos cuerpos abandonados en hospitales y depósitos. Reconstruyéndome y burlando a la naturaleza. Cuando recobré el sentido, comprobé que mis sueños eran reales. Él me devolvió la voz. Rehizo mi garganta y mi boca para que pudiese alimentarme y hablar. Alteró mis terminaciones nerviosas para que no sintiese el dolor de las heridas que el ácido había dejado en mi cuerpo. Sí, burlé a la muerte, pero pasé a convertirme en una más de las criaturas malditas de Mijail.

Por otro lado Mijail había perdido su influencia en la ciudad. Nadie le apoyaba. Sus antiguos aliados le daban la espalda y le abandonaban. La policía y las autoridades judiciales iniciaron su acoso. Su socio, Sentís, era un usurero mezquino y envidioso. Facilitó información falsa que implicaba a Mijail en mil asuntos de los que él nunca había tenido conocimiento. Deseaba alejarle del control de la empresa. Era uno más de la jauría. Todos ansiaban verle caer de su pedestal para devorar los restos. El ejército de hipócritas y aduladores se transformó en una horda de hienas hambrientas. Nada de todo eso sorprendió a Mijail. Desde el principio, sólo había confiado en su amigo Shelley y en Luis Claret. "La mezquindad de los hombres —decía siempre— es una mecha en busca de llama." Pero aquella traición rompió finalmente el frágil nexo que le unía con el mundo exterior. Se refugió en su propio laberinto de soledad. Su comportamiento era cada vez más extravagante. Tomó por costumbre criar en los sótanos decenas de ejemplares de un insecto que le obsesionaba, una mariposa negra que se conocía como *Teufel.* Pronto las mariposas negras poblaron el torreón. Se posaban en espejos, cuadros y muebles como centinelas silenciosos. Mijail prohibió a los criados matarlas, ahuyentarlas o atreverse a acercarse a ellas. Un enjambre de insectos de alas negras volaba por los pasillos y las salas. A veces se posaban sobre Mijail y le cubrían, mientras él permanecía inmóvil. Cuando le veía así, temía perderle para siempre.

En aquellos días empezó mi amistad con Luis Claret, que ha durado hasta hoy. Era él quien me mantenía informada de lo que ocurría más allá de los muros de aquella fortaleza. Mijail me había estado contando falsas historias acerca del Teatro Real y de mi reaparición en escena. Hablaba de reparar el daño que el ácido había causado, de cantar con una voz que ya no me pertenecía... Quimeras. Luis me explicó que las obras del Teatro Real habían sido suspendidas. Los fondos se habían agotado meses atrás. El edificio era una inmensa caverna inútil... La serenidad que Mijail me mostraba era una mera fachada. Pasaba semanas y meses sin salir de casa. Días enteros encerrado en su estudio, sin apenas comer ni dormir. Joan Shelley, según me confesó más tarde, temía por su salud y por su cordura. Le conocía mejor que nadie y desde el principio le había asistido en sus experimentos. Fue él quien me habló claramente de la obsesión de Mijail por las enfermedades degenerativas, de su desesperado intento por encontrar los mecanismos con los que la naturaleza deformaba y atrofiaba los cuerpos. Siempre vio en ellos una fuerza, un orden y una voluntad más allá de toda razón. A sus ojos, la naturaleza era una bestia que devoraba a sus propias criaturas, sin importarle el destino y la suerte de los seres que albergaba. Coleccionaba fotografías de extraños casos de atrofia y de fenómenos médicos. En aquellos seres humanos, esperaba encontrar su respuesta: cómo engañar a sus demonios.

Fue entonces cuando los primeros síntomas del mal se hicieron visibles. Mijail sabía que lo llevaba en su interior, esperando pacientemente como un mecanismo de relojería. Lo había sabido desde siempre, desde que vio morir a su hermano en Praga. Su cuerpo empezaba a autodestruirse. Sus huesos se estaban deshaciendo. Mijail cubría sus manos con guantes. Ocultaba su rostro y su cuerpo. Rehuía mi compañía. Yo fingía no advertirlo, pero era cierto: su silueta se transformaba. Un día de invierno sus gritos me despertaron al amanecer. Mijail estaba despidiendo a la servidumbre a gritos. Nadie se resistió, pues todos le habían cogido miedo en los últimos meses. Sólo Luis se negó a abandonarnos. Mijail, llorando de rabia, destrozó todos los espejos y corrió a encerrarse en su estudio.

Una noche pedí a Luis que fuese a buscar al doctor Shelley. Mijail llevaba dos semanas sin salir ni responder a mis llamadas. Le oía sollozar al otro lado de la puerta de su estudio, hablar consigo mismo... Ya no sabía qué hacer. Le estaba perdiendo. Con la ayuda de Shelley y de Luis, tiramos la puerta abajo y conseguimos sacarle de allí. Comprobamos con horror que Mijail había estado operando sobre su propio cuerpo, tratando de rehacer su mano izquierda, que se estaba transformando en una garra grotesca e inservible. Shelley le administró un sedante y velamos su sueño hasta el amanecer. Aquella larga noche, desesperado ante la agonía de su viejo amigo, Shelley se desahogó y rompió su promesa de no revelar jamás la historia que Mijail le había confiado años atrás. Al escuchar sus palabras, comprendí que ni la policía ni el inspector Florián llegaron nunca a sospechar que perseguían a un fantasma. Mijail nunca fue un criminal ni un estafador. Mijail fue simplemente un hombre que creía que su destino era engañar a la muerte antes de que ella le engañase a él.»

«Mijail Kolvenik nació en los túneles de las alcantarillas de Praga el último día del siglo XIX.

Su madre era una criada de apenas diecisiete años que servía en un palacio de la gran nobleza. Su belleza e ingenuidad la habían convertido en la favorita de su señor. Cuando se supo que estaba embarazada, fue expulsada como un perro sarnoso a las calles cubiertas de nieve y suciedad. Marcada de por vida. En aquellos años el invierno barría con un manto de muerte las calles. Se decía que los desposeídos corrían a ocultarse en los viejos túneles del alcantarillado. La leyenda local hablaba de una auténtica ciudad de tinieblas bajo las calles de Praga en la que miles de desheredados pasaban su vida sin volver a ver la luz del Sol. Pordioseros, enfermos, huérfanos y fugitivos. Entre ellos se extendía el culto a un enigmático personaje al que llamaban el Príncipe de los Mendigos. Se decía que no tenía edad, que su rostro era el de un ángel y que su mirada era de fuego. Que vivía envuelto en un manto de mariposas negras que cubrían su cuerpo y que acogía en su reino a quienes la crueldad del mundo había negado una posibilidad de sobrevivir en la superficie. Buscando aquel mundo de sombras, la joven se internó en los subterráneos para sobrevivir. Pronto descubrió que la leyenda era cierta. Las gentes de los túneles vivían en la tiniebla y formaban su propio mundo.

Tenían sus propias leyes. Y su propio Dios: el Príncipe de los Mendigos. Nadie le había visto jamás, pero todos creían en él y dejaban ofrendas en su honor. Todos ellos marcaban a fuego su piel con el emblema de la mariposa negra. La profecía decía que, algún día, un mesías enviado por el Príncipe de los Mendigos llegaría a los túneles y daría su vida para redimir del sufrimiento a sus habitantes. La perdición de ese mesías vendría de sus propias manos.

Allí fue donde la joven madre dio a luz gemelos: Andrej y Mijail. Andrej llegó al mundo marcado por una terrible enfermedad. Sus huesos no conseguían solidificarse y su cuerpo crecía sin forma ni estructura. Uno de los habitantes de los túneles, un médico perseguido por la justicia, le explicó que la enfermedad era incurable. El fin era sólo una cuestión de tiempo. Sin embargo, su hermano Mijail era un muchacho de inteligencia despierta y carácter retraído que soñaba con abandonar algún día los túneles y emerger al mundo de la superficie. A menudo fantaseaba con la idea de que tal vez él era el mesías esperado. Nunca supo quién había sido su padre, así que en su mente adoptó para ese papel al Príncipe de los Mendigos, a quien creía escuchar en sus sueños. No había en él signos aparentes del terrible mal que acabaría con la vida de su hermano. Efectivamente, Andrej murió a los siete años sin haber salido jamás de las alcantarillas. Cuando su gemelo falleció, su cuerpo fue entregado a las corrientes subterráneas siguiendo el ritual de las gentes de los túneles. Mijail preguntó a su madre por qué había sucedido algo así.

—Es la voluntad de Dios, Mijail —le respondió su madre.

Mijail nunca olvidaría aquellas palabras. La muerte del pequeño Andrej fue un golpe que su madre no llegó a superar. Durante el invierno siguiente, enfermó de neumonía. Mijail estuvo a su lado hasta el último momento, sosteniendo su mano temblorosa. Tenía veintiséis años y el rostro de una anciana.

—¿Es ésta la voluntad de Dios, madre? —preguntó Mijail a un cuerpo sin vida.

Nunca obtuvo respuesta. Días más tarde el joven Mijail emergió a la superficie. Ya nada le ataba al mundo subterráneo. Muerto de hambre y frío, buscó refugio en un portal. El azar quiso que un médico que volvía de una visita, Antonin Kolvenik, le encontrase allí. El doctor le recogió y le llevó a una taberna donde le hizo comer caliente.

—¿Cómo te llamas, muchacho?

—Mijail, señor.

Antonin Kolvenik palideció.

—Tuve un hijo que se llamaba como tú. Murió. ¿Dónde está tu familia?

—No tengo familia.

—¿Dónde está tu madre?

—Dios se la ha llevado.

El doctor asintió gravemente. Tomó su maletín y extrajo un artilugio que a Mijail le dejó boquiabierto. Mijail entrevió otros instrumentos en el interior. Relucientes. Prodigiosos.

El doctor posó el extraño chisme sobre su pecho y se llevó dos extremos a los oídos.

—¿Qué es eso?

—Sirve para escuchar lo que dicen tus pulmones... Respira hondo.

—¿Es usted un mago? —preguntó Mijail, atónito.

El doctor sonrió.

—No, no soy un mago. Sólo soy un médico.

—¿Cuál es la diferencia?

Antonin Kolvenik había perdido a su esposa y a su hijo en un brote de cólera años atrás. Ahora vivía solo, mantenía una modesta consulta como cirujano y una pasión por las obras de Richard Wagner. Observó a aquel muchacho andrajoso con curiosidad y compasión. Mijail blandió aquella sonrisa que ofrecía lo mejor de él.

El doctor Kolvenik decidió tomarle bajo su protección y llevarle a vivir a su casa. Allí pasó los siguientes diez años. Del buen doctor recibió una educación, un hogar y un nombre. Mijail era apenas un adolescente cuando empezó a asistir a su padre adoptivo en sus operaciones y a aprender los misterios del cuerpo humano. La misteriosa voluntad de Dios se mostraba a través de complejos armazones de carne y hueso, animados por una chispa de magia incomprensible. Mijail absorbía aquellas lecciones ávidamente, con la certeza de que en aquella ciencia había un mensaje que esperaba ser descubierto.

Todavía no había cumplido los veinte años, cuando la muerte volvió a visitar a Mijail. La salud del viejo doctor flaqueaba desde hacía tiempo. Un ataque cardíaco destrozó la mitad de su corazón una Nochebuena mientras planeaban hacer un viaje para que Mijail conociese el sur de Europa. Antonin Kolvenik se moría. Mijail se juró que esta vez la muerte no se lo arrebataría.

—Mi corazón está cansado, Mijail —decía el viejo doctor—. Es hora de ir al encuentro de mi Frida y mi otro Mijail...

—Yo le daré otro corazón, padre.

El doctor sonrió. Aquel extraño joven y sus extravagantes ocurrencias... La única razón por la que temía abandonar este mundo era que iba a dejarle solo y desvalido. Mijail no tenía más amigos que los libros. ¿Qué iba a ser de él?

—Ya me has dado diez años de compañía, Mijail —le dijo—. Ahora debes pensar en ti. En tu futuro.

—No le voy a dejar morir, padre.

—Mijail, ¿te acuerdas de aquel día, cuando me preguntaste cuál era la diferencia entre un médico y un mago? Pues bien, Mijail, no hay magia. Nuestro cuerpo empieza a destruirse desde que nace. Somos frágiles. Criaturas pasajeras. Cuanto queda de nosotros son nuestras acciones, el bien o el mal que hacemos a nuestros semejantes. ¿Comprendes lo que quiero decirte, Mijail?

Diez días más tarde, la policía encontró a Mijail cubierto de sangre, llorando junto al cadáver del hombre al que había aprendido a llamar padre. Los vecinos habían alertado a las autoridades al sentir un extraño olor y al escuchar los aullidos del joven. El informe policial concluyó que Mijail, perturbado por la muerte del doctor, le había diseccionado y había tratado de reconstruir su corazón utilizando un mecanismo de válvulas y engranajes. Mijail fue internado en el manicomio de Praga, de donde escapó dos años más tarde fingiéndose muerto. Cuando las autoridades acudieron al depósito de cadáveres a buscar su cuerpo, encontraron sólo una sábana blanca y mariposas negras volando a su alrededor.

Mijail llegó a Barcelona con las semillas de su locura y del mal que se le manifestaría años más tarde. Mostraba poco interés por las cosas materiales y por la compañía de la gente. Nunca se enorgulleció de la fortuna que amasó. Solía decir que nadie merece tener un céntimo más de lo que estaba dispuesto a ofrecer a quienes lo necesitan más que él. La noche que le conocí, Mijail me dijo que, por alguna razón, la vida suele brindarnos aquello que no buscamos en ella. A él le trajo fortuna, fama y poder. Su alma sólo ansiaba paz de espíritu, poder acallar las sombras que albergaba su corazón...»

«En los meses que siguieron al incidente en su estudio, Shelley, Luis y yo nos confabulamos para mantener a Mijail alejado de sus obsesiones y distraerle. No era tarea fácil. Mijail siempre sabía cuándo le mentíamos, aunque no lo dijese. Nos seguía la corriente, fingiendo docilidad y mostrando resignación respecto a su enfermedad... Cuando le miraba a los ojos, sin embargo, leía en ellos la negrura que estaba inundando su alma. Había dejado de confiar en nosotros. Las condiciones de miseria en que vivíamos empeoraron. Los bancos habían embargado nuestras cuentas y los bienes de la Velo-Granell habían sido confiscados por el gobierno. Sentís, que creía que sus manejos iban a convertirle en el dueño absoluto de la empresa, se encontró en la ruina. Cuanto obtuvo fue el antiguo piso de Mijail en la calle Princesa. Nosotros sólo pudimos conservar aquellas propiedades que Mijail había puesto a mi nombre: el Gran Teatro Real, esta tumba inservible en la que acabé refugiándome, y un invernadero junto a los ferrocarriles de Sarriá que Mijail había utilizado en el pasado como taller para sus experimentos personales.

Para comer, Luis se encargó de vender mis joyas y mis vestidos al mejor postor. Mi ajuar de novia, que nunca llegué a utilizar, se convirtió en nuestra manutención. Mijail y yo apenas hablábamos. Él vagaba por nuestra mansión como un espectro, cada vez más deformado. Sus manos eran incapaces de sostener un libro. Sus ojos leían con dificultad. Ya no le escuchaba llorar. Ahora simplemente se reía. Su risa amarga a medianoche me helaba la sangre. Con sus manos atrofiadas escribía en un cuaderno con letra ilegible páginas y páginas cuyo contenido desconocíamos. Cuando el doctor Shelley acudía a visitarle, Mijail se encerraba en su estudio y se negaba a salir hasta que su amigo se había marchado. Le confesé a Shelley mi temor de que Mijail estuviese pensando en quitarse la vida. Shelley me dijo que él temía algo peor. No supe o no quise entender a qué se refería.

Otra idea descabellada me rondaba la cabeza desde hacía tiempo. Creí ver en ella el modo de salvar a Mijail y nuestro matrimonio. Decidí tener un hijo. Estaba convencida de que, si conseguía darle un hijo, Mijail descubriría un motivo para seguir viviendo y para regresar a mi lado. Me dejé llevar por aquella ilusión. Todo mi cuerpo ardía en ansias de concebir aquella criatura de salvación y esperanza. Soñaba con la idea de criar a un pequeño Mijail, puro e inocente. Mi corazón anhelaba volver a tener otra versión de su padre, libre de todo mal. No podía dejar que Mijail sospechase lo que tramaba o se negaría en redondo. Bastante trabajo iba a costarme encontrar el momento de estar a solas con él. Como digo, hacía ya tiempo que Mijail me rehuía. Su deformidad le hacía sentirse incómodo en mi presencia. La enfermedad estaba empezando a afectarle el habla. Balbuceaba, lleno de rabia y vergüenza. Sólo podía ingerir líquidos. Mis esfuerzos por mostrar que su estado no me repelía, que nadie mejor que yo entendía y compartía su sufrimiento, sólo parecían empeorar la situación. Pero tuve paciencia y, por una vez en la vida, creí engañar a Mijail. Sólo me engañé a mí misma. Aquél fue el peor de mis errores. Cuando anuncié a Mijail que íbamos a tener un hijo, su reacción me inspiró terror. Desapareció durante casi un mes. Luis le encontró en el viejo invernadero de Sarriá semanas más tarde, sin conocimiento. Había estado trabajando sin descanso. Había reconstruido su garganta y su boca. Su apariencia era monstruosa. Se había dotado de una voz profunda, metálica y malévola. Sus mandíbulas estaban marcadas con colmillos de metal. Su rostro era irreconocible excepto en los ojos. Bajo aquel horror, el alma del Mijail que yo amaba aún seguía quemándose en su propio infierno. Junto a su cuerpo, Luis encontró una serie de mecanismos y cientos de planos. Hice que Shelley les echase un vistazo mientras Mijail se recuperaba con un largo sueño del que no despertó en tres días. Las conclusiones del doctor fueron espeluznantes. Mijail había perdido completamente la razón. Estaba planeando reconstruir completamente su cuerpo antes de que la enfermedad le consumiese por completo. Le recluimos en lo alto de la torre, en una celda inexpugnable. Di a luz a nuestra hija mientras escuchaba los alaridos salvajes de mi marido, encerrado como una bestia. No compartí ni un día con ella. El doctor Shelley se hizo cargo de ella y juró criarla como a su propia hija. Se llamaría María y, al igual que yo, nunca llegó a conocer a su verdadera madre. La poca vida que me quedaba en el corazón partió con ella, pero yo sabía que no tenía elección. La tragedia inminente se respiraba en el aire. La podía sentir como un veneno. Sólo cabía esperar. Como siempre, el golpe final llegó desde donde menos lo esperábamos.»

«Benjamín Sentís, a quien la envidia y la codicia habían llevado a la ruina, había estado tramando su venganza. Ya en su día se había sospechado que fue él quien había ayudado a Sergei a escapar cuando me atacó en la catedral. Como en la oscura profecía de las gentes de los túneles, las manos que Mijail le había dado años atrás sólo habían servido para tejer el infortunio y la traición. La última noche de 1948 Benjamín Sentís regresó para asestar la puñalada definitiva a Mijail, a quien odiaba profundamente.

Durante aquellos años mis antiguos tutores, Sergei y Tatiana, habían estado viviendo en la clandestinidad. También ellos estaban ansiosos de venganza. La hora había llegado. Sentís sabía que la brigada de Florián planeaba hacer un registro en nuestra casa del parque Güell al día siguiente, en busca de las supuestas pruebas incriminatorias contra Mijail. Si ese registro llegaba a producirse, sus mentiras y sus engaños quedarían al descubierto. Poco antes de las doce, Sergei y Tatiana vaciaron varios bidones repletos de gasolina alrededor de nuestra vivienda. Sentís, siempre el cobarde en la sombra, vio prender las primeras llamas desde el coche y luego desapareció de allí.

Cuando desperté, el humo azul ascendía por las escalinatas. El fuego se esparció en cuestión de minutos. Luis me rescató y consiguió salvar nuestras vidas saltando desde el balcón al cobertizo de los garajes y, desde allí, al jardín. Cuando nos volvimos, las llamas envolvían comple-

tamente las dos primeras plantas y ascendían hacia el torreón, donde manteníamos encerrado a Mijail. Quise correr hacia las llamas para rescatarle, pero Luis, ignorando mis gritos y mis golpes, me retuvo en sus brazos. En
ese instante descubrimos a Sergei y a Tatiana. Sergei reía
como un demente. Tatiana temblaba en silencio, sus manos apestando a gasolina. Lo que sucedió después lo recuerdo como una visión arrancada de una pesadilla. Las
llamas habían alcanzado la cima del torreón. Los ventanales estallaron en una lluvia de cristales. Súbitamente,
una figura emergió entre el fuego. Creí ver un ángel negro precipitarse sobre los muros. Era Mijail. Reptaba
como una araña sobre las paredes, a las que se aferraba
con las garras de metal que se había construido. Se desplazaba a una velocidad espeluznante. Sergei y Tatiana lo
contemplaban atónitos, sin comprender lo que estaban
presenciando. La sombra se lanzó sobre ellos y, con una
fuerza sobrehumana, los arrastró hacia el interior. Al ver-
los desaparecer en aquel infierno, perdí el sentido.

Luis me llevó al único refugio que nos quedaba, las
ruinas del Gran Teatro Real. Éste ha sido nuestro hogar
hasta hoy. Al día siguiente los diarios anunciaron la tragedia. Dos cuerpos habían sido encontrados abrazados
en el desván, carbonizados. La policía dedujo que éramos Mijail y yo. Sólo nosotros sabíamos que en realidad
se trataba de Sergei y Tatiana. Nunca se encontró un tercer cuerpo. Aquel mismo día Shelley y Luis acudieron al
invernadero de Sarriá en busca de Mijail. No había rastro
de él. La transformación estaba a punto de completarse.
Shelley recogió todos sus papeles, sus planos y sus escritos para no dejar ninguna evidencia. Durante semanas
los estudió, esperando encontrar en ellos la clave para lo-

calizar a Mijail. Sabíamos que estaba oculto en algún lugar de la ciudad, esperando, ultimando su transformación. Gracias a sus escritos, Shelley averiguó el plan de Mijail. Los diarios describían un suero desarrollado con la esencia de las mariposas que había criado durante años, el suero con el que había visto a Mijail resucitar el cadáver de una mujer en la fábrica de la Velo-Granell. Finalmente, comprendí lo que se proponía. Mijail se había retirado a morir. Necesitaba desprenderse de su último aliento de humanidad para poder cruzar al otro lado. Como la mariposa negra, su cuerpo se iba a enterrar para renacer de las tinieblas. Y cuando regresara, ya no lo haría como Mijail Kolvenik. Lo haría como una bestia.»

Sus palabras resonaron con el eco del Gran Teatro.

—Durante meses no tuvimos noticias de Mijail ni encontramos su escondite —continuó Eva Irinova—. En el fondo albergábamos la esperanza de que su plan fracasase. Estábamos equivocados. Un año después del incendio, dos inspectores acudieron a la Velo-Granell, alertados por un chivatazo anónimo. Por supuesto, Sentís otra vez. Al no haber tenido noticias de Sergei y Tatiana, sospechaba que Mijail seguía vivo. Las instalaciones de la fábrica estaban clausuradas y nadie tenía acceso a ellas. Los dos inspectores sorprendieron a un intruso en el interior. Dispararon y vaciaron sus cargadores sobre él, pero...

—Por eso nunca se encontraron balas —recordé las palabras de Florián—. El cuerpo de Kolvenik absorbió todos los impactos...

La anciana dama asintió.

—Los cuerpos de los policías fueron encontrados despedazados —dijo—. Nadie se explicaba lo que había sucedido. Excepto Shelley, Luis y yo. Mijail había regresado. En los días siguientes, todos los miembros del antiguo comité de dirección de la Velo-Granell que le habían traicionado encontraron la muerte en circunstancias poco claras. Sospechábamos que Mijail se ocultaba en las alcantarillas y utilizaba sus túneles para desplazarse por la ciudad. No era un mundo desconocido para él. Sólo quedaba un interrogante. ¿Por qué motivo había acudido a la fábrica? Una vez más, sus cuadernos de trabajo nos dieron la respuesta: el suero. Necesitaba inyectarse el suero para mantenerse vivo. Las reservas del torreón habían sido destruidas y las que conservaba en el invernadero sin duda se le habían agotado. El doctor Shelley sobornó a un oficial de la policía para poder entrar en la fábrica. Allí encontramos un armario con los dos últimos frascos de suero. Shelley guardó uno en secreto. Después de una vida entera combatiendo la enfermedad, la muerte y el dolor, no era capaz de destruir aquel suero. Necesitaba estudiarlo, desvelar sus secretos... Al analizarlo, consiguió sintetizar un compuesto a base de mercurio con el que pretendía neutralizar su poder. Impregnó doce balas de plata con ese compuesto y las guardó, esperando no tener que emplearlas jamás.

Comprendí que aquéllas eran las balas que Shelley entregó a Luis Claret. Yo seguía vivo gracias a ellas.

—¿Y Mijail? —preguntó Marina—. Sin el suero...

—Encontramos su cadáver en una alcantarilla bajo el Barrio Gótico —dijo Eva Irinova—. Lo que quedaba de él, pues se había convertido en un engendro infernal que hedía a la carroña putrefacta con la que se había construido...

La anciana alzó la vista hacia su viejo amigo Luis. El chófer tomó la palabra y completó la historia.

—Enterramos el cuerpo en el cementerio de Sarriá, en una tumba sin nombre —explicó—. Oficialmente, el señor Kolvenik había muerto un año atrás. No podíamos desvelar la verdad. Si Sentís descubría que la señora seguía viva, no descansaría hasta destruirla también. Nos condenamos a nosotros mismos a una vida secreta en este lugar...

—Durante años, creí que Mijail descansaba en paz. Acudía allí el último domingo de cada mes, como el día en que le conocí, para visitarle y recordarle que pronto, muy pronto, volveríamos a reunirnos... Vivíamos en un mundo de recuerdos y, sin embargo, nos olvidamos de algo esencial...

—¿De qué? —pregunté.

—De María, nuestra hija.

Marina y yo intercambiamos una mirada. Recordé que Shelley había tirado la fotografía que le habíamos mostrado a las llamas. La niña que aparecía en aquella imagen era María Shelley.

Al llevarnos el álbum del invernadero, habíamos robado a Mijail Kolvenik el único recuerdo que tenía de la hija que no había llegado a conocer.

—Shelley crió a María como hija suya, pero ella siempre intuyó que la historia que el doctor le había explicado no era cierta, eso de que su madre había muerto al dar a luz... Shelley nunca supo mentir. Con el tiempo,

María encontró los viejos cuadernos de Mijail en el estudio del doctor y reconstruyó la historia que os he explicado. María nació con la locura de su padre. Recuerdo que, el día que le anuncié a Mijail que estaba embarazada, él sonrió. Aquella sonrisa me llenó de inquietud, aunque entonces no supe por qué. Sólo años más tarde descubrí en los escritos de Mijail que la mariposa negra de las alcantarillas se alimenta de sus propias crías y que, al enterrarse para morir, lo hace con el cuerpo de una de sus larvas, a la que devora al resucitar... Cuando vosotros descubristeis el invernadero al seguirme desde el cementerio, también María encontró al fin lo que llevaba años buscando. El frasco de suero que Shelley ocultaba... Y treinta años después, Mijail volvió de la muerte. Ha estado alimentándose de ella desde entonces, rehaciéndose de nuevo con los pedazos de otros cuerpos, adquiriendo fuerza, creando a otros como él...

Tragué saliva y recordé lo que había visto la noche anterior en los túneles.

—Cuando comprendí lo que estaba sucediendo —continuó la dama—, quise advertir a Sentís de que él sería el primero en caer. Para no desvelar mi identidad, te utilicé a ti, Óscar, con aquella tarjeta. Creí que, al verla y al oír lo poco que vosotros sabíais, el miedo le haría reaccionar y se protegería. Una vez más, sobreestimé al viejo mezquino... Quiso ir al encuentro de Mijail y destruirle. Arrastró a Florián con él... Luis acudió al cementerio de Sarriá y comprobó que la tumba estaba vacía. Al principio sospechamos que Shelley nos había traicionado. Creíamos que era él quien había estado visitando el invernadero, construyendo nuevas criaturas... Tal vez no quería morir sin comprender los misterios que Mijail había dejado sin explicación... Nunca estuvimos seguros acerca de él. Cuando comprendimos que estaba protegiendo a María, era demasiado tarde... Ahora Mijail vendrá a por nosotros.

—¿Por qué? —preguntó Marina—. ¿Por qué habría de volver a este lugar?

La dama desabrochó en silencio los dos botones superiores de su vestido y extrajo la cadena de una medalla. La cadena sostenía un frasco de cristal en cuyo interior relucía un líquido de color esmeralda.

—Por esto —dijo.

24

Estaba contemplando al trasluz el frasco de suero cuando lo escuché. Marina también lo había oído. Algo se arrastraba sobre la cúpula del teatro.

—Están aquí —dijo Luis Claret desde la puerta, con la voz sombría.

Eva Irinova, sin mostrar sorpresa, guardó de nuevo el suero. Vi cómo Luis Claret sacaba su revólver y comprobaba el cargador. Las balas de plata que le había dado Shelley brillaban en el interior.

—Ahora debéis marcharos —nos ordenó Eva Irinova—. Ya sabéis la verdad. Aprended a olvidarla.

Su rostro estaba oculto tras el velo y su voz mecánica carecía de expresión. Se me hizo imposible deducir la intención de sus palabras.

—Su secreto está a salvo con nosotros —dije de todas formas.

—La verdad siempre está a salvo de la gente —replicó Eva Irinova—. Marchaos ya.

Claret nos indicó que le siguiéramos y abandonamos el camerino. La Luna proyectaba un rectángulo de luz plateada sobre el escenario a través de la cúpula cristalina. Sobre él, recortadas como sombras danzantes, se apreciaban las siluetas de Mijail Kolvenik y sus criaturas. Alcé la vista y me pareció distinguir casi una docena de ellos.

—Dios mío... —murmuró Marina junto a mí.

Claret estaba mirando en la misma dirección. Vi miedo en su mirada. Una de las siluetas descargó un golpe brutal sobre el techo. Claret tensó el percutor de su revólver y apuntó. La criatura seguía golpeando y en cuestión de segundos el vidrio cedería.

—Hay un túnel bajo el foso de la orquesta que cruza la platea hasta el vestíbulo —nos informó Claret sin apartar los ojos de la cúpula—. Encontraréis una trampilla bajo la escalinata principal que da a un pasadizo. Seguidlo hasta una salida de incendios...

—¿No sería más fácil volver por donde hemos venido? —pregunté—. A través de su piso...

—No. Ya han estado allí...

Marina me agarró y tiró de mí.

—Hagamos lo que dice, Óscar.

Miré a Claret. En sus ojos se podía leer la fría serenidad de quien va al encuentro de la muerte con el rostro descubierto. Un segundo más tarde, la lámina de cristal de la cúpula estalló en mil pedazos y una criatura lobuna se abalanzó sobre el escenario, aullando. Claret le disparó al cráneo y acertó de pleno, pero arriba se recortaban ya las siluetas de los demás engendros. Reconocí a Kolvenik al instante, en el centro. A una señal suya, todos se deslizaron reptando hacia el teatro.

Marina y yo saltamos al foso de la orquesta y seguimos las indicaciones de Claret mientras éste nos cubría las espaldas. Escuché otro disparo, ensordecedor. Me volví por última vez antes de entrar en el estrecho pasadizo. Un cuerpo envuelto en harapos sanguinolentos se precipitó de un salto sobre el escenario y se lanzó contra Claret. El impacto de la bala le abrió un orificio humeante en el pecho del tamaño de un puño. El cuerpo seguía avanzando cuando cerré la trampilla y empujé a Marina hacia el interior.

—¿Qué va a ser de Claret?

—No sé —mentí—. Corre.

Nos lanzamos a través del túnel. No debía de tener más de un metro de ancho por metro y medio de alto. Era necesario agacharse para avanzar y palpar los muros para no perder el equilibrio. Apenas nos habíamos adentrado unos metros cuando notamos pasos sobre nosotros. Nos estaban siguiendo sobre la platea, rastreándonos. El eco de los disparos se hizo más y más intenso. Me pregunté cuánto tiempo y cuántas balas le quedarían a Claret antes de ser despedazado por aquella jauría.

De golpe alguien levantó una lámina de madera podrida sobre nuestras cabezas. La luz penetró como una cuchilla, cegándonos, y algo cayó a nuestros pies, un peso muerto. Claret. Sus ojos estaban vacíos, sin vida. El cañón de su pistola en sus manos aún humeaba. No había marcas ni heridas aparentes en su cuerpo, pero algo estaba fuera de lugar. Marina miró por encima de mí y gimió. Le habían quebrado el cuello con una fuerza brutal y su rostro daba a la espalda. Una sombra nos cubrió y observé cómo una mariposa negra se posaba sobre el fiel amigo de Kolvenik. Distraído, no me percaté de la presencia de Mijail hasta que éste atravesó la madera reblandecida y rodeó con su garra la garganta de Marina. La alzó a peso y se la llevó de mi lado antes de que pudiera sujetarla.

Grité su nombre. Y entonces me habló. No olvidaré jamás su voz.

—Si quieres volver a ver a tu amiga en un solo pedazo, tráeme el frasco.

No conseguí articular un solo pensamiento durante varios segundos. Luego la angustia me devolvió a la realidad. Me incliné sobre el cuerpo de Claret y forcejeé para apoderarme del arma. Los músculos de su mano estaban agarrotados en el espasmo final. El dedo índice estaba clavado en el gatillo. Retirando dedo a dedo, conseguí finalmente mi objetivo. Abrí el tambor y comprobé que no quedaba munición. Palpé los bolsillos de Claret en busca de más balas. Encontré la segunda carga de munición, seis balas de plata con la punta horadada, en el interior de la chaqueta. El pobre hombre no había tenido tiempo de recargar la pistola. La sombra del amigo a quien había dedicado su existencia le había arrancado la vida con un golpe seco y brutal antes de que pudiera hacerlo. Tal vez, después de tantos años temiendo aquel encuentro, Claret había sido incapaz de disparar sobre Mijail Kolvenik, o lo que quedaba de él. Poco importaba ya.

Temblando, trepé por los muros del túnel hasta la platea y partí en busca de Marina.

Las balas del doctor Shelley habían dejado un rastro de cuerpos sobre el escenario. Otros habían quedado ensartados en las lamparas suspendidas, sobre los palcos... Luis Claret se había llevado por delante la jauría de bestias que acompañaba a Kolvenik. Viendo los cadáveres abatidos, engendros monstruosos, no pude evitar pensar que aquél era el mejor destino al que podían aspirar. Desprovistos de vida, la artificialidad de los injertos y las piezas que los formaban se hacía más evidente. Uno de los cuerpos estaba tendido sobre el pasillo central de la platea, boca arriba, con las mandíbulas desencajadas. Crucé sobre él. El vacío en sus ojos opacos me infundió una profunda sensación de frío. No había nada en ellos. Nada.

Me aproximé al escenario y trepé hasta las tablas. La luz en el camerino de Eva Irinova seguía encendida, pero no había nadie allí. El aire olía a carroña. Un rastro de dedos ensangrentados se distinguía sobre las viejas fotografías en las paredes. Kolvenik. Escuché un crujido a mi espalda y me volví con el revólver en alto. Distinguí pasos alejándose.

—¿Eva? —llamé.

Volví al escenario y vislumbré un círculo de luz ámbar en el anfiteatro. Al acercarme percibí la silueta de Eva Irinova. Sostenía un candelabro en las manos y contemplaba las ruinas del Gran Teatro Real. Las ruinas de su vida. Se volvió y, lentamente, alzó las llamas hasta las lenguas raídas de terciopelo que pendían de los palcos. La tela reseca prendió en seguida. Así, fue sembrando el rastro de un fuego que rápidamente se extendió sobre las paredes de los palcos, los esmaltes dorados de los muros y las butacas.

—¡No! —grité.

Ella ignoró mi llamada y desapareció por la puerta que conducía a las galerías tras los palcos. En cuestión de segundos las llamas se extendieron en una plaga rabiosa que reptaba y absorbía cuanto encontraba a su paso. El brillo de las llamas desveló un nuevo rostro del Gran Teatro. Sentí una oleada de calor y el olor a madera y pintura quemadas me mareó.

Seguí con la vista el ascenso de las llamas. Distinguí en lo alto la maquinaria de la tramoya, un complejo sistema de cuerdas, telones, poleas, decorados suspendidos y pasarelas. Dos ojos encendidos me observaban desde las alturas. Kolvenik. Sujetaba a Marina con una sola mano como a un juguete. Le vi desplazarse entre los andamios con agilidad felina. Me volví y comprobé que las llamas se habían extendido a lo largo de todo el primer piso y que empezaban a escalar a los palcos del segundo. El orificio en la cúpula alimentaba el fuego, creando una inmensa chimenea.

Me apresuré hacia las escalinatas de madera. Los escalones ascendían en zigzag y temblaban a mi paso. Me detuve a la altura del tercer piso y alcé la vista. Había perdido a Kolvenik. Justo entonces sentí unas garras clavándose sobre mi espalda. Me revolví para escapar de su abrazo mortal y vi a una de las criaturas de Kolvenik. Los disparos de Claret habían segado uno de sus brazos, pero seguía viva. Tenía una larga cabellera y su rostro había sido alguna vez el de una mujer. La apunté con el revólver, pero no se detuvo. Súbitamente, me asaltó la certidumbre de que había visto aquel rostro. El brillo de las llamas desveló lo que quedaba de su mirada. Sentí que la garganta se me secaba.

—¿María? —balbuceé.

La hija de Kolvenik, o la criatura que habitaba en su carcasa, se detuvo un instante, dudando.

—¿María? —llamé de nuevo.

Nada quedaba del aura angelical que recordaba en ella. Su belleza había sido mancillada. Una alimaña patética y escalofriante ocupaba su lugar. Su piel estaba todavía fresca. Kolvenik había trabajado rápido. Bajé el revólver y traté de alargar una mano hacia aquella pobre mujer. Quizá aún había una esperanza para ella.

—¿María? ¿Me reconoce? Soy Óscar. Óscar Drai. ¿Me recuerda?

María Shelley me miró intensamente. Por un instante, un destello de vida asomó a su mirada. La vi derramar lágrimas y alzar sus manos. Contempló las grotescas garras de metal que brotaban de sus brazos y la oí gemir. Le tendí mi mano. María Shelley dio un paso atrás, temblando.

Una bocanada de fuego estalló sobre una de las barras que sostenían el telón principal. La lámina de tela raída se desprendió en un manto de fuego. Las cuerdas que lo habían sostenido salieron despedidas en látigos de llamas y la pasarela sobre la que nos sosteníamos fue alcanzada de pleno. Una línea de fuego se dibujó entre nosotros. Tendí de nuevo mi mano a la hija de Kolvenik.

—Por favor, tome mi mano.

Se retiró, rehuyéndome. Su rostro estaba cubierto de lágrimas. La plataforma a nuestros pies crujió.

—María, por favor...

La criatura observó las llamas, como si viera algo en ellas. Me dirigió una última mirada que no supe comprender y aferró la cuerda ardiente que había quedado tendida sobre la plataforma. El fuego se extendió por su brazo, al torso, a sus cabellos, sus ropas y su rostro. La vi arder como si fuera una figura de cera hasta que las tablas cedieron a sus pies y su cuerpo se precipitó al abismo.

Corrí hacia una de las salidas del tercer piso. Tenía que encontrar a Eva Irinova y salvar a Marina.

—¡Eva! —grité cuando por fin la localicé.

Ignoró mi llamada y siguió avanzando. La alcancé en la escalinata central de mármol. La agarré del brazo con fuerza y la detuve. Ella forcejeó para librarse de mí.

—Tiene a Marina. Si no le entrego el suero, la matará.

—Tu amiga ya está muerta. Sal de aquí mientras puedas.

—¡No!

Eva Irinova miró a nuestro alrededor. Espirales de humo se deslizaban por las escalinatas. No quedaba mucho tiempo.

—No puedo irme sin ella...

—No lo entiendes —replicó—. Si te entrego el suero, él os matará a los dos y nadie podrá detenerle.

—Él no quiere matar a nadie. Sólo quiere vivir.

—Sigues sin entenderlo, Óscar —dijo Eva—. No puedo hacer nada. Todo está en manos de Dios.

Con estas palabras se volvió y se alejó de mí.

—Nadie puede hacer el trabajo de Dios. Ni siquiera usted —dije, recordándole sus propias palabras.

Se detuvo. Alcé el revólver y apunté. El chasquido del percutor al tensarse se perdió en el eco de la galería. Eso hizo que se diese la vuelta.

—Sólo estoy tratando de salvar el alma de Mijail —dijo.

—No sé si podrá salvar el alma de Kolvenik, pero la suya sí.

La dama me miró en silencio, enfrentándose a la amenaza del revólver en mis manos temblorosas.

—¿Serías capaz de dispararme a sangre fría? —me preguntó.

No respondí. No sabía la respuesta. Lo único que ocupaba mi mente era la imagen de Marina en las garras de Kolvenik y los escasos minutos que quedaban antes de que las llamas abriesen definitivamente las puertas del infierno sobre el Gran Teatro Real.

—Tu amiga debe de significar mucho para ti.

Asentí y me pareció que aquella mujer esbozaba la sonrisa más triste de su vida.

—¿Lo sabe ella? —preguntó.

—No lo sé —dije sin pensar.

Asintió lentamente y vi que sacaba el frasco esmeralda.

—Tú y yo somos iguales, Óscar. Estamos solos y condenados a querer a alguien sin salvación...

Me tendió el frasco y yo bajé el arma. La dejé en el suelo y tomé el frasco en mis manos. Mientras lo examinaba sentí que me había quitado un peso de encima. Iba a darle las gracias, pero Eva Irinova ya no estaba allí. El revólver tampoco.

Cuando llegué al último piso todo el edificio agonizaba a mis pies. Corrí hacia el extremo de la galería en busca de una entrada a la bóveda de la tramoya. Súbitamente una de las puertas salió proyectada del marco envuelta en llamas. Un río de fuego inundó la galería. Estaba atrapado. Miré desesperadamente a mi alrededor y sólo vi una salida. Las ventanas que daban al exterior. Me acerqué a los cristales empañados por el humo y distinguí una estrecha cornisa al otro lado. El fuego se abría paso hacia mí. Los cristales de la ventana se astillaron como tocados por un aliento infernal. Mis ropas humeaban. Podía sentir las llamas en la piel. Me ahogaba. Salté a la cornisa. El aire frío de la noche me golpeó y vi que las calles de Barcelona se extendían muchos metros bajo mis pies. La visión era sobrecogedora. El fuego había envuelto completamente el Gran Teatro Real. El andamiaje se había desplomado, convertido en cenizas. La antigua fachada se alzaba igual que un majestuoso palacio barroco, una catedral de llamas en el centro del Raval. Las sirenas de los bomberos aullaban como si se lamentaran de su impotencia. Junto a la aguja de metal en la que convergía la red de nervios de acero de la cúpula, Kolvenik sujetaba a Marina.

—¡Marina! —chillé.

Di un paso hacia el frente y me aferré a un arco de metal instintivamente para no caer. Estaba ardiendo. Aullé de dolor y retiré la mano. La palma ennegrecida humeaba. En aquel instante, una nueva sacudida recorrió la estructura y adiviné lo que iba a suceder. Con un estruendo ensordecedor, el teatro se desplomó y sólo el esqueleto de metal permaneció intacto, desnudo. Una telaraña de aluminio tendida sobre un infierno. En su centro, se alzaba Kolvenik. Pude ver el rostro de Marina. Estaba viva. Así que hice lo único que podía salvarla.

Tomé el frasco y lo alcé a la vista de Kolvenik. Separó a Marina de su cuerpo y la acercó al precipicio. La oí gritar. Luego tendió su garra abierta al vacío. El mensaje estaba claro. Frente a mí se extendía una viga como un puente. Avancé hacia ella.

—¡Óscar, no! —suplicó Marina.

Clavé los ojos sobre la estrecha pasarela y me aventuré. Sentí cómo la suela de mis zapatos se deshacía a cada paso. El viento asfixiante que ascendía del fuego rugía a mi alrededor. Paso a paso, sin separar los ojos de la pasarela, como un equilibrista. Miré al frente y descubrí a una Marina aterrada. ¡Estaba sola! Al ir a abrazarla, Kolvenik se alzó tras ella. La aferró de nuevo y la sostuvo sobre el vacío. Extraje el frasco e hice lo propio, dándole a entender que lo lanzaría a las llamas si no la soltaba. Recordé las palabras de Eva Irinova: «Os matará a los dos...» Así que abrí el frasco y vertí un par de gotas en el abismo. Kolvenik lanzó a Marina contra una estatua de bronce y se abalanzó sobre mí. Salté para esquivarle y el frasco se me resbaló entre los dedos.

El suero se evaporaba al contacto con el metal ardiente. La garra de Kolvenik lo detuvo cuando apenas quedaban ya unas gotas en su interior. Kolvenik cerró su puño de metal sobre el frasco y lo hizo añicos. Unas gotas esmeralda se desprendieron de sus dedos. Las llamas iluminaron su rostro, un pozo de odio y rabia incontenibles. Entonces empezó a avanzar hacia nosotros. Marina aferró mis manos y las apretó con fuerza. Cerró sus ojos y yo hice lo mismo. Sentí el hedor putrefacto de Kolvenik a unos centímetros y me preparé para sentir el impacto.

El primer disparo atravesó silbando entre las llamas. Abrí los ojos y vi la silueta de Eva Irinova avanzando como lo había hecho yo. Sostenía el revólver en alto. Una rosa de sangre negra se abrió en el pecho de Kolvenik. El segundo disparo, más cercano, destrozó una de sus manos. El tercero le alcanzó en el hombro. Retiré a Marina de allí. Kolvenik se volvió hacia Eva, tambaleándose. La dama de negro avanzaba lentamente. Su arma le apuntaba sin piedad. Oí gemir a Kolvenik. El cuarto disparo le abrió un agujero en el vientre. El quinto y último le dibujó un orificio negro entre los ojos. Un segundo más tarde, Kolvenik se desplomó de rodillas. Eva Irinova dejó caer la pistola y corrió a su lado. Le rodeó con sus brazos y le acunó. Los ojos de ambos volvieron a encontrarse y pude ver que ella acariciaba aquel rostro monstruoso. Lloraba.

—Llévate a tu amiga de aquí —dijo sin mirarme.

Asentí. Guié a Marina a través de la pasarela hasta la cornisa del edificio. Desde allí conseguimos llegar hasta los tejados del anexo y ponernos a salvo del fuego. Antes de perderla de vista, nos volvimos. La dama negra envolvía en su abrazo a Mijaïl Kolvenik. Sus siluetas se recortaron entre las llamas hasta que el fuego las envolvió por completo. Creí ver el rastro de sus cenizas esparciéndose al viento, flotando sobre Barcelona hasta que el amanecer se las llevó para siempre.

Al día siguiente los diarios hablaron del mayor incendio en la historia de la ciudad, de la vieja historia del Gran Teatro Real y de cómo su desaparición borraba los últimos ecos de una Barcelona perdida. Las cenizas habían tendido un manto sobre las aguas del puerto. Seguirían cayendo sobre la ciudad hasta el crepúsculo. Fotografías tomadas desde Montjuïc ofrecían la visión dantesca de una pira infernal que ascendía al cielo. La tragedia adquirió un nuevo rostro cuando la policía desveló que sospechaba que el edificio había sido ocupado por indigentes y que varios de ellos habían quedado atrapados en los escombros. Nada se sabía acerca de la identidad de los dos cuerpos carbonizados que se encontraron abrazados en lo alto de la cúpula. La verdad, como había predicho Eva Irinova, estaba a salvo de la gente.

Ningún diario mencionó la vieja historia de Eva Irinova y de Mijail Kolvenik. A nadie le interesaba ya. Recuerdo aquella mañana con Marina frente a uno de los quioscos de las Ramblas. La primera página de *La Vanguardia* abría a cinco columnas:

¡ARDE BARCELONA!

Curiosos y madrugadores se apresuraban a comprar la primera edición, preguntándose quién había esmaltado el cielo de plata. Lentamente nos alejamos hacia la Plaza Cataluña mientras las cenizas seguían lloviendo a nuestro alrededor como copos de nieve muerta.

25

En los días que siguieron al incendio del Gran Teatro Real, una oleada de frío se abatió sobre Barcelona. Por primera vez en muchos años, un manto de nieve cubrió la ciudad desde el puerto a la cima del Tibidabo. Marina y yo, en compañía de Germán, pasamos unas navidades de silencios y miradas esquivas. Marina apenas mencionaba lo sucedido y empecé a advertir que rehuía mi compañía y que prefería retirarse a su habitación a escribir. Yo mataba las horas jugando con Germán interminables partidas de ajedrez en la gran sala al calor de la chimenea. Veía nevar y esperaba el momento de estar a solas con Marina. Un momento que nunca llegaba.

Germán fingía no advertir lo que pasaba y trataba de animarme dándome conversación.

—Marina dice que quiere ser usted arquitecto, Óscar.

Yo asentía, sin saber ya lo que realmente deseaba. Pasaba las noches en vela, recomponiendo las piezas de la historia que habíamos vivido. Intenté alejar de mi memoria el fantasma de Kolvenik y Eva Irinova. En más de una ocasión pensé en visitar al viejo doctor Shelley para relatarle lo sucedido. Me faltó valor para enfrentarme a él y explicarle cómo había visto morir a la mujer a la que había criado como su hija o cómo había visto arder a su mejor amigo.

El último día del año la fuente del jardín se heló. Temí que mis días con Marina estuviesen llegando a su fin. Pronto tendría que volver al internado. Pasamos la Nochevieja a la luz de las velas, escuchando las campanadas lejanas de la iglesia de la Plaza Sarriá. Afuera seguía nevando y me pareció que las estrellas se habían caído del cielo sin avisar. A medianoche brindamos entre susurros. Busqué los ojos de Marina, pero su rostro se retiró a la penumbra. Aquella noche traté de analizar qué es lo que había hecho o qué había dicho para merecer aquel tratamiento. Podía sentir la presencia de Marina en la habitación contigua. La imaginaba despierta, una isla que se alejaba en la corriente. Golpeé en la pared con los nudillos. Llamé en vano. No tuve respuesta.

Empaqueté mis cosas y escribí una nota. En ella me despedía de Germán y Marina y les agradecía su hospitalidad. Algo que no sabía explicar se había roto y sentía que allí sobraba. Al amanecer, dejé la nota sobre la mesa de la cocina y me encaminé de vuelta al internado. Al alejarme, tuve la certeza de que Marina me observaba desde su ventana. Dije adiós con la mano, esperando que me estuviese viendo. Mis pasos dejaron un rastro en la nieve en las calles desiertas.

Aún faltaban unos días para que regresaran los demás internos. Las habitaciones del cuarto piso eran lagunas de soledad. Mientras deshacía mi equipaje el padre Seguí me hizo una visita. Le saludé con una cortesía de compromiso y seguí ordenando mi ropa.

—Curiosa gente, los suizos —dijo—. Mientras los demás ocultan sus pecados, ellos los envuelven en papel de plata con licor, un lazo y los venden a precio de oro. El prefecto me ha enviado una caja inmensa de bombones de Zurich y no hay nadie aquí con quien compartirla. Alguien va a tener que echarme una mano antes de que doña Paula los descubra...

—Cuente conmigo —ofrecí sin convicción.

Seguí se acercó a la ventana y contempló la ciudad a nuestros pies, un espejismo. Se giró y me observó como si pudiese leer mis pensamientos.

—Un buen amigo me dijo una vez que los problemas son como las cucarachas —era el tono de broma que empleaba cuando quería hablar en serio—. Si se sacan a la luz, se asustan y se van.

—Debía de ser un amigo sabio —dije.

—No —repuso Seguí—. Pero era un buen hombre. Feliz año nuevo, Óscar.

—Feliz año nuevo, padre.

Pasé aquellos días hasta el inicio de las clases casi sin salir de mi habitación. Intentaba leer, pero las palabras volaban de las páginas. Se me consumían las horas en la ventana, contemplando el caserón de Germán y Marina a lo lejos. Mil veces pensé en volver y más de una me aventuré hasta la boca del callejón que conducía hasta su verja. Ya no se oía el gramófono de Germán entre los árboles, sólo el viento entre las ramas desnudas. Por las noches revivía una y otra vez los sucesos de las últimas semanas hasta caer exhausto en un sueño sin reposo, febril y asfixiante.

Las clases empezaron una semana más tarde. Eran días de plomo, de ventanas empañadas de vaho y de radiadores que goteaban en la penumbra. Mis antiguos compañeros y sus algarabías me resultaban ajenos. Charlas de regalos, fiestas y recuerdos que no podía ni quería compartir. Las voces de mis maestros me resbalaban. No conseguía descifrar qué importancia tenían las elucubraciones de Hume o qué podían hacer las ecuaciones derivadas para retrasar el reloj y cambiar la suerte de Mijail Kolvenik y de Eva Irinova. O mi propia suerte.

El recuerdo de Marina y de los escalofriantes hechos que habíamos compartido me impedía pensar, comer o mantener una conversación coherente. Ella era la única persona con quien podía compartir mi angustia y la necesidad de su presencia llegó a causarme un dolor físico. Me quemaba por dentro y nada ni nadie conseguía aliviarme. Me convertí en una figura gris en los pasillos. Mi sombra se confundía con las paredes. Los días caían como hojas muertas. Esperaba recibir una nota de Marina, una señal de que deseaba verme de nuevo. Una simple excusa para correr a su lado y quebrar aquella distancia que nos separaba y que parecía crecer día a día. Nunca llegó. Quemé las horas recorriendo los lugares en los que había estado con Marina. Me sentaba en los bancos de la Plaza Sarriá esperando verla pasar...

A finales de enero el padre Seguí me convocó en su despacho. Con el semblante sombrío y una mirada penetrante me preguntó qué me estaba sucediendo.

—No lo sé —respondí.

—Quizá si hablamos de ello, podamos averiguar de qué se trata —me ofreció Seguí.

—No lo creo —dije con una brusquedad de la que me arrepentí al instante.

—Pasaste una semana fuera del internado estas navidades. ¿Puedo preguntar dónde?

—Con mi familia.

La mirada de mi tutor se tiñó de sombras.

—Si vas a mentirme, no tiene sentido que continuemos esta conversación, Óscar.

—Es la verdad —dije—, he estado con mi familia...

Febrero trajo consigo el sol. Las luces del invierno fundieron aquel manto de hielo y escarcha que había enmascarado la ciudad. Eso me animó y un sábado me presenté en casa de Marina. Una cadena aseguraba el cierre de la verja. Más allá de los árboles, la vieja mansión parecía más abandonada que nunca. Por un instante creí haber perdido la razón. ¿Lo había imaginado todo? Los habitantes de aquella residencia fantasmal, la historia de Kolvenik y la dama de negro, el inspector Florián, Luis Claret, las criaturas resucitadas..., personajes a los que la mano negra del destino había hecho desaparecer uno a uno... ¿Habría soñado a Marina y su playa encantada?

«Sólo recordamos aquello que nunca sucedió...»

Aquella noche desperté gritando, envuelto en sudor frío y sin saber dónde me encontraba. Había vuelto en sueños a los túneles de Kolvenik. Seguía a Marina sin poder alcanzarla hasta que la descubría cubierta por un manto de mariposas negras; sin embargo, al alzar éstas el vuelo, no dejaban tras de sí más que el vacío. Frío. Sin explicación. El demonio destructor que obsesionaba a Kolvenik. La nada tras la última oscuridad.

Cuando el padre Seguí y mi compañero JF acudieron a mi habitación alertados por mis gritos, tardé unos segundos en reconocerlos. Seguí me tomó el pulso mientras JF me observaba consternado, convencido de que su amigo había perdido la razón por completo. No se movieron de mi lado hasta que volví a dormirme.

Al día siguiente, después de dos meses sin ver a Marina, decidí volver al caserón de Sarriá. No me echaría atrás hasta haber obtenido una explicación.

26

Era un domingo brumoso. Las sombras de los árboles, con sus ramas secas, dibujaban figuras esqueléticas. Las campanas de la iglesia marcaron el compás de mis pasos. Me detuve frente a la verja que me impedía la entrada. Advertí, sin embargo, marcas de neumáticos sobre la hojarasca y me pregunté si Germán habría vuelto a sacar su viejo Tucker del garaje. Me colé como un ladrón saltando la verja y me adentré en el jardín. La silueta del caserón se alzaba en completo silencio, más oscura y desolada que nunca. Entre la maleza distinguí la bicicleta de Marina, caída como un animal herido. La cadena estaba oxidada, el manillar carcomido por la humedad. Contemplé aquel escenario y tuve la impresión de que estaba frente a una ruina donde no vivían más que viejos muebles y ecos invisibles.

—¿Marina? —llamé.

El viento se llevó mi voz. Rodeé la casa buscando la puerta trasera que comunicaba con la cocina. Estaba abierta. La mesa, vacía y cubierta por una capa de polvo. Me adentré en las habitaciones. Silencio. Llegué al gran salón de los cuadros. La madre de Marina me miraba des-

de todos ellos, pero para mí eran los ojos de Marina...
Fue entonces cuando escuché un llanto a mi espalda.
Germán estaba acurrucado en una de las butacas, inmóvil como una estatua, tan sólo las lágrimas persistían en su movimiento. Nunca había visto a un hombre de su edad llorar así. Me heló la sangre. La vista perdida en los retratos. Estaba pálido. Demacrado. Había envejecido desde que le había visto por última vez. Vestía uno de los trajes de gala que yo recordaba, pero arrugado y sucio. Me pregunté cuántos días llevaría así. Cuántos días en aquel sillón.

Me arrodillé frente a él y le palmeé la mano.

—Germán...

Su mano estaba tan fría que me asustó. Súbitamente, el pintor se abrazó a mí, temblando como un niño. Sentí que se me secaba la boca. Le abracé a mi vez y le sostuve mientras lloraba en mi hombro. Temí entonces que los médicos le hubiesen anunciado lo peor, que la esperanza de aquellos meses se hubiese desvanecido y le dejé desahogarse mientras me preguntaba dónde estaría Marina, por qué no estaba allí con Germán...

Entonces, el anciano alzó la vista. Me bastó con mirarle a los ojos para comprender la verdad. Lo entendí con la brutal claridad con la que se desvanecen los sueños. Como un puñal frío y envenenado que se te clava en el alma sin remedio.

—¿Dónde está Marina? —pregunté, casi balbuceando.

Germán no consiguió articular una palabra. No hacía falta. Supe por sus ojos que las visitas de Germán al hospital de San Pablo eran falsas. Supe que el doctor de La Paz nunca había visitado al pintor. Supe que la alegría y la esperanza de Germán al regresar de Madrid nada tenían que ver con él. Marina me había engañado desde el principio.

—El mal que se llevó a su madre... —murmuró Germán— se la lleva, amigo Óscar, se lleva a mi Marina...

Sentí que los párpados se me cerraban como losas y que, lentamente, el mundo se deshacía a mi alrededor. Germán me abrazó de nuevo y allí, en aquella sala desolada de un viejo caserón, lloré con él como un pobre imbécil mientras la lluvia empezaba a caer sobre Barcelona.

Desde el taxi, el hospital de San Pablo me pareció una ciudad suspendida en las nubes, todo torres afiladas y cúpulas imposibles. Germán se había enfundado un traje limpio y viajaba junto a mí en silencio. Yo sostenía un paquete envuelto en el papel de regalo más reluciente que había podido encontrar. Al llegar, el médico que atendía a Marina, un tal Damián Rojas, me observó de arriba abajo y me dio una serie de instrucciones. No debía cansar a Marina. Debía mostrarme positivo y optimista. Era ella quien necesitaba mi ayuda y no a la inversa. No acudía allí a llorar ni a lamentarme. Iba a ayudarla. Si era incapaz de seguir estas normas, más valía que no me molestase en volver. Damián Rojas era un médico joven y la bata aún le olía a facultad. Su tono era severo e impaciente y gastó muy poca cortesía conmigo. En otras circunstancias le habría tomado por un cretino arrogante, pero algo en él me decía que todavía no había aprendido a aislarse del dolor de sus pacientes y que aquella actitud era su modo de sobrevivir.

Subimos a la cuarta planta y caminamos por un largo pasillo que parecía no tener fin. Olía a hospital, una mezcla de enfermedad, desinfectante y ambientador. El poco valor que me quedaba en el cuerpo se me escapó en una exhalación tan pronto puse un pie en aquel ala del edificio. Germán entró primero en la habitación. Me pidió que esperase fuera mientras anunciaba a Marina mi visita. Intuía que Marina preferiría que yo no la viese allí.

—Deje que yo hable primero con ella, Óscar...

Aguardé. El corredor era una galería infinita de puertas y voces perdidas. Rostros cargados de dolor y pérdida se cruzaban en silencio. Me repetí una y otra vez las instrucciones del doctor Rojas. Había venido a ayudar. Finalmente, Germán se asomó a la puerta y asintió. Tragué saliva y entré. Germán se quedó fuera.

La habitación era un largo rectángulo donde la luz se evaporaba antes de tocar el suelo. Desde los ventanales, la avenida de Gaudí se extendía hacia el infinito. Las torres del templo de la Sagrada Familia cortaban el cielo en dos. Había cuatro camas separadas por ásperas cortinas. A través de ellas uno podía ver las siluetas de los otros visitantes, igual que en un espectáculo de sombras chinescas. Marina ocupaba la última cama a la derecha, junto a la ventana.

Sostener su mirada en aquellos primeros momentos fue lo más difícil. Le habían cortado el pelo como a un muchacho. Sin su larga cabellera, Marina me pareció humillada, desnuda. Me mordí la lengua con fuerza para conjurar las lágrimas que me ascendían del alma.

—Me lo tuvieron que cortar... —dijo, adivina—. Por las pruebas.

Vi que tenía marcas en el cuello y en la nuca que dolían con sólo mirar. Traté de sonreír y le tendí el paquete.

—A mí me gusta —comenté como saludo.

Aceptó el paquete y lo dejó en su regazo. Me acerqué y me senté junto a ella en silencio. Me tomó la mano y me la apretó con fuerza. Había perdido peso. Se le podían leer las costillas bajo un camisón blanco de hospital. Dos círculos oscuros se dibujaban bajo sus ojos. Sus labios eran dos líneas finas y resecas. Sus ojos color ceniza ya no brillaban. Con manos inseguras abrió el paquete y extrajo el libro del interior. Lo hojeó y alzó la mirada, intrigada.

—Todas las páginas están en blanco...

—De momento —repliqué yo—. Tenemos una buena historia que contar, y lo mío son los ladrillos.

Apretó el libro contra su pecho.

—¿Cómo ves a Germán? —me preguntó.

—Bien —mentí—. Cansado, pero bien.

—Y tú, ¿cómo estás?

—¿Yo?

—No, yo. ¿Quién va a ser?

—Yo estoy bien.

—Ya, sobre todo después de la arenga del sargento Rojas...

Enarqué las cejas como si no tuviese la menor idea de lo que me estaba hablando.

—Te he echado de menos —dijo.

—Yo también.

Nuestras palabras se quedaron suspendidas en el aire. Durante un largo instante nos miramos en silencio. Vi cómo la fachada de Marina se iba desmoronando.

—Tienes derecho a odiarme —dijo entonces.

—¿Odiarte? ¿Por qué iba a odiarte?

—Te mentí —dijo Marina—. Cuando viniste a devolver el reloj de Germán, ya sabía que estaba enferma. Fui egoísta, quise tener un amigo... y creo que nos perdimos por el camino.

Desvié la mirada a la ventana.

—No, no te odio.

Me apretó la mano de nuevo. Marina se incorporó y me abrazó.

—Gracias por ser el mejor amigo que nunca he tenido —susurró a mi oído.

Sentí que se me cortaba la respiración. Quise salir corriendo de allí. Marina me apretó con fuerza y recé pidiendo que no se diese cuenta de que estaba llorando. El doctor Rojas me iba a quitar el carnet.

—Si me odias sólo un poco, el doctor Rojas no se molestará —dijo entonces—. Seguro que va bien para los glóbulos blancos o algo así.

—Entonces sólo un poco.

—Gracias.

27

En las semanas que siguieron Germán Blau se convirtió en mi mejor amigo. Tan pronto acababan las clases en el internado a las cinco y media de la tarde, corría a reunirme con el viejo pintor. Tomábamos un taxi hasta el hospital y pasábamos la tarde con Marina hasta que las enfermeras nos echaban de allí. En aquellos paseos desde Sarriá a la avenida de Gaudí aprendí que Barcelona puede ser la ciudad más triste del mundo en invierno. Las historias de Germán y sus recuerdos pasaron a ser los míos.

En las largas esperas en los pasillos desolados del hospital, Germán me confesó intimidades que no había compartido con nadie más que con su esposa. Me habló de sus años con su maestro Salvat, de su matrimonio y de cómo sólo la compañía de Marina le había permitido sobrevivir a la pérdida de su mujer. Me habló de sus dudas y de sus miedos, de cómo toda una vida le había enseñado que cuanto tenía por cierto era una simple ilusión y que había demasiadas lecciones que no valía la pena aprender. También yo hablé con él sin trabas por primera vez, le hablé de Marina, de mis sueños como futuro arquitecto, en unos días en los que había dejado de creer en el futuro. Le hablé de mi soledad y de cómo hasta encontrarlos a ellos había tenido la sensación de estar perdido en el mundo por casualidad. Le hablé de mi temor a volver a estarlo si los perdía. Germán me escuchaba y me entendía. Sabía que mis palabras no eran más que un intento por aclarar mis propios sentimientos y me dejaba hacer.

Guardo un recuerdo especial de Germán Blau y de los días que compartimos en su casa y en los pasillos del hospital. Ambos sabíamos que sólo nos unía Marina y que, en otras circunstancias, jamás hubiésemos llegado a cruzar una palabra. Siempre creí que Marina llegó a ser quien era gracias a él y no me cabe duda de que lo poco que yo soy se lo debo también a él más de lo que me gusta admitir. Conservo sus consejos y sus palabras guardados bajo llave en el cofre de mi memoria, convencido de que algún día me servirán para responder a mis propios miedos y a mis propias dudas.

Aquel mes de marzo llovió casi todos los días. Marina escribía la historia de Kolvenik y Eva Irinova en el libro que le había regalado mientras decenas de médicos y auxiliares iban y venían con pruebas, análisis y más pruebas y más análisis. Fue por entonces cuando recordé la promesa que le había hecho a Marina en una ocasión, en el funicular de Vallvidrera, y empecé a trabajar en la catedral. Su catedral. Conseguí un libro en la biblioteca del internado sobre la catedral de Chartres y empecé a dibujar las piezas del modelo que pensaba construir. Primero las recorté en cartulina. Después de mil intentos que casi me convencieron de que jamás sería capaz de diseñar una simple cabina de teléfonos, encargué a un carpintero de la calle Margenat que recortase mis piezas sobre láminas de madera.

—¿Qué es lo que estás construyendo, muchacho? —me preguntaba, intrigado—. ¿Un radiador?

—Una catedral.

Marina me observaba con curiosidad mientras erigía su pequeña catedral en la repisa de la ventana. A veces, hacía bromas que no me dejaban dormir durante días.

—¿No te estás dando mucha prisa, Óscar? —preguntaba—. Es como si esperases que me fuese a morir mañana.

Mi catedral pronto empezó a hacerse popular entre los otros pacientes de la habitación y sus visitantes. Doña Carmen, una sevillana de ochenta y cuatro años que ocupaba la cama de al lado me lanzaba miradas de escepticismo. Tenía una fuerza de carácter capaz de reventar ejércitos y un trasero del tamaño de un seiscientos. Llevaba al personal del hospital a golpe de pito. Había sido estraperlista, cupletera, *bailaora,* contrabandista, cocinera, estanquera y Dios sabe qué más. Había enterrado dos maridos y tres hijos. Una veintena de nietos, sobrinos y demás parientes acudían a verla y a adorarla. Ella los ponía a raya diciendo que las pamplinas eran para los bobos. A mí siempre me pareció que doña Carmen se había equivocado de siglo y que, de haber estado ella allí, Napoleón no habría pasado de los Pirineos. Todos los presentes, excepto la diabetes, éramos de la misma opinión.

En el otro lado de la habitación estaba Isabel Llorente, una dama con aire de maniquí que hablaba en susurros y que parecía escapada de una revista de modas de antes de la guerra. Se pasaba el día maquillándose y mirándose en un pequeño espejo ajustándose la peluca. La quimioterapia la había dejado como una bola de billar, pero ella estaba convencida de que nadie lo sabía. Me enteré de que había sido Miss Barcelona en 1934 y la querida de un alcalde de la ciudad. Siempre nos hablaba de un romance con un formidable espía que en cualquier momento volvería a rescatarla de aquel horrible lugar donde la habían confinado. Doña Carmen ponía los ojos en blanco cada vez que la oía. Nunca la visitaba nadie y bastaba con decirle lo guapa que estaba para que sonriese una semana. Una tarde de jueves a finales de marzo llegamos a la habitación y encontramos su cama vacía. Isabel Llorente había fallecido aquella mañana, sin darle tiempo a su galán a que la rescatase.

La otra paciente de la habitación era Valeria Astor, una niña de nueve años que respiraba gracias a una traqueotomía. Siempre me sonreía al entrar. Su madre pasaba todas las horas que le permitían a su lado y, cuando no la dejaban, dormía en los pasillos. Cada día envejecía un mes. Valeria siempre me preguntaba si mi amiga era escritora y yo le decía que sí, y que además era famosa. Una vez me preguntó —nunca sabré por qué— si yo era policía. Marina solía contarle historias que se inventaba sobre la marcha. Sus favoritas eran las de fantasmas, princesas y locomotoras, por este orden. Doña Carmen escuchaba las historias de Marina y se reía de buena gana. La madre de Valeria, una mujer consumida y sencilla hasta la desesperación de cuyo nombre nunca conseguí acordarme, tejió un chal de lana para Marina en agradecimiento.

El doctor Damián Rojas pasaba varias veces al día por

allí. Con el tiempo, aquel médico llegó a caerme simpático. Descubrí que había sido alumno de mi internado años atrás y que había estado a punto de entrar como seminarista. Tenía una novia deslumbrante que se llamaba Lulú. Lulú lucía una colección de minifaldas y medias de seda negras que quitaban el aliento. Le visitaba todos los sábados y a menudo pasaba a saludarnos y a preguntar si el bruto de su novio se portaba bien. Yo siempre me ponía colorado como un pimiento cuando Lulú me dirigía la palabra. Marina me tomaba el pelo y solía decir que, si la miraba tanto, se me pondría cara de liguero. Lulú y el doctor Rojas se casaron en abril. Cuando el médico volvió de su breve luna de miel en Menorca una semana más tarde, estaba como un fideo. Las enfermeras se partían de risa con sólo mirarle.

Durante unos meses ése fue mi mundo. Las clases del internado eran un interludio que pasaba en blanco. Rojas se mostraba optimista sobre el estado de Marina. Decía que era fuerte, joven, y que el tratamiento estaba dando resultado. Germán y yo no sabíamos cómo agradecérselo. Le regalábamos puros, corbatas, libros y hasta una pluma Mont Blanc. Él protestaba y argumentaba que únicamente hacía su trabajo, pero a ambos nos constaba que metía más horas que ningún otro médico en la planta.

A finales de abril Marina ganó un poco de peso y de color. Dábamos pequeños paseos por el corredor y, cuando el frío empezó a emigrar, salíamos un rato al claustro del hospital. Marina seguía escribiendo en el libro que le había regalado, aunque no me dejaba leer ni una línea.

—¿Por dónde vas? —preguntaba yo.

—Es una pregunta tonta.

—Los tontos hacen preguntas tontas. Los listos las responden. ¿Por dónde vas?

Nunca me lo decía. Intuía que escribir la historia que habíamos vivido juntos tenía un significado especial para ella. En uno de nuestros paseos por el claustro me dijo algo que me puso la piel de gallina.

—Prométeme que, si me pasa cualquier cosa, acabarás tú la historia.

—La acabarás tú —repliqué yo— y además me la tendrás que dedicar.

Mientras tanto la pequeña catedral de madera crecía y, aunque doña Carmen decía que le recordaba al incinerador de basuras de San Adrián del Besós, para entonces la aguja de la bóveda se perfilaba perfectamente. Germán y yo empezamos a hacer planes para llevar a Marina de excursión a su lugar favorito, aquella playa secreta entre Tossa y Sant Feliu de Guíxols, tan pronto pudiera salir de allí. El doctor Rojas, siempre prudente, nos dio como fecha aproximada mediados de mayo.

En aquellas semanas aprendí que se puede vivir de esperanza y poco más.

El doctor Rojas era partidario de que Marina pasara el mayor tiempo posible andando y haciendo ejercicio por el recinto del hospital.

—Arreglarse un poco le vendrá bien —dijo.

Desde que estaba casado, Rojas se había convertido en un experto en cuestiones femeninas, o eso creía él. Un sábado me envió con su esposa Lulú a comprar una bata de seda para Marina. Era un regalo y la pagó de su propio bolsillo. Acompañé a Lulú a una tienda de lencería en la Rambla de Cataluña, junto al cine Alexandra. Las dependientas la conocían. Seguí a Lulú por toda la tienda, observándola calibrar un sinfín de ingenios de corsetería que le ponían a uno la imaginación a cien. Aquello era infinitamente más estimulante que el ajedrez.

—¿Le gustará esto a tu novia? —me preguntaba Lulú, relamiéndose aquellos labios encendidos de carmín.

No le dije que Marina no era mi novia. Me enorgullecía que alguien pudiera creer que lo era. Además, la experiencia de comprar ropa interior de mujer con Lulú resultó ser tan embriagadora que me limité a asentir a todo como un bobo. Cuando se lo expliqué a Germán, se rió de buena gana y me confesó que él también encontraba a la esposa del doctor altamente peligrosa para la salud. Era la primera vez en meses que le veía reír.

Una mañana de sábado, mientras nos preparábamos para ir al hospital, Germán me pidió que subiera a la habitación de Marina a ver si era capaz de encontrar un frasco de su perfume favorito. Mientras buscaba en los cajones de la cómoda, encontré una cuartilla de papel doblada en el fondo. La abrí y reconocí la caligrafía de Marina al instante. Hablaba de mí. Estaba llena de tachaduras y párrafos borrados. Sólo habían sobrevivido estas líneas:

Mi amigo Óscar es uno de esos príncipes sin reino que corren por ahí esperando que los beses para transformarse en sapo. Lo entiende todo al revés y por eso me gusta tanto. La gente que piensa que lo entiende todo a derechas hace las cosas a izquierdas, y eso, viniendo de una zurda, lo dice todo. Me mira y se cree que no le veo. Imagina que me evaporaré si me toca y que, si no lo hace, se va a evaporar él. Me tiene en un pedestal tan alto que no sabe cómo subirse. Piensa que mis labios son la puerta del paraíso, pero no sabe que están envenenados. Yo soy tan cobarde que, por no perderle, no se lo digo. Finjo que no le veo y que sí, que me voy a evaporar...

Mi amigo Óscar es uno de esos príncipes que harían bien manteniéndose alejados de los cuentos y de las princesas que los habitan. No sabe que es el príncipe azul quien tiene que besar a la bella durmiente para que despierte de su sueño eterno, pero eso es porque Óscar ignora que todos los cuentos son mentiras, aunque no todas las mentiras son cuentos. Los príncipes no son azules y las durmientes, aunque sean bellas, nunca despiertan de su sueño. Es el mejor amigo que nunca he tenido y, si algún día me tropiezo con Merlín, le daré las gracias por haberlo cruzado en mi camino.

Guardé la cuartilla y bajé a reunirme con Germán. Se había colocado un corbatín especial y estaba más animado que nunca. Me sonrió y le devolví la sonrisa. Aquel día durante el camino en taxi resplandecía el sol. Barcelona vestía galas que embobaban a turistas y nubes, y también ellas se paraban a mirarla. Nada de eso consiguió borrar la inquietud que aquellas líneas habían clavado en mi mente. Era el primer día de mayo de 1980.

28

Aquella mañana encontramos la cama de Marina vacía, sin sábanas. No había ni rastro de la catedral de madera ni de sus cosas. Cuando me volví, Germán ya salía corriendo en busca del doctor Rojas. Fui tras él. Lo encontramos en su despacho con aspecto de no haber dormido.

—Ha tenido un bajón —dijo escuetamente.

Nos explicó que la noche anterior, apenas un par de horas después de que nos hubiésemos ido, Marina había sufrido una insuficiencia respiratoria y que su corazón había estado parado durante treinta y cuatro segundos. La habían reanimado y ahora estaba en la unidad de vigilancia intensiva, inconsciente. Su estado era estable y Rojas confiaba en que pudiera salir de la unidad en menos de veinticuatro horas, aunque no nos quería infundir falsas esperanzas. Observé que las cosas de Marina, su libro, la catedral de madera y aquella bata que no había llegado a estrenar, estaban en la repisa de su despacho.

—¿Puedo ver a mi hija? —preguntó Germán.

Rojas personalmente nos acompañó a la UVI. Marina estaba atrapada en una burbuja de tubos y máquinas de acero más monstruosa y más real que cualquiera de las invenciones de Mijail Kolvenik. Yacía como un simple pedazo de carne al amparo de magias de latón. Y entonces vi el verdadero rostro del demonio que atormentaba a Kolvenik y comprendí su locura.

Recuerdo que Germán rompió a llorar y que una fuerza incontrolable me sacó de aquel lugar. Corrí y corrí sin aliento hasta llegar a unas ruidosas calles repletas de rostros anónimos que ignoraban mi sufrimiento. Vi en torno a mí un mundo al que nada le importaba la suerte de Marina. Un universo en el que su vida era una simple gota de agua entre las olas. Sólo se me ocurrió un lugar al que acudir.

El viejo edificio de las Ramblas seguía en su pozo de oscuridad. El doctor Shelley abrió la puerta sin reconocerme. El piso estaba cubierto de escombros y hedía a viejo. El doctor me miró con ojos desorbitados, idos. Le acompañé a su estudio y le hice sentar junto a la ventana. La ausencia de María flotaba en el aire y quemaba. Toda la altivez y el mal carácter del doctor se habían desvanecido. No quedaba en él más que un pobre anciano, solo y desesperado.

—Se la llevó —me dijo—, se la llevó...

Esperé respetuosamente a que se tranquilizase. Finalmente alzó la vista y me identificó. Me preguntó qué quería y se lo dije. Me observó pausadamente.

—No hay ningún frasco más del suero de Mijail. Fueron destruidos. No puedo darte lo que no tengo. Pero si lo tuviese, te haría un flaco favor. Y tú cometerías un error al usarlo con tu amiga. El mismo error que cometió Mijail...

Sus palabras tardaron en calar. Sólo tenemos oídos

para lo que queremos escuchar, y yo no quería oír eso. Shelley sostuvo mi mirada sin pestañear. Sospeché que había reconocido mi desesperación y los recuerdos que le traía le asustaban. Me sorprendió a mí mismo comprobar que, si de mí hubiese dependido, en aquel mismo instante hubiese tomado el mismo camino de Kolvenik. Nunca más volvería a juzgarle.

—El territorio de los seres humanos es la vida —dijo el doctor—. La muerte no nos pertenece.

Me sentía terriblemente cansado. Quería rendirme y no sabía a qué. Me volví para irme. Antes de salir, Shelley me llamó de nuevo.

—¿Tú estabas allí, verdad? —me preguntó.

Asentí.

—María murió en paz, doctor.

Vi sus ojos brillando en lágrimas. Me ofreció su mano y la estreché.

—Gracias.

Nunca más le volví a ver.

A finales de aquella misma semana, Marina recobró el conocimiento y salió de la UVI. La instalaron en una habitación en el segundo piso que miraba hacia Horta. Estaba sola. Ya no escribía en su libro y apenas podía inclinarse para ver su catedral casi terminada en la ventana. Rojas pidió permiso para realizar una última batería de pruebas. Germán consintió. Él todavía conservaba la esperanza. Cuando Rojas nos anunció los resultados en su despacho, se le quebró la voz. Después de meses de lucha, se hundió a la evidencia mientras Germán le sostenía y le palmeaba los hombros.

—No puedo hacer más..., no puedo hacer más... Perdóneme... —gemía Damián Rojas.

Dos días más tarde nos llevamos a Marina de vuelta a Sarriá. Los médicos no podían hacer ya nada por ella. Nos despedimos de doña Carmen, de Rojas y de Lulú, que no paraba de llorar. La pequeña Valeria me preguntó adónde nos llevábamos a mi novia, la escritora famosa, y que si ya no le contaría más cuentos.

—A casa. Nos la llevamos a casa.

Dejé el internado un lunes, sin avisar ni decir a nadie adónde iba. Ni siquiera pensé que se me echaría en falta. Poco me importaba. Mi lugar estaba junto a Marina. La instalamos en su cuarto. Su catedral, ya terminada, la acompañaba en la ventana. Aquél fue el mejor edificio que jamás he construido. Germán y yo nos turnábamos para velarla las veinticuatro horas del día. Rojas nos había dicho que no sufriría, que se apagaría lentamente como una llama al viento.

Nunca Marina me pareció más hermosa que en aquellos últimos días en el caserón de Sarriá. El pelo le había vuelto a crecer, más brillante que antes, con mechas blancas de plata. Incluso sus ojos eran más luminosos. Yo apenas salía de su habitación. Quería saborear cada hora y cada minuto que me quedaba a su lado. A menudo pasábamos horas abrazados sin hablar, sin movernos. Una noche, era jueves, Marina me besó en los labios y me susurró al oído que me quería y que, pasara lo que pasara, me querría siempre.

Murió al amanecer siguiente, en silencio, tal como había predicho Rojas. Al alba, con las primeras luces, Marina me apretó la mano con fuerza, sonrió a su padre y la llama de sus ojos se apagó para siempre.

Hicimos el último viaje con Marina en el viejo Tucker. Germán condujo en silencio hasta la playa, tal como lo habíamos hecho meses atrás. El día era tan luminoso que quise creer que el mar que ella tanto quería se había vestido de fiesta para recibirla. Aparcamos entre los árboles y bajamos a la orilla para esparcir sus cenizas.

Al regresar, Germán, que se había quebrado por dentro, me confesó que se sentía incapaz de conducir hasta Barcelona. Abandonamos el Tucker entre los pinos. Unos pescadores que pasaban por la carretera se avinieron a acercarnos a la estación del tren. Cuando llegamos a la estación de Francia, en Barcelona, hacía siete días que yo había desaparecido. Me parecía que habían pasado siete años.

Me despedí de Germán con un abrazo en el andén de la estación. Al día de hoy, desconozco cuál fue su rumbo o su suerte. Ambos sabíamos que no podríamos volver a mirarnos a los ojos sin ver en ellos a Marina. Le vi alejarse, un trazo desvaneciéndose en el lienzo del tiempo. Poco después un policía de paisano me reconoció y me preguntó si mi nombre era Óscar Drai.

Epílogo

La Barcelona de mi juventud ya no existe. Sus calles y su luz se han marchado para siempre y ya sólo viven en el recuerdo. Quince años después regresé a la ciudad y recorrí los escenarios que ya creía desterrados de mi memoria. Supe que el caserón de Sarriá fue derribado. Las calles que lo rodeaban forman ahora parte de una autovía por la que, dicen, corre el progreso. El viejo cementerio sigue allí, supongo, perdido en la niebla. Me senté en aquel banco de la plaza que tantas veces había compartido con Marina. Distinguí a lo lejos la silueta de mi antiguo colegio, pero no me atreví a acercarme a él. Algo me decía que, si lo hacía, mi juventud se evaporaría para siempre. El tiempo no nos hace más sabios, sólo más cobardes.

Durante años he huido sin saber de qué. Creí que, si corría más que el horizonte, las sombras del pasado se apartarían de mi camino. Creí que, si ponía suficiente distancia, las voces de mi mente se acallarían para siempre. Volví por fin a aquella playa secreta frente al Mediterráneo. La ermita de Sant Elm se alzaba a lo lejos, siempre vigilante. Encontré el viejo Tucker de mi amigo Germán. Curiosamente, sigue allí, en su destino final entre los pinos.

Bajé a la orilla y me senté en la arena, donde años atrás había esparcido las cenizas de Marina. La misma luz de aquel día encendió el cielo y sentí su presencia, intensa. Comprendí que ya no podía ni quería huir más. Había vuelto a casa.

En sus últimos días prometí a Marina que, si ella no podía hacerlo, yo acabaría esta historia. Aquel libro en blanco que le regalé me ha acompañado todos estos años. Sus palabras serán las mías. No sé si sabré hacer justicia a mi promesa. A veces dudo de mi memoria y me pregunto si únicamente seré capaz de recordar lo que nunca sucedió.

Marina, te llevaste todas las respuestas contigo.